我看到星星了，

同一颗星星，

我现在也在想你。

是的，我现在也在想你，我与你分开一天会想你，分开两天更想你，分开第三天，我便迫不及待地来找你。

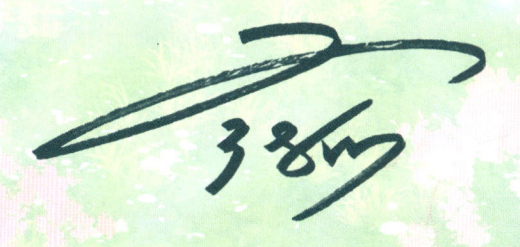

甚至，若是就现在，我身边站着的是你，看着的是你，我可以拥抱你，也可以牵你的手，我还是想你。

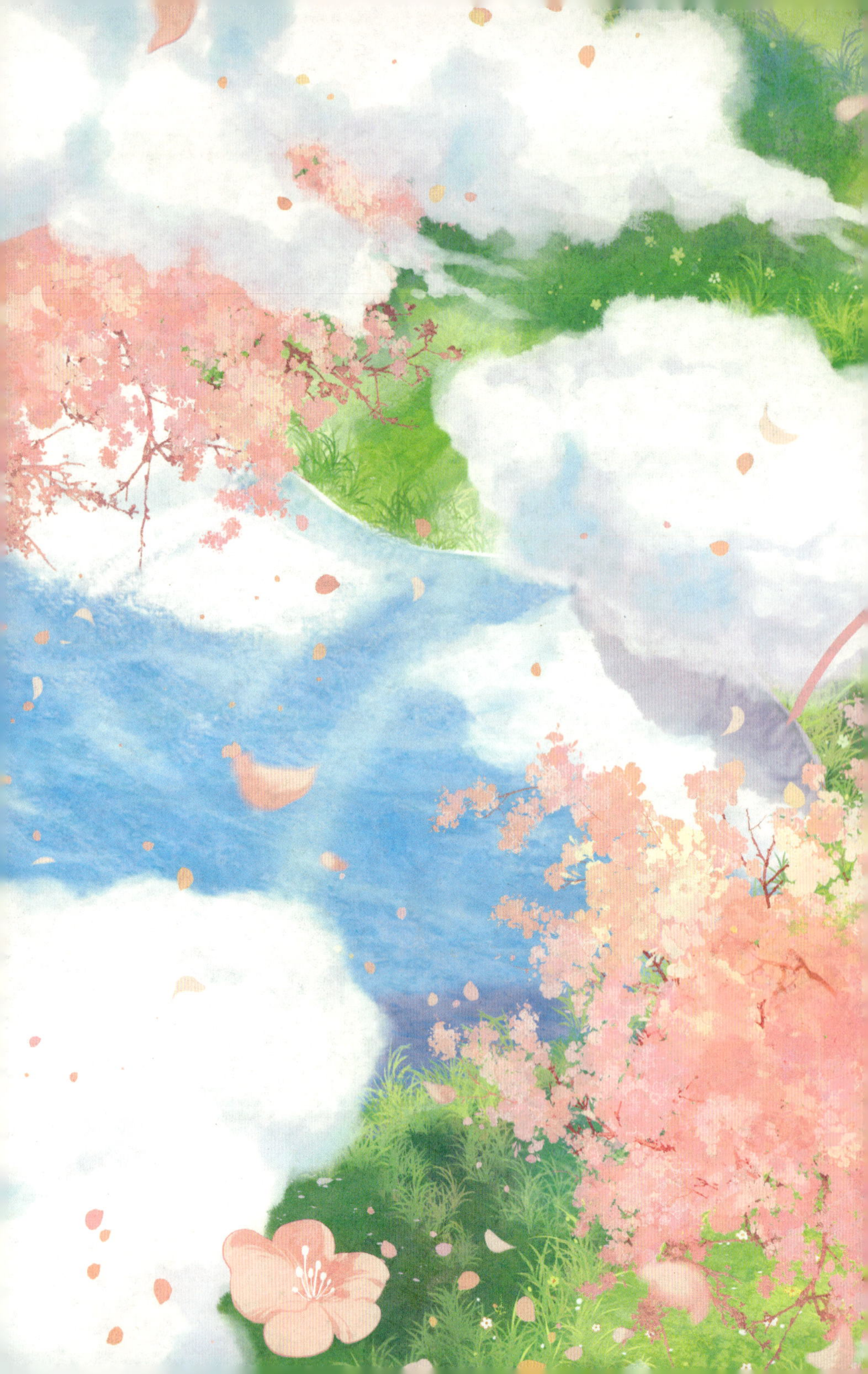

踏入夏天 1

Leap into the summer

今轲 著

长江出版社
CHANGJIANGPRESS

图书在版编目（CIP）数据

跃入夏天.1 / 今轲著. — 武汉：长江出版社，
2024.2
ISBN 978-7-5492-9331-5

Ⅰ.①跃… Ⅱ.①今… Ⅲ.①长篇小说-中国-当代 Ⅳ.①I247.5

中国国家版本馆CIP数据核字(2024)第010512号

跃入夏天.1 / 今轲著
YUERU XIATIAN

出　　版	长江出版社
	（武汉市解放大道1863号）
选题策划	蔺　砚
市场发行	长江出版社发行部
网　　址	http://www.cjpress.cn
责任编辑	李剑月
特约编辑	蔺　砚
印　　刷	湖南天闻新华印务有限公司
版　　次	2024年2月第1版
印　　次	2024年2月第1次印刷
开　　本	880mm×1230mm　1/32
印　　张	9.5
字　　数	257千字
书　　号	ISBN 978-7-5492-9331-5
定　　价	42.80元

版权所有 盗版必究，如有质量问题，请联系本社退换
电话：027-82926557(总编室)　027-82926806(市场营销部)

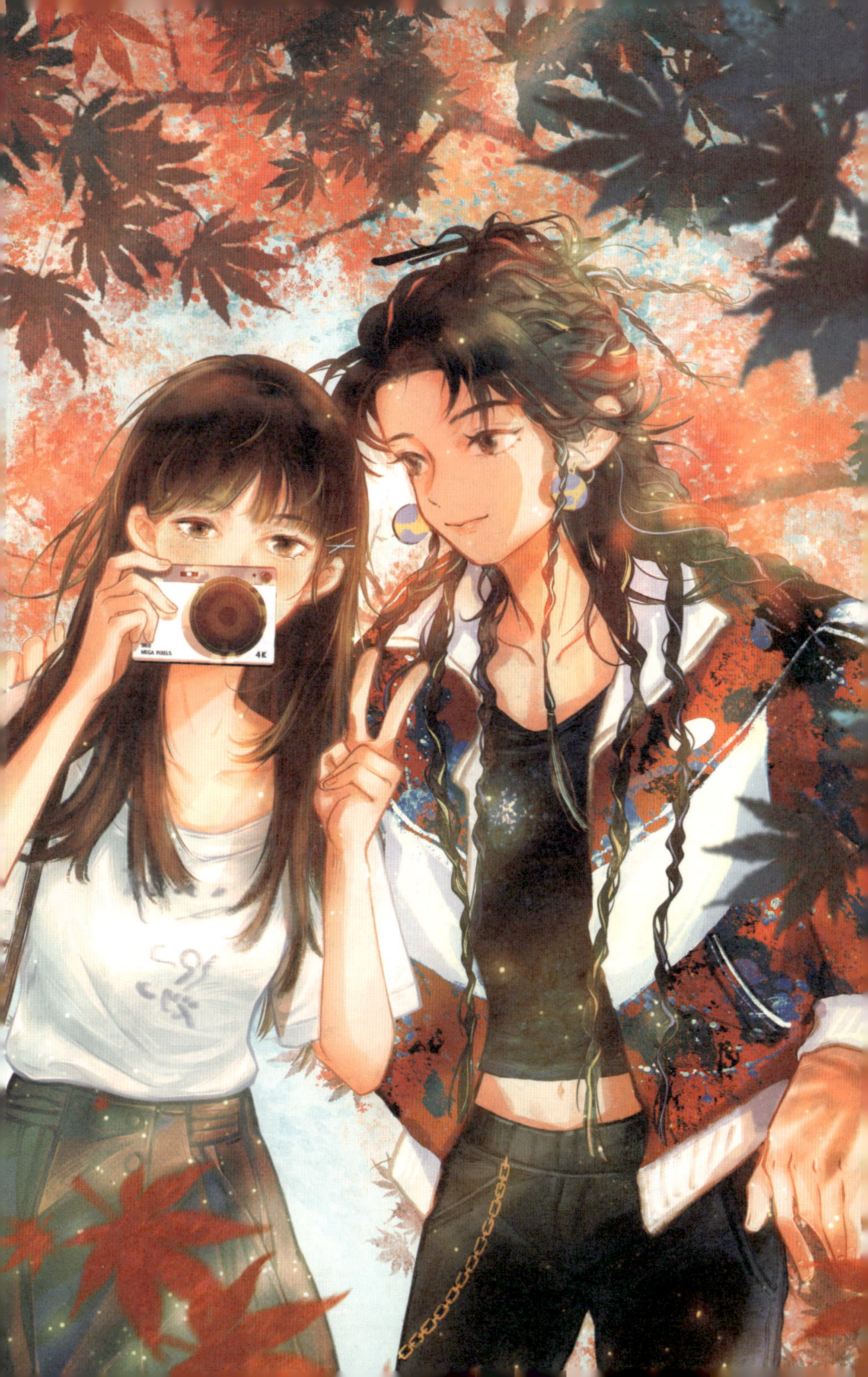
MEGA PIXELS
4K

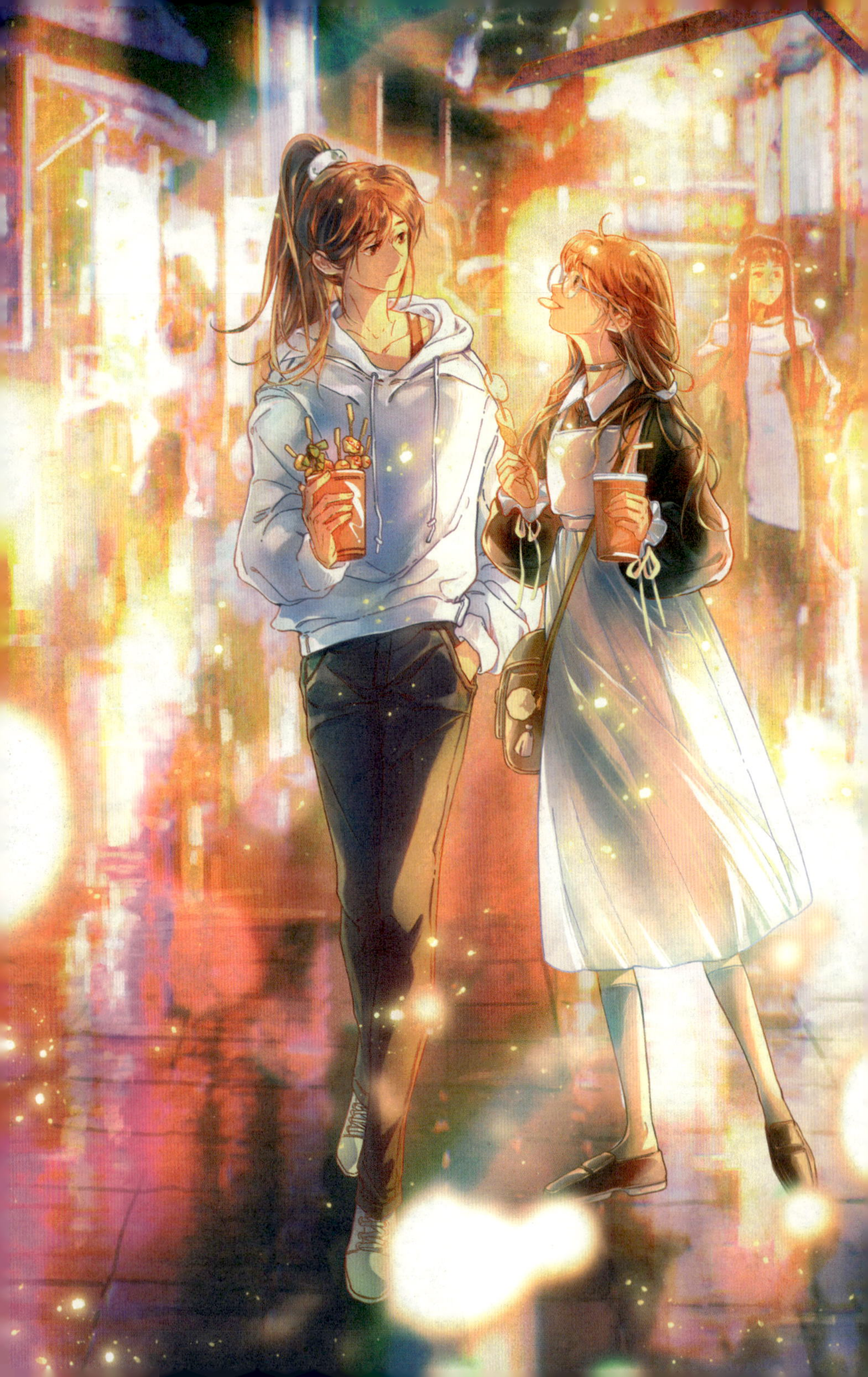

目录 Contents

001 第一章 那个一米九二的体育生

031 第二章 一个正直善良聪明漂亮的人

060 第三章 对我很好很好的人

095 第四章 尽职尽责的保镖

123 第五章 你在敷衍我

157 第六章 要变成和你一样优秀的人

185 第七章 想要梦想成真吗？

215 第八章 你的心情是不是和我一样？

241 第九章 立刻飞到你身边去

270 第十章 做彼此的榜样

291 番外 郑希羽：我真的很喜欢跑步

YUERUXIATIAN

YUERUXIATIAN

第一章
那个一米九二的体育生

国庆学生返校，N大操场上很热闹。

最热闹的还是篮球场，男生们组队打球，因为人太多，基本玩的都是半场。

周边围了不少女孩子，有的拿着水，眼睛晶亮地盯准场上的某个人，有的挽着闺密的胳膊，嘴里嚼着口香糖纯属无聊地看着。

今天是难得的秋日好天气，金色阳光灿烂，微风徐徐，温度适宜。

郑希羽正坐在篮圈下等位，她个高腿长，即使刻意蜷缩了身子，在人群中还是很显眼。

每次有人上篮，总会看她两眼。

郑希羽用眼神提醒他们，别看，注意看球。

但她剑眉星目，表情认真时会显得有些凶。

于是进攻的人往往手一抖，球就偏了。

郑希羽垂眸在心底叹了一口气，紧一紧自己的鞋带。

这一局三对三还差两个球，照目前的局势来看，个小的这队很快就下场了。

抢位子的时候要积极一些，因为她是女生，哪怕身高一米九多，来到球场男生也会默认她只是来看球的,或者,看人的。

最后一球,穿七号球衣的男生在三分线外停住,打算搏一把。

他起跳的时候,郑希羽站起了身,活动了一下脚踝,准备上场。

这球进不了,太高了。

果然,七号男生拼尽全力一掷,球高出了进球点,眼看要越过篮板。

郑希羽转身,一个跨步便可以接住这球。但她身后突然来了两个女生,她这一挥手,能拍到女孩子的脸上去。

郑希羽急刹车,球擦着右边胖乎乎的女孩子的肩膀过去,女生喊了句:"看着点儿人哪!"

"抱歉。"郑希羽说道。

左边的女生接了话:"又不是你扔的。"

郑希羽将视线落在她身上,怔了怔。

小姑娘个子特别小巧,长发,巴掌脸,洋娃娃一般,像是被姐姐带来学校里玩的高中小妹妹。

郑希羽笑了笑,穿七号球衣的男生已经跑过了她身边,捡起地上的球,冲着这小姑娘说道:"没砸着吧,来玩球吗?我带你啊。"

又一个男生挤了过来:"就你那三不沾的水平,带得动吗你?"

眼看要吵起来,郑希羽抬手拨了一下,轻松拿走七号男生手里的篮球:"球不是你们的,输了就下场。"

她说完就带球上了场,在罚球线上试了一下手感。

篮球落入网中的声音清脆,没有问题。

球场上的获胜队愣了愣,郑希羽看了他们一眼:"来吧。"

有人喊:"姑娘,这是男篮。"

"该怎么打怎么打。"郑希羽说道。

但原本预备上场的男生都停住了,他们的目光落在郑希羽身上,有着含义丰富的笑意。

郑希羽干脆侧头看向刚才那两个小姑娘,冲她们问道:"一起玩吗?"

阮阮愣了愣，拽了拽唐天浠的衣袖。

唐天浠倒是直接，喊道："不会玩，你加油！"

郑希羽点点头，篮球在她的指尖上旋了一圈，她语气冷淡地说："没人的话一打三吧。"

阮阮又拽了拽唐天浠的衣袖："啊，这女生好帅。"

七号男生有些不爽："个子高不一定会打球。"

唐天浠没看他，拉着阮阮的手腕往一边走："会不会打不一定，反正投篮比你准多了。"

七号男生被噎得说不出话来。

场上还真成了一打三的局面。

唐天浠和阮阮本来只是路过，但这开场有些精彩，阮阮一直回头望。

唐天浠干脆松了她的手："想看你去看呗。"

"哎哎哎，进了，进了！天哪，她进攻的时候那几个男生根本没法拦。"

唐天浠回头看了一眼，球场上的女孩子动作利落、英姿飒爽，穿着短裤的长腿又细又直。

女孩子在这时轻松跳起，单手扣篮。

"厉害。"唐天浠没忍住感慨道。

阮阮嘲笑她："你是不是想让她把个头分一点儿给你？"

只有一米五五的唐天浠对着自己的室友嘲笑了回去："你是不是想把自己的肉分一点儿给她？"

阮阮笑得特别开心，胖乎乎的脸颊挤出两个小酒窝。

唐天浠推了她一下："想看就去看，我这边你也帮不上忙，你倒不如给我打听打听那姑娘叫什么，哪个院、哪个班的。"

"嗯？"阮阮对她挤眼睛。

"嗯！"唐天浠特大方，"我就恨自己没带相机，要不然宣传册上的图还用愁吗？"

"保证完成任务！"阮阮挥挥手，马不停蹄地跑了。

唐天湉又望了球场上的人一眼，转身继续往学生会办公室走。

最近是各学院学生会招新时间，作为新晋的校学生会宣传部部长，唐天湉忙得有点儿晕头转向。

她能写能拍，还有点儿完美主义，于是能者多劳，好多问题都等着她处理。

今天她得把各学院报上来的宣传资料整理归纳一下，晚上还有个学生会联谊饭局。

饭局其实她不太想去，因为这种场合，总是会有些麻烦事落在她身上。

她是个美人儿，这事她从小就知道。

但她进了 N 大以后，靠"娇小可爱，天使脸蛋，魔鬼身材"成为男生分外追捧的校花，就很让人不爽了。

她走在路上被拍照片，不分场合地被搭讪，隔段时间就会出现的谁谁谁又为她打起来了的幼稚传说……唐天湉生起气来的时候，简直想把这群讨厌的人打一顿。

唐天湉在办公室里对着电脑折腾了一下午，六点多的时候阮阮打来电话问她约在哪个食堂。

"大宝贝，你忘了今天八点的饭局吗？"唐天湉把键盘敲得"啪啪"响。

"记得啊。"阮阮理直气壮地说，"说是八点，等人到了上菜吃上饭不得到九点多去了？再说了，到时候人那么多，就那几个菜够谁吃，还不趁着这个点填填肚子吗？"

"你说得还挺有道理，"唐天湉瞅了瞅办公室的门窗，都关得挺严实，于是猛地提高了声音，"但你忘了自己今天早上发的减肥毒誓吗？说好起码要控制食量！"

"嗯……明天开始吧。"阮阮嘟囔道。

"不想谈恋爱了？"

"明天再想吧。"阮阮突然兴奋起来，"我今天只对郑希羽的消息感兴趣。"

"谁？"

"郑希羽！希望的希，羽毛的羽！砸我们球，不，不是她砸的，给我们挡球，不对，也没挡。哎呀，你让我打听的大长腿！"

唐天涨想起来了，满脑袋都是那傲人的身高和笔直的腿。

"你知道她多高吗？一米九二！天哪一米九二！！今年的新生，体育学院运动训练专业，咱校排球队主攻手，原省队队员，最近在准备CUVA（中国大学生排球联赛），国家一级运动员，我们学校特招的宝贝！"

"听不太懂。"唐天涨应道。

"你懂最后两个字就成了，宝贝！这才是真正的大宝贝！"阮阮已经陷入了一种痴狂的追星状态，"而且她不仅仅是排球打得好，大球小球田赛径赛，横扫咱学校应该没啥问题了。"

唐天涨自小运动细胞就不发达，闻言对此十分又羡慕，嘴巴张了半天，也就酸酸地冒出了两个字："厉害。"

"嘿，不要这么忌妒。"阮阮也真是了解她，乐滋滋地说道，"唐校花，今天也真是多亏你去球场晃荡了那么一下，你走之后，之前砸我们的男生要跟郑希羽单挑，你说他是不是有病？"

"是。"唐天涨回答得毫不犹豫。

"然后他输了，被打得都虚脱了。本来这事到这里就结束了，你猜怎么着？"

"去二食堂吧。"唐天涨关了电脑往外走去，"故事听起来比较丰富。"

"谢主隆恩！"阮阮大喊了一句。

两个人在食堂里找了个角落，桌上有吃有喝的。

阮阮说到激动处把桌子拍得"啪啪"响，引来了不少目光。

唐天涨不在意，听得挺开心的。

今天砸她的那男生，应该给她塞过情书。后来过来的那男生，应该要过她的微信号。再后来，一个又一个人单挑郑希羽，里面有没有喜欢唐天浠的人不一定，但肯定的是，这种对自己没点儿数的"中二"少年，是唐天浠现在最烦的一类人。

郑希羽把他们全部干倒了。

一个大一小学妹，在球场上所向披靡，打倒了各学院自以为是的"男神"。

"重点是！"阮阮往嘴里塞了一大块排骨，用咀嚼下咽的时间来强调这个重点。

唐天浠咬着吸管等着她。

阮阮终于吃完，一拍桌子："重点是人家郑希羽真没把这当挑战，搞到最后，那些男生又气又不敢再上。她还对他们笑着说'下次不要和我客气，大家都一样，该怎么打怎么打'。太帅了，太帅了，她怎么这么厉害啊，我真是太喜欢她了……"

唐天浠抱着饮料喝了一口。

阮阮瞄她一眼，唐天浠长着猫眼一般的漂亮眼睛，这么不说话乖乖吃东西的时候，睫毛卷翘，眉眼特别吸引人。

阮阮突然有些心虚，说道："郑希羽还是没你好看，但已经算很好看的了吧？"

"有些记不清了。"唐天浠咂了一下嘴。

不过匆匆一面，郑希羽那样身高的人，给人留下的印象最深的地方自然是她的身材。

主要两个人身高悬殊，唐天浠也没能看清人家的脸。

不过很快，老天爷便给了她机会。

晚上九点，唐天浠在几轮电话催促后，和阮阮去了学生干部联谊饭局。

一进饭店大厅，唐天浠便看到了中央桌边坐着的郑希羽。

郑希羽即使坐着，也身姿挺拔，在众人中醒目得很。

也正因为她坐着，唐天浠终于看清了她的脸。

轮廓清晰，因为瘦，也因为马尾辫扎得整整齐齐，郑希羽整个人显得十分干净、清秀，又凌厉。

"是挺好看。"唐天浠嘟囔道，又有些生气，"比我的好看高级多了。"

最中央的桌边坐着唐天浠的顶头上司——现今的校学生会会长李响。李响瞅着唐天浠进来，顾不得大家正在撒欢似的劝酒，站起身冲唐天浠招了招手："天浠，坐这边。"

这一举动吸引了所有人的目光，闹哄哄的一间饭店里，众人视线最终都落在了唐天浠身上。

唐天浠撇了撇嘴，说道："不想和你们坐。"话说得生硬，但因为人长得太可爱，所以语气显得软绵绵的。

在男生眼里，她大概就跟故意撒娇似的。

于是李响一点儿都没有被拂了面子的尴尬感，依然笑容灿烂，顺着她的意思说："行，你看你想坐哪里，都成。"

唐天浠拉着阮阮去了边上一桌，那桌都是女孩子，还有两个他们文学院的人。

"人基本到齐了。"李响端起酒杯，"最近各学院招新大家辛苦了，干一杯。"

大家应和着举杯。

"后续还有许多工作需要跟进，活动月也马上就要到来了，希望各学院和校学生会之间好好配合，为学校和我们的同学服务！"

大家再度应和。

"最后，欢迎新加入我们 N 大学生会的同学们，你们是未来，是希望，是人群中的佼佼者！"

有不少人在桌上把酒杯磕得"咔咔"响，欢呼着喝下这一杯酒。

唐天浠握着手里的雪碧，三次过后，也只喝下去了一点点。

桌上有人对她说道："唐学姐，你不喝点儿酒吗？听说今天的红酒是会长从家里带来的，可贵了。"

"我不喝酒。"唐天浠笑笑，眼角和嘴角弯弯的，像洋娃娃一样，"贵的便宜的都不喝。"

阮阮紧跟上为她解围："对，她酒精过敏。"

唐天浠冲桌边的人举了举手里的饮料："不能喝的人别勉强，意思意思一下就行。咱还是学生呢，没必要搞这一套。"

对面的姑娘压低声音说道："会长就喜欢这一套。"

唐天浠挑了挑眉："所以说他已经一脚踏进中年人的行列了呢。"

开玩笑的语气，使得大家都笑了起来。

唐天浠拿起筷子："吃菜，吃菜。"

这一桌的氛围是轻松的，女孩子们在一块儿聊聊明星八卦新闻，说说衣服和化妆品，菜吃得多，酒基本没动。

其他桌的人就不一样了，特别是最中央那批人，那里集结了各学院的负责人，劝酒词多式多样，众人喝开心了，声调都上来了，挺扰民的。

唐天浠有些想不通，郑希羽怎么坐那桌去了？

她和阮阮坐的位置和郑希羽背对背，中央隔了一条大过道，唐天浠看不见郑希羽，全凭阮阮不断回头，然后在她耳朵边唠叨。

"郑希羽吃饭都坐得好直啊，三个九十度，课本上要求的标准坐姿那种。

"郑希羽头发又多又亮又直啊，她那一个马尾辫，得我这三个头的发量吧？

"郑希羽夹菜的姿势真好看，她这是体育生该有的样子吗？我怎么看出了一丝优雅？"

"经管院那货又灌郑希羽酒了。"

唐天浠站起了身。

阮阮吓了一跳："怎么了？"

唐天湉走到对面，抬手把坐那位置上的熟人往外赶了赶："换个位子。"

熟人四下张望了一下，笑着问道："唐天湉，你想看谁呢？"

"看垃圾欺负人。"唐天湉脸色不太好。

她虽然长得可爱，但性子挺暴躁的，特别是有"垃圾"蹦到了她面前，戳中了她的点，比如，灌女孩子喝酒。

中央桌上大家敬来敬去，许多酒最后就敬给郑希羽一个新人了。

这些人绝对是故意的。

唐天湉坐在纵观全局的位子上，想要观察清楚情况，抓个罪魁祸首。但奈何她个子矮，对面的人高，挡去了许多重要的视角。

唐天湉干脆站起了身。

桌旁的人都看着她，唐天湉蹙着眉头，压低声音说话便挺有气势的："吃你们的，我坐累了。"

姑娘们察觉气氛骤变，连忙低头吃饭，偶尔抬头悄悄瞄唐天湉一眼。

唐天湉神色认真，目光一动不动地盯着中央的桌子。

她看明白了，不仅经管院的，那桌一共十个人，五个人联合起来在坑郑希羽。

说笑声传进耳朵里，捕捉到一些信息，唐天湉突然问阮阮："今天下午在篮球场比赛的人，都是哪个院的？"

阮阮反应很快："经管一个，计算机一个，还有两个体育学院的，剩下的不清楚。"

"好。"唐天湉应道。

她基本可以确定了，一个刚进学校没多久，规规矩矩，话又不多的大一新生，能得罪这么多人的唯一理由，也就是技高一筹，球场上认真比赛，大杀四方罢了。

这些人真小气，唐天湉在心里默默骂了一句。

郑希羽又喝下了两杯酒，唐天湉能看见的也就她那一点点的侧脸，和有些泛红的耳郭。

郑希羽基本不说话，酒到跟前了，没人帮她挡，她抬手便喝了。

有人玩色子赢了，嚷着要玩真心话大冒险，贼眉鼠眼沆瀣一气，真心话提问便扔到了郑希羽身上。

那人站起身，突然朝唐天湉看了过来。

阮阮时刻关注着状况，脖子都快扭酸了，她赶忙提醒唐天湉："就他，一直带头灌郑希羽。"

"哦。"唐天湉和他对视，眼神一点儿都没放松。

但还是因为她那双眼睛又圆又亮，太漂亮了，那人根本没把她的威胁当回事，反而对着她笑起来。

唐天湉感觉有点儿恶心。

那人看唐天湉两眼，再看郑希羽两眼，问话的声音很大："小郑同学，你有没有谈过恋爱啊？对象多高啊？一般人找你告白都得好好掂量掂量吧？"

每一个问句之间他都要顿一顿，给大家笑的时间。

三句问话过后，中央桌边的人笑倒了一半，剩下的人脸色尴尬。

这个时候，长眼睛的人都看得出他们在欺负郑希羽了。

如果说之前灌酒他们还顾着点儿面子，现在这明显带着嘲讽意味的问句就是要彻底撕了郑希羽的面子，让她在一众校友面前颜面尽失。

猥琐的男生所能想到的欺负别人的办法，并不是在赛场上赢得光明正大，而是攻击他们自以为的女生的弱点，那就是没有男朋友。郑希羽因为个子太高，所以肯定没有谈过恋爱，无法谈恋爱的女生是没有价值的。

这简直是在唐天湉的"炸点"上蹦迪。

哄笑声中，郑希羽没说话，唐天湉突然就觉得她笔直的瘦长背影显得那么弱小，需要自己来保护。

于是唐天湉一脚把身边的椅子踢了出去。

木椅在地面上摩擦，发出极大的异常响动。

所有人都望了过来，包括正在上菜的老板娘。

但郑希羽没动。

唐天浠一撩裙子下摆,抬腿站在椅子上,叉腰提气,声音响亮地说道:"这年头谁没谈过恋爱啊!"

四下寂静,郑希羽终于回过了头。

唐天浠瞪着那个刁难郑希羽的男生,每一个字都铿锵有力:"不敢告白的人,就像不敢在球场上战胜对手的人一样,都是胆小鬼!"

男生愣住,眼神闪躲,脸色一下子变得通红。

唐天浠瞪向了李响:"李会长,我觉得我们作为在校学生,劝酒的恶习非常不好!特别是在新入校的学弟学妹面前,这让我们宣传部的口号非常不好写!"

李响惊讶地攥紧了手里的酒杯,有些尴尬。阮阮高兴得不行,都要给唐天浠鼓掌了。

"最后,"唐天浠瞪向郑希羽,对上一双清亮的眼睛,突然就有点卡壳,"那个……"

郑希羽看着她,有些不解。

唐天浠跺脚,用音量重新把自己的气势给提了起来:"喂!郑希羽!你给个联系方式,我们认识一下,今晚我护着你,我为你上刀山下火海,看谁还敢跟你叽叽歪歪一句!"

唐天浠骂了主犯,训斥了包庇者,最后用实际行动替郑希羽找回了面子,彻彻底底翻了盘。这一番发言太过精彩,特别是最后一句,众人震惊到张着嘴巴,好一会儿硬是没合上。

老板娘端着快要凉了的菜,不知道这时候该不该上。

所有人视线的焦点从唐天浠身上转到了郑希羽身上,郑希羽眼里也有惊讶之色,但面上还算平静。

她微微皱了皱眉头,看着唐天浠,目光认真地扫过对方的五官,最后还是确定了,她并不认识这姑娘。

所以,她只能有些不好意思地问道:"你是?"

至此，郑希羽大获全胜——校花冲冠一怒为学妹，大庭广众之下表明支持，她却不知道校花是谁。

要知道，这可是闻名N大、有才有颜、照相机一架就可以立刻出片的校花唐天湉啊！

唐天湉觉得脸有些热，且郑希羽有些笨。郑希羽顺着她的话说就好了，非得这么认真地问出这两个字来。

这实在让人有些下不来……椅子。

阮阮猛地起身，跑到郑希羽跟前，一把把她薅了起来。

郑希羽站起来以后，基本就没其他人什么事了。

她那样的身高和气质，即使她穿着学校的定制校服，也可以成为人群中最亮眼的姑娘，傲视群雄，不太能看见其他人的那种。

唐天湉看着郑希羽——高度还好，因为她现在站在椅子上。

郑希羽朝她走了过来，也就两步的距离，将手伸到了她面前。

唐天湉与郑希羽对视了两秒，才反应过来，她这是在接自己下椅子。

"嘻，这能有多高啊？不用。"唐天湉试图从一旁跳下来。

郑希羽还是扶了她一把，扶在胳膊上，掌心几乎能把她的大臂裹个严实，扶得很稳。

唐天湉落了地。

"那个……"她突然不知道该说些什么。

郑希羽倒是开了口："你还吃饭吗？"

"啊？"唐天湉仰头看着她，"不吃了。"

"那我们出去吧。"郑希羽说道，"我送你回宿舍。"

这群人都知道阮阮和唐天湉关系好，郑希羽和唐天湉的身影一从视线里消失，便吵吵闹闹地问起她来。

"怎么回事啊？"

"她俩以前就认识？"

"唐学姐她居然……不'高冷'了？"

对唐天湉最后那话，阮阮也很震惊。

按照她对唐天湉的了解，唐天湉百分之九十九是瞎说的，但凡有百分之一的可能性，也足够阮阮刷新对唐天湉的认知了。

她俩是室友，而且关系特别好，从大一进校那天起焦不离孟孟不离焦的，这都黏一块儿一年了，她居然不清楚唐天湉什么时候对郑希羽另眼相待了，这可太不正常了。

心里翻江倒海地折腾，阮阮嘴上倒是随意。

"这年头了，这是什么稀奇的事吗？怎么，女生就不能'英雄救美'了吗？"

"不稀奇，不稀奇。"女孩子们应和道。

"对嘛。"阮阮喝了口饮料，提高了声音说，"咱们双一流大学的大学生，要是随意攻击别人，那可真是太没素质了。"

中央桌那边的人陷入了奇异的沉默之中，谁都没说话，也没再动杯。

气氛有些尴尬，但哪怕尴尬得阮阮鸡皮疙瘩都快起来了，她也没离开。

平时她吃了那么多唐天湉的零食，该是回报的时候了。

只要她还在这里坐着，这些人就不能对唐天湉议论纷纷。

她能拖一会儿是一会儿，说不定饭局后人散了，话题也就凉了呢？

阮阮真是操碎了心，掏出手机给唐天湉发了条消息："小宝贝你放心飞，大宝贝我永相随。"

手机振动，正在等红灯的唐天湉拿出手机，划开屏幕，看到消息没忍住笑起来。

郑希羽侧头看了她一眼。

唐天湉下意识地把手机屏幕往胸口压了压，压完了又觉得不应该："那个，我室友发的消息。"

她一路跟着郑希羽从商场里出来，气氛有些尴尬。

郑希羽没有主动说话,却时刻观察着唐天湉的一举一动,唐天湉腿短跟不上她的步伐了,她还会刻意地放慢脚步。

郑希羽特别刻意,一个大高个儿,走路跟蜗牛挪似的。

"绿灯了。"郑希羽突然开口道。

"哦哦,好。"唐天湉的视线对上了焦,看着那个绿色的走动的小人,她伸手去拽郑希羽的衣袖。

这是她习惯性的动作,过马路的时候她总会照顾一下身边的人。

但这次不如以往,因为身高悬殊,她抓到的是郑希羽的袖口。

唐天湉脑袋里的警铃"哗啦啦"地一阵响,毕竟两个人还不是很熟。

于是她往前两步便松了手,直直地盯着斑马线,大跨步地往前走着。

这是一个巨大的十字路口,城市夜晚灯光璀璨,斑马线的末端是转弯的车辆。

唐天湉匆匆行到了跟前,突然有人擒住了她的肩,把她往后轻轻带了带。

"小心。"郑希羽的指尖搓着她的一小片衣服。

"啊,没事,没事。"唐天湉挥了挥手,"这会儿车多,过马路就得稳、准、狠。"

郑希羽抬手挡了挡,搓着她这一小片衣服,提溜着人上了人行道。

唐天湉觉得这氛围该用诡异来形容了。

她向来风风火火,该跟人交代清楚的事情一定要说清,不让误会发酵,此刻就是最好的时机,但若是开口就说"我刚才说的话只是一时上头"又显得她唐天湉说话跟放屁似的。

所以她总得铺垫一下。

于是唐天湉拉开了点儿距离,这样仰头的时候角度小一点点,不至于脖子太痛。

"那个,郑希羽对吧?"

郑希羽侧头看着她,嘴角带着一丝笑意:"对。"

"一米九多吧？"

"一米九二。"

"体育学院运动训练专业的新生？"

"嗯。"

"校排球队的主攻？"

"对。"

"要代表咱们学校去参加CUVA了。"

"是。"

"不仅排球打得好，大球、小球、田径都厉害！"唐天湉对自己的记忆力有些佩服，说着说着语调便不自主地上扬，"你是咱们N大的宝贝！"

这下郑希羽没接话，看着她。

唐天湉对上她的视线，兴奋情绪被挡回了肚里。她转过头，又假咳了两声来整理思绪。

郑希羽抬手拉开了外套拉链，眨眼之间，唐天湉的眼前变暗又变亮。

她身上盖了件衣服，有洗衣液的香味。

"晚上有些冷。"郑希羽说道，"别感冒了。"

唐天湉自己穿的是长袖的连衣裙，衣料是有些薄，但脱了外套的郑希羽穿的是件短袖，光溜溜的胳膊露在外面。

"你这不是更冷吗？"唐天湉盯着她那又细又长、线条美丽的胳膊。

"我冻不着，练体育的。"

"真的？"唐天湉有些好奇，"你是不是身体素质特别好，一年到头都不会头疼脑热那种？"

"对，我已经……"郑希羽顿了顿，才又说道，"有两年多没感冒过了吧。"

话题就此被打开，一到换季就生病的唐天湉裹紧了身上的衣服："怎么做到的，锻炼身体就可以吗？"

"嗯，你试试早晚跑五千米。"

"怎么可能！那要累死了！"

"那你试试一周游泳两次。"

"天冷了冻得慌！"

"在铜像广场上跳跳操？"

"哈哈哈——领操的人都是你们院的小姐姐，身材一个赛一个地好，哎，那腿啊……"

唐天湉住的9号宿舍楼不远，两个人一个话题没能聊完便到了楼下。

唐天湉看到熟悉的楼门，有些恍惚，停下了脚步："你怎么知道我的宿舍的？"

郑希羽回答她："我不知道。"

"啊？"

"我跟着你走的。"

"哦，也是。"唐天湉笑起来，觉得自己今晚有些笨。

时间不算早了，女生们三三两两地进楼，有的抱着书，有的提着开水壶。

唐天湉没忘记正事，抿了抿唇，认真地看向郑希羽，眼神里有作为学姐的鼓励和担忧之色。

"跟你聊了这么多，其实就一个主题，你很棒。"

"你是真的非常非常厉害，不比N大任何一个学生差，特别是今天在球场上挑衅你、酒桌上又暗暗灌你酒的那些人，你比他们强一百倍！"

唐天湉攥紧手，紧盯着郑希羽，要等一个她对此话的答复。

郑希羽低头看着她，收了笑意，同她一样语气郑重地应道："好。"

唐天湉挺满意，继续说道："你这么优秀，喜欢你的人一定很多，所以那些无关紧要的人说的话，你不要在意。"

"好。"郑希羽依旧答应下来。

接下来的话让唐天湉有些紧张，她眼神开始晃："我的话你也别……太在意，我今天说的那些话，主要是为了给那些人一点儿脸色看看。"

郑希羽不说话了。

唐天湉的眼神彻底闪躲开了，她不太敢再去看郑希羽，明亮的宿舍楼门现在对她来说，就是一颗救星。

她抓紧了手头的衣袖，抬手挥了挥："总之，今天认识你很高兴，时间不早了，再见！"

她跑掉的时候，听见了郑希羽对她说道："再见。"

那两个字的声音不大也不小，绕在唐天湉的耳边，催着她脚下加速，她一点儿都没停，直接奔上了四楼。

平日里不怎么运动的人推开了宿舍门，抓着门把手先喘了两分钟。

室友李桐正在睡觉，听见动静拉开帘子，眯着眼睛瞅着她："天湉你被鬼追了吗？这一通跑，脚步声重得我梦里都听得见。"

"那你可能是鬼压床。"唐天湉喘匀了气，反手关了宿舍门后，又是一个敢说敢做的好汉。

李桐一个激灵翻身坐起，摸来了床头上的眼镜戴上："你咋穿着大一的校服呢？"

唐天湉愣了愣，垂眸盯着自己身上的衣服："哎呀。"

她忘了还人家衣服了。

李桐摸着眼镜框，瞎琢磨着："这么大一件大一的校服呢，男生的吧？你不是跟阮阮去学生会的饭局了吗？就你一人回来啊。"

李桐拊掌，有些兴奋地继续说："答案只有一个，被学弟追了吧？来，讲讲，这次又是什么浪漫故事？"

唐天湉瞪她："你睡得一脸印子像只红皮小乳猪！"

"怎么还进行人身攻击呢？这恼羞成怒的。"

"你才羞，什么学弟。"

"你咋这么反常呢？"李桐扒着床栏。

唐天湉一屁股坐在了自己的粉色小椅子上，心情有些复杂："你别管我。"

李桐再问不出话来，直到阮阮回来，抑扬顿挫地说了一通，才明白发生了什么事。

"啥情况啊？"李桐没忍住，还是问道。

"没。"唐天浠扒拉着那件校服，情绪平静了下来，"我就是愁这衣服怎么还。"

"人家送你回来你俩没加个联系方式吗？"阮阮掏出手机，"我找找啊，她是体育学院学生会的，通讯录里应该有。"

这时唐天浠的手机响了一声，她抓过来戳了两下："不用找了。"

阮阮："啊？"

唐天浠盯着那个名字："她加我好友了。"

郑希羽加上了唐天浠的微信，发过来两条消息。

一条是"谢谢"，另一条是"明天几点起床，我的另一套校服刚洗了干不了"。

连个表情包都没有。

唐天浠刚刚平复心情，现在又莫名其妙地气起来，盯着那两条消息手指动了又动，都没能回出一个字来。

她把自己又给气笑了。

阮阮和李桐一直盯着她的神情，见她又竖眉毛又笑得乐和的，好奇得不得了。

"她发什么了啊？"阮阮终于忍不住问。

唐天浠干脆把手机扔过去给她看。

李桐从床上溜了下来，两个人抱着唐天浠的手机研究了一会儿，挤眉弄眼一通，最终阮阮总结道："我觉得她说谢谢是在向你今晚的帮助行为表示诚挚的感谢。"

"对头！"李桐点头。

"至于要校服，本来一人就只有两套嘛，各年级的颜色又不一样，

她没法借。大一新生出操查得很严的,必须穿校服。这情有可原嘛。"阮阮说得头头是道,"而且有借有还再借不难。你不是宣传册还差图吗?她那条件多合适啊。"

唐天湉继续撇嘴:"她那条件也不是全 N 大就一个吧,之前我们找错方向了,在漂亮的人里找搞体育的难,在搞体育的人里面找漂亮的,那可就不一定难了。"

"行吧。"阮阮把手机递给她,"那你到底什么时候还人家衣服?"

唐天湉一拧身子往床上爬去:"快熄灯了,洗你的澡去。"

阮阮抱着盆去洗手间了,李桐上床继续睡。

唐天湉把帘子拉上,小小的空间里安静舒适,是她一个人的世界。她举着手机,又看了几遍那两行字,最终回复道:"六点。"

六点半是出操时间,她得在那之前把郑希羽的衣服还回去。

郑希羽这个人冷冷清清的,嘴巴一点儿都不甜,但唐天湉是学姐,学姐不跟小学妹计较,大忙都不顾后果地帮了,这点儿小事,自然不用太计较。

手机很快振动了一下,郑希羽回她:"好,六点二十我在你的宿舍楼下等。"

唐天湉噘了噘嘴,把扔在床头的衣服拽过来,叠整齐了。

第二天一早,唐天湉的手机闹钟一遍遍地响起来,没吵醒她,吵醒了阮阮。

阮阮爬到唐天湉的床上,扒拉过来她的手机给她把闹钟关了,十分不爽地拍了裹在被子里的唐天湉一巴掌。

"又不起,这么吵。"

埋怨完,阮阮爬回自己的床,又蒙头睡了。

大二学生出操没管得那么严了,她们宿舍三个人,三个都是起床困难户,宁愿把这两个学分丢了。

她们多补一门选修课的事,换得早上好眠,怎么算都划算。

三个人睡得香甜,楼道里的人声和动静完全惊扰不到她们。

早上六点二十五分,唐天湉的手机又响了起来,阮阮头疼得不行,抓着个抱枕扔了过去。

"唐天湉!关了你那虚伪的闹钟!"

抱枕正中唐天湉的脑袋,这是长期历练出来的准头。

唐天湉嘟嘟囔囔地睁开了眼,手机屏幕上跳动的名字让她心脏漏跳了两拍。

"啊!"这喊声十分响亮,唐天湉几乎是连滚带爬地下了床,"完了完了完了……"她一边疯狂地翻了件外套穿上,一边不断地念叨。

阮阮终于觉察出了不对劲,伸出脑袋问她:"主任突击吗?"

"不不不……"唐天湉抓着手机,已经拉开了宿舍门。

"你还穿着拖鞋!"阮阮喊道。

门"啪"的一声被无情地关上了。

"大清早你俩干吗呢?"李桐挂上了眼镜。

"谁知道啊?她火急火燎的。"

李桐猛地在自己的腿上拍了一巴掌:"大阮同学你太不敏锐了,她肯定是去见郑希羽了啊。"

"还衣服吗?"阮阮清醒了。

"是啊,昨晚不是发消息了吗?"

"可是衣服还在她的床上啊!"阮阮拉开床帘,指着唐天湉床头整整齐齐的大一校服。

"哈哈哈……"李桐快乐疯了。

往下跑的时候,唐天湉没接郑希羽的通话请求。

跑到二楼的时候,手机不振动了,唐天湉瞄了一眼时间,已经六点二十七分了。

她的心脏又漏跳了两拍,快不跳了。

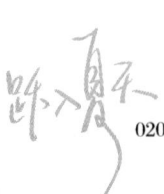

答应别人的事结果因贪睡给耽搁了，自己可太不是个东西了。

她拿出了这辈子最快的速度，两条腿跑到模糊，几乎是跳着下了楼。

她奔到楼门口，左右一甩头，看到了郑希羽的背影。

郑希羽这个子最大的优势就是，显眼。

唐天湉张嘴喊道："郑——阿嚏！"

她被清早的冷风呛得打了一个大喷嚏。

郑希羽回了身。她和昨天没什么变化，只是身上的短袖由灰色的换成了白色的。

对上唐天湉的视线，她大跨步返回，唇边带着一丝笑意。

"早啊。"她不紧不慢地打着招呼。

"不早了，赶紧穿上……"唐天湉楞住了。

郑希羽看着她，脸上的笑容扩大了。

唐天湉抬手拍了拍自己的身体，有些呆："衣服呢？"

"跑得太急忘了吧？"郑希羽说道，"慢点儿吸气，调整一下呼吸。"

还呼吸呢，唐天湉这会儿想把自己塞进地缝里。她抬手在脑门上拍了一下，转身便往楼里冲："我去拿。"

郑希羽拽住了她："不用急，歇会儿。"

"哪里不急啊？出操时间马上就到了，你们在二广场呢，好远啊……"

"跑得太急会难受。"郑希羽扬了扬手上的东西，"给你带了早餐，豆浆和葱饼，能吃吗？"

唐天湉心情复杂。

学妹越大度、越贴心，就显得她这个学姐越傻。

"能吃。"她有些自暴自弃地说道，"猪能吃的东西我都能吃。"

郑希羽没忍住，笑得露出了牙。

唐天湉把她手里的早餐接了过来："那你要我歇几分钟再上去啊？"

"三分钟吧。"郑希羽抬手看了一眼腕表。

唐天湉长吸气长吐气，没脸看人家，腮帮子鼓鼓地瞅着别的方向。

"喂！"有人跳到了她身后，"年龄大了脑子不太好使了吧？"

"啊……"唐天湉转头，只看到了李桐手上的衣服，一把将衣服拽了过来，扔到了郑希羽身上。

郑希羽有些愣，学姐的室友帮忙送衣服了，总得打个招呼。但她没能开口，唐天湉便伸手一巴掌拍到了她的胳膊上："快跑！快快快！"

郑希羽下意识地奔了出去，跑过转弯处时，笑得有些停不住。

李桐握着唐天湉的肩膀晃了晃："糖豆，别看了，你简直笑死我了。"

唐天湉皱着眉头："你说她赶得上吗？"

"照那两条腿的速度，也就两分钟的事。"李桐说道，"而且她刚跑完步你没发现吗？热身热得很好，'呼呼'冒热气那种。"

"发现了。"唐天湉有些自责，"这么冷的天穿短袖去跑步……"

"那还不是因为人家没衣服穿啊？体育生嘛，都这样。"李桐上下瞅了瞅她，"要么你瞅瞅自己现在啥样。"

"不用瞅，鸡窝头，邋遢鬼。"唐天湉转身往楼里走去，"眼屎都没擦……"

"纯天然美貌！"李桐冲她喊，"我去食堂，带早餐吗？"

"不要！我有！"被拉长的声音回荡在楼道里。

唐天湉在宿舍里吃了郑希羽送的早餐，豆浆和饼都是热乎的。

吃完饭她对镜反思了一会儿，估摸着时间差不多了，给郑希羽发了条微信。

"赶上了吗？"

过了两三分钟，郑希羽回她："赶上了。"

唐天湉呼出一口气，也不知道郑希羽说的是真是假。

今天早上唐天湉他们班满课，还都是专业课。

古代文学史老师喜欢讲诗人们的爱情故事，唐天湉在他亮晶晶的眼神里思绪逐渐飘远，补了个好觉。

下午是节选修课，上到一半阮阮发消息让她去体育馆，于是她逃了后半节课。

"带上相机啊。"阮阮在电话里提醒道，"我看这儿环境不错，能拍就顺便拍了。"

"人多吗？"唐天湉抱着书走得很快，"有合适的人吗？"

"一个班，很多漂亮小哥哥、小姐姐，人家经常锻炼的人跟我们就是不一样，起码身材都很好。"

"好嘞。"唐天湉小跑起来，"盯紧点儿，等我过去。"

她回宿舍拿了相机，顺便把学生会的记者证件挂在了脖子上。

她要去的体育馆不对外开放，专供体育学院的学生上课用，她的记者证在 N 大算是万能通用证件，特别是背上装着长焦镜头的单反相机，唬人一唬一个准。

唐天湉急匆匆地赶到体育馆，阮阮在二道门等着她。

关系已经被打通了，领阮阮进来的是体育学院大三的学长，学长瞄了一眼唐天湉的脚："穿运动鞋就好。"

唐天湉笑着说道："这点儿常识还是有的。"

"还在上课，我们先不要打扰他们。你们看上谁，待会儿下课了我带你们过去。"学长压着声音，带着两个人顺着墙边走过去，在一旁的休息凳上坐下。

这是节羽毛球课，鞋底摩擦地面的声音和球拍抽空声此起彼伏，年轻的身体奔跑跳跃，有着别样的青春气息。

"可以拍吗？"唐天湉有些按捺不住躁动的手指。

"拍吧。"学长回道，"在有人出声阻止你之前。"

唐天湉笑着架起相机，快门声有点儿突兀，于是大多数时候她都在瞄，没按快门。

这里确实有很多漂亮的男孩子、女孩子，但都不如郑希羽。

他们没她高、没她白，肌肉的形状没她的好看，没有她清秀眉眼下又冷又酷的气质。

唐天湉觉得如果没见过郑希羽,那如今她的选择颇多,抓哪个人都成,做学校的宣传册而已,又不是拍商业大片。

但她见过了郑希羽,脑袋里便定格了一个完美的画面。

唐天湉放下了相机。

"找着了?"阮阮撞了撞她的胳膊,小声问。

唐天湉撞了回去,声音更小:"你查了郑希羽的那么多信息,有她的课表吗?"

课表不难搞,唐天湉很快就把郑希羽的行踪摸清楚了。

刚好这节课下课后郑希羽就没什么事了,唐天湉掐着点,发了消息过去。

"在吗?"

接着她又发了一张可爱小兔子的表情图。

"有件事要麻烦你一下。"

唐天湉满怀信心地等着郑希羽回复消息,以至于羽毛球专修课的学生们都散完了,她也没让学长去拦人。

"怎么?都不行?"学长盯着最后一个人出了门,笑着问唐天湉,"还是你觉得我行?"

唐天湉来回倒着手机:"学长你很帅,但今天出了点儿意外状况。"

"行。"这学长人很爽快,也不再多说,站起身往外走去,"那以后有需要再找我。"

"成。"阮阮赶忙说道,"谢谢学长。"

"你们还要待在这里吗?"学长问。

阮阮看向唐天湉,唐天湉眨了眨眼说道:"待到管理员赶我们吧。"

学长笑了笑,挥挥手离开了。

偌大的体育馆里,一时之间就只剩下了唐天湉和阮阮两个人。

"她还没回你消息吗？"阮阮也瞅着唐天浠的手机，"可能她正在路上，或者没带手机？你是打算在这里拍的吧，给她打个电话吧，消息她可能看不见。"

"嗯。"唐天浠起身往一旁走去，在微信上拨了语音请求。

阮阮笑着在她身后说道："我们一起打。"

唐天浠没理她，盯着屏幕上郑希羽的微信头像——是只小猫。

铃声一遍又一遍地响起，直到自动挂断。

"真没带手机啊。"阮阮走到她跟前，"这个宣传图你真就非她不可了？"

"你觉得呢？"唐天浠转头看她。

"我投郑学妹一票。"阮阮手指青天，"我真喜欢她的长相，我要是能长成她那样……啧啧啧。"

唐天浠伸手在她的脸颊上捏了一把："你好好减肥，瘦了绝对比她还漂亮。"

"就爱哄我，还等不等？"

"先出去吧。"唐天浠看到有人进来了，"待会儿这里肯定还要进很多人。"

"那我们先去吃饭呗。"

"减肥。"

"明天再减，今天去四食堂，拐角那家的番茄鱼可好吃了！"

文学院和体育学院隔着条马路，四食堂在体育学院那边。

如果郑希羽回了消息，那她们可以快点儿见面完成拍摄，唐天浠琢磨着这样挺好的。

于是两个人真就去吃番茄鱼了。唐天浠吃一口鱼看一眼手机，这都半个小时过去了，郑希羽还没回她消息。

"我们忘了一种可能。"阮阮汤汁浇饭吃得特别香，"说不定她在训练呢。"

唐天湉点了点头，捏着筷子愣了一会儿，突然问道："你说她不会是故意的吧。"

"故意什么？"阮阮抬眼看着唐天湉。

"故意不回我的消息，虽然昨晚我跟她解释清楚了，但我那天吃饭时的表现让她觉得尴尬，所以故意躲我呢？"

"小姐姐我跟你说，"阮阮放下筷子郑重其事地说，"你要相信自己的魅力，全Ｎ大像你这样又漂亮又有才又豪爽的妹子没几个，你要去认识谁都可以，别人根本不可能躲你，谁躲你那就是没有审美能力。"

唐天湉："哦。"

"放心吧。"阮阮继续大口吃饭。

三分钟后，唐天湉又问："她是不是看到学校论坛上的帖子了？"

"中午讨论你那条？不是已经被删了吗？"

"看到的人也不少啊，她是不是为了避嫌，不敢见我啊？"

"我的小姑奶奶……"阮阮喊起来。

"谁是你奶奶？"

"郑大个儿，郑大个儿是我奶奶，奶奶你赶紧给我家大宝贝回消息吧……"

唐天湉夹走了阮阮的筷子尖刚碰上的一大块鱼。

直到两个人吃完饭，郑希羽也没有回唐天湉的消息。

直到两个人回了宿舍，郑希羽还是没回消息。

唐天湉写论文写得生无可恋，把桌子拍得"啪啪"响。

直到李桐从图书馆回来，问唐天湉今天这暴脾气又是因为什么而发，唐天湉的手机才终于有了动静。

来电显示是陌生号码，归属地Ｎ市，开头带特殊字符，是通信公司和Ｎ大合作的超值手机卡。

唐天湉接起了电话："喂。"

"找我什么事？刚才在训练。"

唐天湉踹了椅子一脚，走去了阳台上，还把阳台门给关上了。

李桐盯着她的背影，抓耳挠腮。

夜已经很深了，9号宿舍楼正对着后山，光线很暗，只能往上看见一轮半弯的月亮。

唐天湉明知故问："谁啊？"

那边的人顿了顿，乖乖回答："郑希羽。"

"你怎么有我电话的啊？"唐天湉继续故意问。

"微信号。"

"我在微信发消息给你，你回我微信就行了，没必要打电话。"

"怕你有急事。"

"那这会儿已经不急了。"

"嘟"的一声，郑希羽把电话挂断了。

唐天湉有些不可思议，抓着手机的手甚至来不及从耳边放下，一瞬间脑袋里跟开大会似的吵起来，主要是两派声音，一派吼着"她居然挂我的电话！她居然连再见都没说就无情地挂了我的电话"，另一派比较理智，吼的是"唐天湉你个'作精'！你今天为什么这么作！这是求人办事的态度吗"。

另一派胜了，唐天湉咽了咽唾沫，准备给人发"对不起"。

她刚将手机拿到眼前，屏幕亮了起来，显示有一条新的微信消息。

手机又振动了一下，显示有两条新的微信消息。

"嘟嘟嘟——"手机一连串进来五条新的微信消息。

唐天湉梗着脖子瞪着大眼睛，轻轻滑开了屏幕。

头像是小猫的郑希羽发来消息：

"抱歉。

"真的在训练。

"训练的时候不允许玩手机。

"给你看照片。"

最后一条信息是张训练场地的照片，光线明亮，但拍得很模糊，她真就是随手一拍的，给人看看她在哪里。

"啧。"唐天浠盯着那张照片，找到了照片上一片模糊的影子。

郑希羽的影子。

好吧，我也不是什么无理取闹的人，唐天浠一边按着手机说清想让郑希羽帮忙的事，一边在心里想：原谅你了。

消息刚发过去，郑希羽便回复道："没问题。"

唐天浠："……"

郑希羽紧接着问："在哪儿拍？"

唐天浠脑袋里热乎乎地转了起来，心里也有些兴奋。

屏幕上郑希羽发过来的照片还在视线里，唐天浠略一琢磨，便明白这地方不比体育馆差，于是手指飞快地敲着屏幕，回话的速度和郑希羽一样快。

"就你们训练场那里，可以用吗？"

"可以。"

"你现在还在那里吗？"

"还在。"

"怎么走？"

郑希羽发起了位置共享。

等了一下午，事情就这么突然迅速地解决了，唐天浠回身进宿舍开始收拾东西。

李桐看她着急成这样，怕发生和早上一样的事情，赶忙问她："干吗去啊？别落东西了啊！"

"去拍照。"唐天浠回道。

"相机、镜头、电池、储存卡！"李桐喊道，"还有那啥那啥，反光板、闪光灯、三脚架、稳定器。哎哟，我跟你待一年怎么什么都知道了？"

唐天浠拍了拍包："带了带了，没必要带那么多，你真的特别厉害，跟我待一年还不会半按快门。"

"王语嫣还不会武功呢。"李桐跟在她屁股后面问,"拍谁啊?"

"郑希羽。"唐天湉把包甩到背上,拉开了宿舍的门。

"又是她啊,你需要小助理吗?除了半按快门啥都能干的那种!"李桐扒着门喊。

唐天湉挥了挥手,心情很好:"不用!我一个人够!"

训练馆就在学校附近,从南门出去过条街进地下室就到。

唐天湉以前最多就是去一下学校内的体育馆,没来过这种地方,从窄小的楼梯口往下走的时候,有些抑制不住的兴奋。

她拐个弯,推开一道门,便听到了排球撞击墙壁的声音,闷闷的,却有力。

唐天湉穿过走道,又过了道门,视野开阔起来。

宽广的训练场地,柔软的塑胶,只一个角落开了灯,将一块标准的排球场照得分外明亮。

郑希羽正站在光源的末端,对着墙壁练习颠球,样子很好看。

唐天湉迅速拉开了背包的侧口,掏出了相机,对准郑希羽的方向连按快门,"咔咔咔",不用回看她都知道画面很漂亮。

郑希羽接住了球,回头看向她。

唐天湉的目光没有离开取景器,她拉近镜头,看见了一双明亮的眼,那人眼里的光和额头上微小的汗珠反射的光,细碎得像暗夜里的星辰。

她放下了相机,冲郑希羽说道:"今天没有星星。"

郑希羽朝她走过来,不自觉地让球在手里打转:"后天是个大晴天,应该看得见。"

唐天湉笑了笑,没再接这话,环顾了一下四周的环境:"就你一个人了?"

"对,她们都回去了。"郑希羽说道,"我们可以待到十一点。"

"用不了这么久。"唐天湉扬了扬手里的相机,"这里环境很好,只要你听话,我们很快就可以结束。"

"嗯。"郑希羽弯了弯嘴角,"听话。"

唐天湉真受不了一个需要她仰着脑袋才可以对视的大高个儿这么任人宰割。

她挥了挥手,示意郑希羽去光源中心的场地:"没人抛球,你是不是没法击球了?"

"可以。"郑希羽将手中的球高高抛起,"像发球一样。"

猝不及防,她一个暴扣,排球砸到地面的声音顿时回荡在场馆里,有些凶猛。

唐天湉吓得抖了一下。

"抱歉。"郑希羽看了她一眼,说道。

这个回眸……唐天湉突然觉得郑希羽可能并不是那么……弱小。

唐天湉举起相机,下意识地又确认了一遍:"听我的话。"

"嗯。"郑希羽站在了指定位置,"你说怎样就怎样。"

第二章
一个正直善良聪明漂亮的人

Jeep into the summer

郑希羽果然很听话。

唐天漪难得碰到这么听话的模特。

这是一种有学习意识的听话行为,唐天漪在要求她做什么样的动作时,她会多给出两到三个选择。

身体条件这么优秀,又这么聪明的人,拍摄工作本来应该很快就能结束,但唐天漪没忍住。

她喜欢摄影,现在的情形她根本控制不住自己的手指。

深夜里,一片被灯光打亮的训练场地上散落了一地的排球,一个身姿挺拔的运动员不断跑动跳起。

她有紧实的肌肉,有被汗水浸湿的发光的皮肤,还有一张漂亮的脸蛋和一双熠熠生辉的眼睛。

这可以给唐天漪无数创作灵感,拍到最后,她爬到了裁判用的人字梯上,脚尖勾着梯架,双腿绷直地站着,用一个特别的角度记录着排球姑娘郑希羽的动作。

郑希羽抬头朝她看了一眼。

"嘿!"唐天漪朝她招了招手,"我比你高了。"

"小心点儿。"郑希羽朝她跟前挪了挪。

"没事的。"唐天湉依然迫切地从取景器里注视着这人,"对,这个角度,看我,眼神犀利一点儿。"

她一边这么喊着,一边把脑袋从相机背后移了出来,摆出个犀利的表情给郑希羽做示范。

头上光芒灿烂,郑希羽从下往上地望见一个肉乎乎的下巴和脸颊,还有瞪大的眼,很可爱。

唐天湉个子小小的,盘在梯子上,还摆这种表情,特别可爱,就像一只一戳就会气得鼓起来的鱼。

郑希羽没忍住,笑了起来。

唐天湉一愣,迅速躲在了相机后:"就这样,保持。"

郑希羽的神色凝固了一秒。

"OK(好)。"唐天湉回看了照片一眼,好看得要命。

"OK。"她望着郑希羽,一时没了刚才活泼可爱又特具领导力的劲,傻乎乎地只能重复念叨着。

"拍完了吗?"郑希羽问。

"差……差不多了。"

"那下来吧。"郑希羽走到跟前伸出了手。

"没事,我自己可以。"唐天湉低头望着脚下,"你怎么老是要扶我?我跟你说啊,你别小瞧我们小个子,我们小是小,但灵活呀!"

灵活的唐天湉想要展示一下自己的灵活劲,于是还剩两级梯子的时候放开了手,准备往下跳。

结果郑希羽还是扶住了她。

下一秒,她的双脚便稳稳地落在了地上,腰杆笔直——完美的落地体验。

"你……"唐天湉愣愣地站在那里,一时之间不知道该说些什么。

"抱歉,"郑希羽说道,"怕你摔了,相机挺贵的吧?"

唐天浠笑起来："主要怕我的相机摔了啊？"

郑希羽笑了笑，往后退了一步。

唐天浠转过身看着她："你这个觉悟倒是很高，想法和我非常一致，我要是摔了，宁愿脸着地也不能摔了我的相机。"

"嗯。"郑希羽笑着点了点头。

唐天浠走回放包的地方，把东西一样样地塞了进去："今晚就到这里吧，谢谢学妹啊，帮了我大忙，改天有空，学姐请你吃饭啊。"

"好。"郑希羽应得很随意。

"都这个点了，你不练了吧？"唐天浠掏出手机看了一眼，"一起回吧，宿舍要关门了。"

"嗯，你往外走，我关灯。"郑希羽朝反方向跑去。

这地方是后来改造的，电路不太顺，这块场地的顶灯开关在里面。

唐天浠没动，背起包站在原地等着她。

郑希羽小跑的姿势也很好看，步子跨得大，步态轻松，她很快到了开关前，"啪"一声一掌心拍了下去。

人到了跟前，郑希羽说道："走吧。"

"全都关了吗？"唐天浠问，"怎么还这么亮堂？"

郑希羽回身指了指："那边有路灯，灯光可以透进来。"

唐天浠看向昏黄光线里孤零零地竖着的梯子："你们排球队搞团建的时候是不是会玩向后倒？"

"嗯？"郑希羽顿了顿，"还没有，刚入队不久。"

"你肯定玩得很好。"唐天浠挑了挑眉，转身往外走去。

郑希羽紧跟在她身后，两人出了楼，回宿舍是两个方向。

唐天浠制止了她的意图："都是女孩子，就别送来送去的了。"

"你……"郑希羽抬了抬手，高度到唐天浠的头顶，寓意明显。

唐天浠摆出了"死亡微笑"，郑希羽及时刹车，收回了手。

"那你注意安全。"郑希羽改口道。

唐天湉可不罢休，伸出一只手指在郑希羽的胳膊上戳了戳："别觉得学姐个子小就需要保护，好歹我比你在这里多混了一年呢，以后谁要是欺负你，你来找我。"

"好。"郑希羽很乖的样子。

"那再见啦，"唐天湉往后退了两步，招了招手，"回去冲个热水澡，早点儿休息。"

郑希羽没动。

唐天湉又退了两步，看着她问："还有什么事吗？"

郑希羽的嘴巴动了两下。

唐天湉停住了脚步，瞪大眼睛瞅着她。

手朝训练馆的方向晃了晃，郑希羽终于出了声："你是不是想玩那个……向后倒？"

唐天湉愣住。

郑希羽又晃了晃手："你要是想玩，可以找我，我不会让你摔着的。"

唐天湉突然觉得热得慌，有些羞愧、羞耻。

唐天湉转身就跑，这是条小街道，没什么车也没红绿灯，她"噔噔噔"地跑过了马路，"噔噔噔"地跑进了校门，很快一拐弯，便彻底消失在了郑希羽的视线内。

郑希羽抿了抿唇，又等了半分钟，这才转身往回走去。

唐天湉一路跑回了宿舍。

她觉得人的气场大概是真的会相互感染的，比如郑希羽是搞体育的，才认识两天，唐天湉的腿便爱上了跑步。

当然，唐天湉的大脑并不爱。

她坐在宿舍的小椅子上缓了好一会儿。

从她进宿舍开始，李桐就一直贼兮兮地盯着她，拿着本书装模作样的，十分钟过去了，也没翻一页。

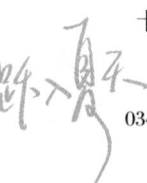

还是阮阮比较直接,问她:"拍摄得怎么样?"

"很好!非常好!特别好!"说起这个唐天湉有些激动,转身去摸相机,"郑希羽是个天才,对着镜头很自然,自然得像个专业模特,又很纯朴。"

"啧。"李桐抱着书咂嘴。

唐天湉不理她,打开了电脑,开始传照片。

照片传得差不多的时候,阮阮下床来到了她跟前。

两个人一起坐在桌前选片。

"太好看了吧!"

"啊,你看她这个线条!"

"这张的眼神!"

"她应该给我们学校代言。"

"她缺钱吗?缺的话兼职做模特吧。"

"一张都不想删!啊啊啊,出片率太高了!"

李桐从床上探出半个身子:"有这么夸张吗?"

唐天湉看到张特写照,转过电脑屏幕给李桐看。

李桐远远瞅着了,笑着喊了一声:"哎哟,学妹真漂亮!"

"看,就只能给她看脸。"唐天湉盯着明暗光线里郑希羽的身影,"她根本无法理解人类的艺术之美啊!"

"不带人身攻击的啊!"李桐翻个身躺了回去,"脸怎么就不艺术了?马上熄灯了,你想看脸都看不着了。"

唐天湉低头瞄了一眼:"我的电脑电池是满的。"

阮阮问她:"你要通宵修图吗?"

唐天湉搓了搓手:"我这会儿激动,累了就睡了。"

唐天湉浏览了一遍片子,宿舍便熄灯了。

她洗漱完以后把笔记本抱上了床,坐在被窝里支着小桌子继续忙活。

很快,夜深人静,阮阮和李桐都睡着了,宿舍里静得只有时不时响起的鼠标点动声。

电脑屏幕发着光,光里是郑希羽的样子。

RAW(未经加工的数字底片)格式的照片可以放大很多倍,能看清许多肉眼忽略的细节,比如粗糙的小臂、长茧的手指。

郑希羽今年也只有十八岁,比唐天漈小一岁,却聪敏、善良、隐忍、稳重。

唐天漈看着照片,脑海里浮现着许多故事,深更半夜想哭。

她揉了揉眼睛,点开郑希羽的小猫头像,打字:"练球是不是很辛苦?"

停顿了半晌,她又将字一个一个删掉。

犹豫了好一会儿,最终她发了条最普通,却也最想说的话:"我在修片,你真好看。"

手机振动了一下,郑希羽的消息瞬间回复了过来:"还没睡?"

唐天漈吓了一跳。

按照郑希羽那个健康的状态,她一点儿都不像会晚睡的人。

唐天漈抓着手机,突然觉得腰有些酸,不坐着了,转个身趴在了被窝里,双手捧着手机,飞快地打字:"你不也没睡?"

"睡不着。"郑希羽回道。

唐天漈刚想问为什么,郑希羽的下一条消息便过来了:"你介意被人误会吗?"

唐天漈愣住。郑希羽发了条链接过来,唐天漈打开链接,发现是学校论坛的帖子,内容和她俩有关,有人拍到了那晚唐天漈拍案而起的照片。

帖子简单将那天发生的事歪曲地讲了一下。

但楼下的回复就不简单了,这是 N 大论坛的匿名区,向来以尖酸刻薄出名,不少人在下面明嘲暗讽。

"这不是刷存在感嘛!"

"这也太爱出风头了吧。"

从拍摄的角度来说的话,这照片是不错,神态抓得好。

唐天湉保存了照片,退回到微信里,问郑希羽:"你很介意这个?"

郑希羽很快回她:"我已经申请删帖并举报了,但太晚了,管理员应该明天才看得到。"

唐天湉点了点头,看来她是挺介意的。

任何人被人发到匿名论坛上,都会挺介意的,毕竟素质低的人到处都是,被人评头论足的感觉非常恶心。

郑希羽把事情说清之后,唐天湉感觉身体的难受劲便下去了,这会儿挺冷静的。

因为从小到大,照片被人发到各个地方这种事,她经历过很多次了。

以前她会和人吵,后来发现在网上吵架毫无意义,"键盘侠"隔着网线,并不会为自己的行为感到羞愧。

于是唐天湉想通了,权当自己是个明星,享受了美貌带来的便利,便应该承受美貌带来的麻烦。

之前说这件事的帖子不是没有,都被她和她的朋友及时上报删除了。

没想到今晚被郑希羽看到了,对方还主动跟她聊起这事。

唐天湉决定开导一下小学妹。

"什么时候看到帖子的呀?"

"熄灯前。"

"你就因为这事睡不着了?"

"嗯。"

啧,真实诚。唐天湉咂了咂嘴,继续跟她聊天。

"你平时逛论坛吗?"

"不逛,是队友看到了帖子告诉我,我才知道的。"

"哦,那其实你多逛逛就发现了,这种东西他们就是瞎沟,也没几个人信。"

"队友问我们怎么认识的。"

"哈哈哈——你如实说嘛。"

"她跟我熟，所以问我，我可以跟她说。但其他人不会问，我没有解释的机会。"

唐天湉脸上的笑意凝固了，她摸着手机半响没打字。

郑希羽居然在意到了这种程度。

微信上的文字冷冰冰的，唐天湉看不见她的表情，猜不透她的情绪。

"你什么时候有空，我请你吃饭？"唐天湉问道。

"周六。"过了一会儿，郑希羽回了消息过来。

明天是周五，她们约在周六也正常。

唐天湉道了晚安，不想再修照片了，关了电脑躺回了被窝里，但脑袋很清醒，在不断思考周六见面时，她该如何和郑希羽沟通。

第二天唐天湉起得很迟，直接睡过了上课时间。

她干脆翘了第一堂课，在宿舍里待着，整理了一下活动月的宣传资料。

宣传册差的照片已经解决了，唐天湉可以选最好看的照片印在铜版纸上，发给每一位同学。

唐天湉将剩下的照片打包塞进了文件夹里。

这一天平平无奇地过去，到了晚上，有人突然在宿舍楼下叫唐天湉的名字。

李桐先蹦了出去，和楼门一个方向的阳台在对面宿舍，她蹿进对门宿舍，喊道："我看看又是哪个不知天高地厚的小学弟。"

对门的同学笑着回道："不是小学弟。"

"嗯？"李桐皱起了眉头。

对门的同学推着李桐往阳台走："你看看嘛。"

李桐过去瞅了一眼，眉头皱得更紧了。

她又风一般跑回了自己的宿舍，并顺手关上了门。

"糖豆。"她叫唐天凇，"我觉得你今天可能得采取一下行动。"

"不理，对方喊累了自然就走了。"唐天凇最讨厌这种没有边界感的行为了。

李桐说道："短发，特短，皮衣、马丁靴穿得特酷，还挺帅的。"

唐天凇头都大了："你想沟通那你去。"

"我不。"李桐凑到她跟前，"我还是喜欢跟你这样的人沟通，'萌萌'的。"

唐天凇抬手在她的脑袋上拍了一巴掌。

五分钟后，对门宿舍的同学杨茜茜来敲她们的门："天凇，她还没走呢，楼下围了好多人。"

唐天凇翻身下床开了门，笑了笑："不好意思啊，吵着你们了。你们宿舍还有谁在？"

"张艺在呢。"

"叫她过来，我这儿有新到的零食，你们尝尝。"

杨茜茜欢快地去叫人了，两个人进了唐天凇的宿舍，唐天凇搬出了一大箱零食。

"慢慢挑，慢慢吃，我刚好有作业要问你们。"

女孩子在吃上达成统一战线，那氛围就会无比和谐。

李桐都快把脑袋塞到箱子里了，专找之前没吃过的东西。

几个人热热闹闹地说了一会儿作业，吐槽了一下老师，很快半个小时就过去了。

"走。"唐天凇拍了拍手站起身，"去看看人还在不在。"

三个人立马跟上她，到了阳台上，唐天凇也不躲，大大方方地瞅了楼下一眼。

底下人流正常，人已经不在了。

"搞定。"唐天凇打了个响指，一副喜气洋洋的模样。

"挺尴尬的，是我的话五分钟都待不下去。"张艺说道。

"是啊。"杨茜茜转过头问，"天浠你认识她吗？"

"应该不认识吧。"唐天浠回道。

"应该？"

"关键我没看着人哪，也不知道对方是谁，但肯定跟我不熟，熟的话起码发条消息给我不是？"

李桐笑着说道："你那儿消息不通，拉黑人上瘾。"

"简单但有效。"唐天浠拉上李桐准备回去了。

张艺叫住了她："我能问你一个问题吗？"

唐天浠抬手，说得十分顺畅："我想认识什么样的人，不看身份、身高或者其他条件，看人。人我喜欢怎么都成，人我不喜欢怎么都不成。"

"你好棒。"杨茜茜给她鼓掌。

"你也可以。"唐天浠冲她眨了眨眼。

两个人回了宿舍，一关上门，李桐就把唐天浠拽到椅子跟前坐下，声音压得低低地问她："你真打算让大家这么误会下去了？"

"什么误会？"唐天浠抬头看向她。

李桐比她还急："论坛上那些事啊。"

"我不在意那些事。"唐天浠推了李桐一把，"什么年代了？思想开放点儿。"

"不是，理论是理论，现实是现实。"李桐说道，"待会儿肯定有人发帖说刚才那女的跑来找你，这事传得多了，传成什么样都有可能。万一对你以后有影响怎么办呢？"

"看着办呗。"

"……"

"哎呀，事情闹不大没关系，闹大了法庭见，怕什么啊？"

"跟你说正经的事呢。"

"我很正经。"

李桐拍了一下桌子:"行吧。"

没过多久,果然匿名论坛首页上又飘上了关于唐天湉的帖子。

李桐跟唐天湉说这事的时候,唐天湉正在看书,往嘴里塞了颗跳跳糖:"嗯,宝贝帮我举报一下。"

"举报了,我以前看你的帖子还凑凑热闹,现在都是直接举报。"李桐盯着她,"你……"

"我也不能咋样,是不是?你看看人家明星,除非绯闻闹大了才让工作室发声明。我这才多大点儿事啊?"

"你这心态,出道去吧你。"李桐不理她了,钻回自己的被窝里。

唐天湉继续翻书,但没再看进去。

她又想起了郑希羽,以及昨晚两个人聊的话。

按照郑希羽的性格,今天她大概会一整天都盯着论坛看有没有删帖,如果又看到了这新的一篇帖子,不知道该做何感想。

唐天湉自己真无所谓,但不想害别人。

于是她打开微信,给郑希羽发消息:"明天想吃什么?"

郑希羽大概又在训练,挺久后才回她消息。

"学姐,抱歉,后天临时加了比赛,明天一早我要随队去C市了。"

唐天湉扔了手机,彻底不爽起来。

她怀疑郑希羽故意躲她,但又不能发条消息直接问,人家只要回答"我没有",唐天湉就会更加尴尬。

她急迫地想跟郑希羽把这件事说清楚,并问清郑希羽的态度,这决定了她俩以后还要不要联系。

唐天湉越想越急躁,心火一烧,一把拉开了帘子,冲李桐说道:"桐,能不能麻烦你去隔壁宿舍待五分钟?我要打个电话。"

她们宿舍唯一完全隔音的方法就是把前后门都关了,一个人待在宿舍里。

李桐瞅着她的表情,知道她在发怒的边缘,立马翻身下了床:"可以、可以、可以。"李桐抓着手机趿着拖鞋就跑了。

没人愿意承受唐天湉的怒火，这人平日里怎样都好，唯独生起气来跟个小阎罗似的。

四下寂静，唐天湉拨了电话，怕自己在床上不好发挥，特意下床站到了地上。

电话很快被接通了，郑希羽开口道："喂。"声音有些喘。

"在训练吗？"唐天湉问。

"对。"

"不是说训练不能玩手机吗？"

"休息了，怕你有事。"

唐天湉撇了撇嘴。

"我能有什么事？"唐天湉问道。

"我今天一直关注着论坛，中午的时候那帖子被删除了。但是——"

"你真这么在意这事？"唐天湉打断了她的话，"跟我捆绑在一起是不是对你造成了不便？"

说到这里，唐天湉的声音分外冷静，只要郑希羽给出一个"不便"，她唐天湉便可以立刻给出八百个解决方案。

当然最有效的方法是，她俩以后就当作不认识。

她深吸一口气做好了准备，郑希羽的语气听起来却有些蒙："不便？"

"是啊，"唐天湉一一数起来，"怕被人误会，怕周围的同学说三道四，怕在意的人对你有意见。"

"你怕吗？"郑希羽反问她。

"我不怕啊，我这种走到哪儿都是人群焦点的人怎么会怕这种东西？"唐天湉摆出了霸气的架势。

"嗯，你不怕的话，我就没什么不便的。"郑希羽说道。

"……"唐天湉抓紧了手机。

"我不怕别人说什么，"郑希羽接着说道，"也没那种在意的人。"

唐天浠突然觉得没什么好问的了，也没什么好说的了。

学妹不是一般的学妹，语气平静，吐字清晰，不需要她开导。

唐天浠愣了好一会儿，没张嘴。

郑希羽那边有排球撞击的"砰砰"声，两个人在电话里沉默，最后还是郑希羽开了口。

"我想吃火锅。"郑希羽说道，"如果我赢了，你请我吃火锅。"

唐天浠的大脑重新运作起来："好的，没问题，不管你赢不赢，呸，你肯定赢，这火锅我请定了。"

"我想吃很多肉。"郑希羽又说道。

"没问题，想吃多少都有，"唐学姐十分大方，"想吃哪家店的都成。"

"好，谢谢学姐。"郑希羽的声音温温柔柔的。

唐天浠顿了顿，问："你这是在示好吗？"

郑希羽没回答她的问题："教练过来了，我得继续练球了。"

"好，你快去，认真努力，为校争光。"唐天浠隔空抱了个拳。

挂断了电话，唐天浠心情一百八十度大转弯，这会儿好得很。

她拉开门，去隔壁宿舍把李桐提溜了回来，然后给阮阮打电话："在哪儿呢？"

"楼梯上，要带东西吗？来不及了。"

"不用，赶紧上来，一分钟内，有奖励。"

李桐睁大眼睛看着她："什么奖励？"

"是阮阮的奖励，跟你没关系。"唐天浠逗李桐。

"跟我没关系你叫我回来干吗？"李桐往外冲去，"你让我走，你让我走，不要拦着我，这家我待不下去了……"

唐天浠抓住了她的胳膊，去挠她的胳肢窝："你走啊，你走啊，你要能走出这门算我输。"

两个人闹作一团，阮阮进门的时候吓了一跳："你们疯什么呢？"

"唐天湉不知道有什么好事,快要把自己乐死了。"李桐告状。

"什么事啊?"阮阮关上了门。

唐天湉不理她俩这话题,看了一眼手机上的时间:"大宝贝你真快,我现在就公布奖励了!"

两人看着她,她张开双臂,笑容满面:"当当当,那就是,周末全城全免火锅券!"

李桐:"……"

阮阮:"……"

"我说一下详细使用规则啊,"唐天湉继续说道,"从明天一早开始,你们可以随意指定 N 市的火锅店,可以随意挑选任意菜品,想吃多少吃多少,费用我全包。"

李桐:"平时出去吃饭也都是你抢着付钱啊,这有什么区别啊?"

唐天湉踹了她一脚。

李桐:"糖豆万岁!跟她做室友是我上辈子拯救地球修来的福分!"

阮阮盯着唐天湉,兴致盎然地问:"周末全免?也就是说可以吃两天?"

"嗯。"

"必须是火锅吗?"

"这周必须是火锅。"唐天湉双手抱胸皱着小眉头,"以后有机会,我们再办类似活动吃其他的东西。"

"目的是什么?"

"挑出最好吃的一家!"唐天湉手指青天。

李桐:"你要做美食主播?"

阮阮叹了一口气:"不,她大概是要请人吃饭。"

李桐左右摆脑袋,唐天湉击掌:"好了,奖励宣布完毕,大家该干吗干吗,明天迎接我们的美好周末!"

李桐和阮阮聊着天一起去了水房,唐天湉在桌前正襟危坐,把某个文件夹打开，继续修照片。

周六是个大晴天，三个人睡到日上三竿，化妆收拾又折腾了好一会儿，出门的时候已经十二点了，刚好进店就吃午饭。

说起吃的，还是阮阮在行。这人这二十年来把自己活生生吃成了个小圆球，为美味的食物胖得心甘情愿。

唐天湉虽然说让她们随便吃，但偶尔还是忍不住挡一挡阮阮。

"宝贝，你擦擦嘴角的油，对，不急，擦干净了歇会儿继续吃……"

"欸，我们光吃不聊天好没意思，阮阮，说说你们部门上次吵架那事，结果怎么样了？"

"阮！差不多了！行了！你吃点儿菜！青菜！"

李桐快乐死了。

吃完饭休息了一会儿，三个人开始逛街，准备逛饿了吃晚饭。

李桐和阮阮知道唐天湉家有钱，但唐天湉平日里穿的用的东西都不是什么奢侈品牌，随便一件快销品牌的外套，她穿着舒服了，第二年还要继续穿。

李桐和阮阮多次讨论过这个问题，觉得糖豆小公主这么做是为了融入她们的生活，打造一个和谐友善平等的宿舍氛围，为此还很感动。

三个人逛了一堆店，累了便坐在奶茶店里喝奶茶。

唐天湉突然站起了身："我去上厕所。"

李桐举手："我也去。"

唐天湉看着她说："其实我不是去上厕所。"

李桐问："买单吗？奶茶不是都付钱了吗？"

"买个东西。"唐天湉说道，"我去买个东西。"

"我俩又不是男的，你买什么东西还要瞒着我们？"李桐重新坐下挥了挥手，"你去吧去吧。"

唐天湉蹦着走了，李桐看着她的背影，可不爽了："你说她去买什么东西啊？"

阮阮吸了一大口奶茶："不让我们知道我们就别知道了呗。"

两个人猜测了好一会儿，唐天湉回来了。

不过是出去一趟，也就几分钟而已，唐天湉回来后气氛变诡异了。

李桐瞄了一眼唐天湉的手，手里没任何东西，那说明买的东西被她放在随身背着的小包里了。

那包那么小，塞了手机、钥匙就差不多了，能装进去的东西实在不多。

李桐冲阮阮挑了挑眉。

阮阮和唐天湉关系好，这会儿和李桐猜测了一阵，直接开口问道："你到底买什么东西去了啊？"

"没什么，一点儿日用品。"唐天湉坐下来继续喝奶茶。

李桐使劲给阮阮使眼色：看吧，看吧，日用品。

阮阮趴在桌上，很是郁闷。

自从大学和唐天湉认识以来，追唐天湉的人就没断过。

一般这种女生同性缘都不会太好，但唐天湉豪爽不做作，除了人长得实在漂亮以外，和普通女孩子没什么两样，于是阮阮和她成了好朋友，形影不离也能说贴心话那种。

唐天湉小小一人，又招人觊觎，所以阮阮总想着保护唐天湉，特别是看到那些意图不轨的男生，阮阮都要多提醒唐天湉两句。

现在唐天湉有了小秘密，并且没打算跟她说，她真的非常不爽，于是晚饭都吃得有些闷闷不乐了。

因为悲伤，吃完晚饭阮阮还多吃了好几块甜点。

三个人在天色暗下来后回了学校。

阮阮让李桐先上楼，自己拉着唐天湉陪她散步。

唐天湉倒是很乐意看阮阮运动，两个人在小广场的跑道上一圈圈地走着。

阮阮扯了好些话题，终于问出了自己想问的事："你最近还认识什么人了吗？"

"没啊，我认识的人你都认识。"唐天湉看向她。

阮阮盯着唐天湉，唐天湉想了一下，要说新认识的人，那就只能是郑希羽了。

"你干吗啊？"唐天湉疑惑地问道。

"你变了。"

唐天湉一脑袋问号。

阮阮拧着手，高深莫测地看着她。

唐天湉："……"

十分钟后，唐天湉终于了解了前因后果。

她一把拉开身上挎着的小包拉链，掏出个东西扔到了阮阮的怀里："就为这东西你俩自己幻想了两个小时？"

阮阮脸色通红，手里的东西跟烫手山芋似的颠来倒去，最终还是被她拿到眼前仔细瞅了瞅。

那是一个非常有质感的小罐，上面印着一堆不知道哪国语言的字母。

"这是什么啊？"阮阮问。

"面霜！"唐天湉快气死了。

"面霜怎么就不能让我们知道？！"阮阮一下子理直气壮起来，"面霜怎么就不能和我们一起去买了？"

"我……"唐天湉一时说不出话来。

阮阮琢磨了一会儿，突然明白了，声音小了下去："这个……多少钱啊？"

"两千……八。"

阮阮："……"

五秒钟后，她恭恭敬敬地将手里的东西还给了唐天湉："那个，挺好的，挺好的，没问题，这个确实不一起买比较好……"说完她觉得尴尬得要死，转身往回走，被唐天湉拉住了。

"不是这样的，我平时也不用这种东西的。"

阮阮一时有些想不起来唐天湉的护肤品用的都是什么牌子的。

唐天湉抓着她的手腕没松："不信的话你回去看呀，我这个……这个……不是给我买的。"

阮阮回了头："给阿姨买的吗？"

"不是。"

"送老师的礼物？"

"不是。"

"那……"

两个人的视线对上，夜晚的灯光映在彼此的眼睛里。

好闺密就是可以不用说出口便轻易明白对方的心思。

阮阮抬了抬手，呼出一口气："好了，回吧，回吧，我困了。"

唐天湉跟上她的脚步，攥着那个小罐子："她们训练强度实在太大了，身上好多伤口来不及好又破了，击球的地方皮肤特别糙，现在还好，到了冬天可能会裂开……"

阮阮喃喃道："你俩认识才几天啊，你就对她这么好了啊？"

"没……吧。"

"那你怎么不送我两千八的面霜呢？让我当身体乳用的那种。"

"你想要吗？这个给你。"

"不要，你不是我的糖豆了，你的心已经属于别人了。"阮阮吸了吸鼻子，特别感慨，"以后别让我俩陪你出门吃饭了，找她去吧。"

"本……本来约了今天……"唐天湉的声音特别小，"她临时有事，参加比赛去了……"

第二天的免费火锅计划没能行得通，阮阮被小叛徒伤了心，钻进了图书馆。

李桐也不去了，原因是昨天连着吃了两顿火锅，今天一想起火锅就有些犯恶心。

"你咋这么弱呢？才吃了两顿！"唐天湉敲桌子。

李桐敲着自己的肚皮："我这小肚肚就这么点儿大，今天就想喝点儿稀粥。"

唐天湉挥挥手，不强求了，点了两碗粥送到了宿舍门口，一碗是李桐的，一碗是她自己的。

她得清清肠，等着明天郑希羽凯旋，陪郑希羽好好吃顿饭。

也不知道到底是什么比赛，比赛具体是什么时间，唐天湉上网查了查，有些无从下手。

现在去问郑希羽又觉得会打扰到她，所以唐天湉只能放弃这想法。

这一天过得很无聊，唐天湉基本在宿舍的床上度过的。

第二天一早，她一睁眼就看到了手机上的新信息。

小猫头像发过来的信息："赢了。"

唐天湉从床上蹦了起来："回学校了吗？"

郑希羽很快回了消息过来："昨晚连夜回的。你醒得这么早？"

"今天有课，我平时还是很勤劳的好吗？"

"好，早餐想吃什么？"

"你要请我吗？我要吃四食堂的酸菜卤肉粉！"

"那不好带。"

"我已经穿好衣服了。"

"行，十分钟后，宿舍楼下等你。"

唐天湉从床上蹦了下来。

这次还算是时间充足，她好好地穿了衣服，刷牙洗脸，并梳了梳头发，出门前对着镜子仔细地瞅了瞅。

她"噔噔噔"跑着下了楼，出楼门的时候看了一眼时间，只用了八分钟。

完美，她可不想次次都让郑希羽等她。但等她出了楼门，站在路牙子上左右一张望，便瞅着了拐弯处的大高个。

郑希羽还是那样，短袖、运动裤、高马尾，身上散发着生机勃勃的朝气。

她冲唐天浠招了招手，嘴角上翘。

唐天浠跑了过去，在她面前站定的时候，忍不住脚下来回动着调整方向。

"不是说好了十分钟吗？"

"很巧，我跑步刚好路过。"郑希羽弯腰看着她。

"你这会儿陪我去吃饭？不出操吗？"

"教练给我们集体请了半天假。"

"那你还起这么早？"唐天浠有些不可思议。

"习惯了。"郑希羽侧了侧脑袋，"走？"

"走！"唐天浠蹦了一下。

N市今天雾有些大，天湿漉漉、灰蒙蒙的。两个人走在校园里，呼吸着清晨特有的气息。郑希羽话少，唐天浠不介意主动提起话题，好在从天气到各自的学习生活，同龄人之间总会找到可以聊的契合点。

何况郑希羽目前在唐天浠跟前是个百依百顺的乖学妹。

唐天浠仰着脑袋，可以望见硕大的行道树，偏一偏视线，可以望见郑希羽漂亮的下颌线。

"再过段时间，这儿的梧桐树叶就全黄了，到时候金黄的叶子落一地，特别好看。"

"是吗？我还没见过。"

"很快你就可以看到了，学校会特意空出几天不清扫，为了让大家欣赏美景。"

郑希羽也仰起了脑袋："真好。"

"还有纪念公园的银杏、后山的枫树也很好看。冬天会下雪，去平和原可以俯瞰银装素裹的世界。"

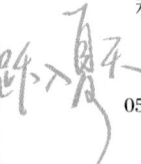

"你知道得真多。"郑希羽低头看着她。

"这才哪儿到哪儿呀,我家是N市的,细河的夜景、过年的烟花、元宵的灯会、夏天南湖的荷花……"唐天浠笑着往前蹦了一步,面对着郑希羽倒退着走,"你要是想去,我可以带你玩。"

她这样灿烂地笑着的时候,眼睛下方会有一个浅浅的小窝,看着调皮可爱,跟个永远玩不够的小孩子一样,让人移不开视线。

郑希羽多看了几眼,被抓个现行。

唐天浠故意露出大大的笑容,用手指着小窝:"看我的泪窝呢。"

她用的陈述句,没给郑希羽否认的机会。

"嗯。"郑希羽点了点头。

"好看吗?"唐天浠问道,"我爸说我小时候爱哭哭出来的。"

"那你还挺会哭的。"郑希羽抬头看看前方的路,"很好看。"

唐天浠抿了抿唇,低头抬手在郑希羽的胳膊上敲了一下:"学妹挺会说话的。"

"小心。"郑希羽握住了她的胳膊。

唐天浠愣怔了一瞬,但听话地停住脚步,这让上前一步的郑希羽几乎快挨上她的身体。

"怎么了?"唐天浠没回头,冲着郑希羽问。

郑希羽回道:"有人骑车过去。"

"哦,谢谢。"唐天浠机械地开着玩笑,"谢谢你救了我一命。"

郑希羽"噗"的一声,笑得有些收不住。

唐天浠摆脱了她的控制,重新回到了她身侧的位置。

"有这么好笑吗?"

"你特别好……"郑希羽及时地转了个弯,"玩。"

唐天浠也乐起来。

两个人到了四餐厅,郑希羽跟照顾小妹妹似的,什么都不让唐天浠做。唐天浠唯一做的就是把自己的饭卡递过去,然后告诉她自己想吃什么口味的。

郑希羽端着热腾腾的粉过来,把筷子递到她的手里,自己再去排队。

郑希羽吃的是小笼包,一口一个,吃得酣畅淋漓。

唐天浠这边则是一根粉挂在筷子上,许久没动。

郑希羽吃完半屉包子,抬起头来:"怎么了?不好吃吗?"

"没,我看你吃饭香。"唐天浠说道,"你是我见过的唯一一比阮阮吃饭还香的人。"

"阮学姐吗?"郑希羽把自己的包子朝唐天浠跟前推了推,"这个味道不错。"

唐天浠把自己的粉放下,夹了一个包子过来咬了一口:"嗯……我室友。"

郑希羽的眼神晃了晃,转向了唐天浠的后侧。

"怎么了?"唐天浠问。

"有人看你。"

"哎,正常啦。"唐天浠并不在意,"走哪儿都有人看。"

"她盯你很久了。"郑希羽放下了筷子,"开始盯我了。"

唐天浠回头,看到与她们隔了两张桌子的一个人正直勾勾地和郑希羽对视。

那人穿着件黑色皮夹克,单耳耳钉和脖子上的项链是骷髅头样式的,看着挺酷的。

唐天浠皱眉想了想,总觉得这人有些熟。

"认识吗?"郑希羽问。

唐天浠继续看着对方,在记忆里挖掘了一会儿:"不认识吧。"

这人突然站了起来,朝她们走过来的时候倒是不看郑希羽了,视线都盯着唐天浠。

"你好,"她朝唐天浠伸出了手,"我叫肖季,音乐学院的。"

"你好。"唐天浠应了一声,但没和对方握手,"有什么事吗?"

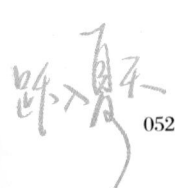

"之前我去你的宿舍楼下找过你,但你可能不在。"肖季紧盯着她,俯视的角度充满压迫感,"很想认识你,蛮久了。"

唐天湉想起来了,这可能是那天莫名其妙地在她们宿舍楼下喊她名字的那人。

她有些不自在:"认识我干吗?"

"觉得你很有个性。"肖季说这话跟说"我今天早餐吃的包子"一样顺嘴。

唐天湉瞪大了眼睛。

肖季还没将手放下去,固执地伸在唐天湉面前:"给个机会,做个朋友,了解一下。"

唐天湉往旁边侧了侧身子,转过头看了郑希羽一眼:"我不想了解你,所以我们不可能做朋友。"

"你不会后悔?"肖季笑了一下。

"咳……"郑希羽突然假装咳了一声,看着面前的包子,"那个,天湉,你还吃吗?"

唐天湉这次才是彻底愣住了,盯着郑希羽,嘴角止不住地上弯。到了必要时候,这学妹总是机灵得很。

唐天湉看了看面前的食物,这才刚吃呢,她还有好多话要跟郑希羽说呢,不能就这么结束。

于是她重新拿起筷子,夹了个包子进嘴里,将剩下的推了回去:"吃不了了,剩下的都是你的。"

"好。"郑希羽笑着接过包子。

肖季将手放了下去。

唐天湉对她视若无睹,低头吃粉。

郑希羽把纸巾递到唐天湉面前:"擦一下,沾嘴角上了。"

唐天湉仰头对郑希羽笑了笑。

唐天湉接过纸巾,演戏演出了一丝不好意思的感觉。

肖季也是个厉害的人,她俩在这儿无视她,肖季愣是没走,反而就这样抱胸站在她俩面前,瞅瞅这个,瞅瞅那个。

唐天湉觉得肖季很无聊,并且决定提前进行自己的计划,目光扫到郑希羽的胳膊肘上:"又破皮了。"

"没事,小伤。"郑希羽看都没看伤口,"难免的。"

"比赛的时候尽全力可以理解,但平时训练你还是要注意啊。"唐天湉语气里带点儿关心,"胳膊腿上老是青青紫紫的,你看你的小臂……"

郑希羽垂眸看了一眼,自己的小臂和平日里没什么区别。

"怎么了?"她问。

"这儿,"唐天湉突然伸手指着,"干得起皮了,天冷了要皴的。"

"喏!"唐天湉从兜里掏出个东西,重重地放到了郑希羽面前,"以后每天睡前抹一下这个,滋润养肤,让皮肤变得白白嫩嫩的。"

郑希羽垂眸看着那个精致的小罐子,有些愣住。

肖季的目光也落在了罐子上,然后她突然弯起嘴角笑了笑:"好的。我不打扰你俩吃饭了。"

唐天湉挑了挑眉,重新坐下,心道那可太好了。

肖季临走前却扔下了一句话:"但我不会放弃的。"

真硌硬人,唐天湉撇了撇嘴。

四周安静下来,郑希羽把面前的小罐子推了回去:"你经常碰到这种人吗?"

"也不经常,脸皮厚到这种程度的人算特殊的。"唐天湉抬手弹了面霜一下,"这个真是给你的。"

郑希羽没说话。

唐天湉抬头看着她说:"哎,我刚才除了某些动作夸张了点儿,说的每一个字可都是真心话啊。这东西是专门给你买的,刚好当作你比赛赢了的奖励。"

"一次训练赛而已。"郑希羽说道。

"我不懂这些，反正赢了就是值得奖励的，以后你可以给我科普一下比赛的等级。"

"奖励不是吃火锅吗？"

"吃火锅那是感谢你给我当模特。"唐天湉继续吃饭，"能不能搞清楚点儿？"

"我不能……"

"哎呀，拿着拿着，多大点儿事啊，一看你平时就不怎么研究护肤品，我喜欢搞这些，顺手送一个给你。"唐天湉一下秃噜了，"再说了，还有事要麻烦你呢。"

"什么事？"郑希羽立刻问。

"刚才你也看到了，"唐天湉搅着碗里的粉，"这种情况老有，挺烦的。要不然你之后就常常跟在我身边？没事你就帮着阻挡一下这种人，用你的身高震慑一下他们。"

唐天湉说这话的时候，觉得自己挺过分的。

这是现实生活，又不是小说或者电视剧，拿人当保镖这种事亏她提得出来。但她又觉得郑希羽会答应她，也不知道是哪里来的自信，反正就是有这个自信。唐天湉继续搅着粉，不去看对面的人。

"行。"郑希羽压根没犹豫。

"嘿。"唐天湉笑起来。

"那你有需要给我打电话。"郑希羽说道，"只要在学校里我都会赶过去。"

唐天湉顿时乐滋滋的。

"跟我说说你们比赛的事呗。"她说道。

"嗯。"郑希羽有问必答，"这次是场训练赛，不过对手是南方赛区非常有实力的P大女队。本来对方约的不是我们学校，那边临时有事，就刚好给了我们这个机会。我们打得有些艰难，主要怪我进队时间太短，和队伍磨合得不够。"

"都赢了干吗老总结自己的缺点呢？这是你们教练要考虑的事情。你得对自己有信心，记住对方的状况就成了。"唐天湉随口说道，挺不乐意郑希羽说自己不行的。

"嗯。"郑希羽也不反驳她的话，笑着点了点头。

"说说你们这个全国联赛到底是怎么回事，我们在网上可以看直播吗？"

"全国联赛分南北方赛区，南方赛区女子组今年安排在十二月初，会选出十二强。到了明年三月，南北赛区二十四强集结，到时候会有开幕式和比赛的直播。"

"那就是说，在这之前我都没法看你比赛了吗？"唐天湉抬眼瞅着她，表情有些委屈。

"你很想看吗？"郑希羽问。

"也没有啦，我不太懂，"唐天湉开始戳碗里的粉，"有些好奇。"

"我们平时训练会有对打比赛，你感兴趣可以过来看。"

"嗯。"唐天湉继续戳着粉。

"我发给你一个网站，"郑希羽掏出手机，"上面的比赛很全，大赛都有解说的，你看得懂。"

"哦。"唐天湉埋着脑袋。

郑希羽不说话了，过了一会儿说道："别戳了。"

唐天湉抬起眼皮瞅她。

"戳得没法吃了。"郑希羽笑着说，"分区赛今年在Z市举行，到时候你要是还有兴趣，可以过去看现场。"

"好！"唐天湉这下开心了，"我给你们加油！"

喜怒哀乐全写在脸上，学姐压根不是个学姐，是个任性的小妹妹。

郑希羽看她笑也忍不住弯起嘴角。

虽有波澜，但这到底是顿愉快的早餐。

两人吃完饭各自有事要忙，挥了挥手分开，回去的路上晨雾已经逐渐散了，太阳露出来，照得人心情愉悦。

唐天滟一路哼着歌，回宿舍整理了一下书，把李桐和阮阮拍起来，三个人难得一起上了早晨的第一堂课，都没迟到。

唐天滟的好心情持续了一整天，阮阮看她的眼神十分不屑。

两个人晚上一块儿约了去上自习，在图书馆门口唐天滟抓住阮阮，将她拉到了一边去。

"你就不问问我今天为什么没有去吃火锅吗？"

阮阮："你跟郑希羽绝交了？"

唐天滟瞪眼："怎么可能？"

阮阮抬手挡住了自己的脸："那我并不想知道。"

"欸，我看出来了，你很想知道，你是不是都想一天了？"唐天滟并不在意她的阻拦，挽住了她的胳膊，凑到她耳边小声说道，"因为我们今天早晨一起吃了早餐啊，所以火锅改日去吃。"

阮阮并不感兴趣。

"哎呀，刚认识嘛，朋友也是需要个人空间的。"唐天滟沉浸在自己的世界里继续说道，"持久的关系都是需要拉长战线慢慢了解的，今天我们聊了CUVA（全国大学生排球超级联赛）的赛程，我决定回去看看往年的比赛视频……"

阮阮甩开了她的手，大步走开："只闻新人笑，不见旧人哭，不仅不见旧人哭，还要在旧人面前瞎嘚瑟。"

唐天滟小跑着追上去："嘿嘿嘿，吃醋啦？"

阮阮刷卡进馆："图书馆内禁止喧哗。"

阮阮就这么沉默了一晚上，可把唐天滟给憋坏了。

晚上回了宿舍，唐天滟把李桐从被窝里扒了出来，又拉着她聊了好一会儿。

李桐精准地抓住了重点："你说你也不把郑希羽介绍给我们认识认

识，小学妹刚进 N 大，多个学姐多条路嘛。"

"你说得有道理！"唐天浠拍了一下床板，冲洗手间喊，"阮，你听听筒子这觉悟！那这顿火锅我们四个人一块儿吃了啊！"

李桐故意说："经过人家小学妹同意了吗？"

"她肯定没问题。"唐天浠跳下床，特自信地掏出手机，"我给她发消息通知一下就成。"

很快，郑希羽回了消息过来，唐天浠快把手机屏幕贴到李桐的脸上去了："看，是吧！没问题吧！"

"好好好，没问题。"李桐使劲咂嘴，仰躺了回去，"这感觉有些难以形容的……酸爽意味。"

阮阮从洗手间里出来的时候看哪儿哪儿都不太顺眼，一个小凳子让她踹得满地跑。

"我明晚没空啊。"

"那后天。"唐天浠说道。

"后天也没空。"

"那大后天。"

"大后天也没——"

"反正等你有空。"唐天浠伸出手勾住了她的脖子，"一个都不能少，你有没有空我还不知道了？"

"啧。"

唐天浠给阮阮一个隔空吻："好了，醋吃太多就不可爱啦。"

阮阮推开了她，冲李桐说道："我觉得她疯了。"

唐天浠也觉得自己有点儿疯。

不过没关系，她这人就是这样，情绪起伏大，兴奋的时候有些管不住自己。

这个世界能让她兴奋的事情有很多，比如看了一部喜欢的电影，听到一首喜欢的歌，再比如，认识一个合得来的朋友。

光是认识郑希羽这样一个正直、善良、聪明、漂亮的人,便足够让人兴奋。

　　她们今天达成了协议,一个不可告人、一致对外的小秘密,这足以让她们的关系更进一步。

　　唐天湉这天晚上连做梦都甜丝丝的。

第三章 对我很好很好的人

Leap into the summer

有了一个活力满满的周一,便会拥有活力满满的周二、周三、周四。

在这个秋高气爽、丹桂飘香的季节,N大活动月正式拉开帷幕,唐天浠领导制作的宣传册被分发到各学院的学生会,各个学院自主地展开了battle(作战)。

写诗、唱歌、摄影、绘画、做短视频……搞什么的人都有。

这个时间的校园里是真热闹,在上下课的空隙中,学生都可以遇到许多好玩的活动,处处都洋溢着青春活力。

"其实最主要的目的就是给学弟学妹们展示一下咱N大学子的精神面貌,"唐天浠倒腾着一件巨大的玩偶服,"也可以让他们尽快融入新的学习生活环境。"

校学生会宣传部干事们都纷纷点头。

"这事儿咱们谁有空谁来啊,地点、时间不限,但每天的宣传稿件还是得按照排班表发到群里。"唐天浠扯着玩偶腿,将自己塞了进去,"其实这次挑的这个挺好玩的,别人拍你的时候你还可以偷拍别人。帮我拉一下胳膊。"

有男同学凑过来一边一个抬起了玩偶的胳膊,他们这么一撑,彻底把玩偶的身形显现了出来。

唐天湉忍不住感叹了一句:"这么大呢。"

大家都笑起来。

"主要是对我来说大,唉……"她叹了一口长气,继续干活,"你们看这个胳膊,很软很好活动,还有个透明的地方,方便咱们拍摄。同学们看到萌萌的小玩偶,表情也会更自然些。"

唐天湉终于把胳膊塞了进去,玩偶的肩膀落在她身上没挂住,滑了下去。

"哎哟,再来。"唐天湉不服气。

男同学又帮着将胳膊拉上来,唐天湉喊:"后面太松啦,来个人给我来个大夹子夹一下……对了对了,这下卡住了。"

她舒了一口气,然后转头看到了一旁的大脑袋,这口气差点儿又吸了回去。

但最终她还是拍了拍胸脯:"我没问题,来,上脑袋吧。"

脑袋罩了上来,她的世界变成了一个封闭的小宇宙。

唐天湉个子矮,租玩偶服的时候她可没考虑到这个,于是玩偶的观察空隙她只能看到一半。

当然,她踮起脚还是可以看得多一些的。

唐天湉适应了一下,感觉玩偶服有些重,好在味道并不难闻,是她专门强调过的清洗得很干净的玩偶服。

"那我就出发了!"唐天湉做了个敬礼的动作,觉得自己可爱又帅气。

围观群众憋着笑,全都掏出了手机。

"我也可以拍你们的。"唐天湉摆摆手,乱按了两下手机,便朝自己的目的地进发了。

她这会儿没课,想一路慢慢走去连接东西校区的天桥下,那儿人流量大,有好几个活动摊位。

一路上不少同学抓着她拍照,唐天湉摆了几个憨憨的跳舞动作,总是会引起一阵欢呼声。

　　她享受着这种给大家带来快乐的欢呼声，并且没有忘记给他们发一发活动传单。

　　郑希羽刚刚上完课，一抬头就看到了这样的矮个儿皮卡丘。

　　玩偶服太大，里面的人并不能撑起来，因此服装堆在脚上，显得那个大脑袋更大了，很是不平衡，随时都能头重脚轻地栽个跟头似的。

　　郑希羽站住了脚步，皮卡丘一偏脑袋，挥着手朝她走了过来，步子跨得比刚才急，但仍然憨憨笨笨的。

　　郑希羽望见了皮卡丘手里的宣传册，封面是好多单人照片的拼接，她跳起扣杀球的样子在最显眼的地方。

　　路上有根树枝，皮卡丘看不见，脚下被轻轻绊了一下。

　　郑希羽抬脚，速度很快地抓住了皮卡丘的胳膊。

　　皮卡丘想仰头，但难度有些大，脚下晃了晃，最终靠着她的胳膊站稳了。

　　"重吗？"郑希羽问。

　　皮卡丘晃着脑袋点了点头。

　　"歇会儿好不好？"郑希羽继续问。

　　皮卡丘这次没动，呆呆地站在她跟前。

　　郑希羽没再征求皮卡丘的意见，抬起双手抱着玩偶的大脑袋，轻而易举地将其摘了下来。

　　唐天浠的脑门露了出来，上头有点儿汗，亮晶晶的。

　　然后她的眼睛露了出来，更加亮晶晶的。

　　"嘿！好巧啊！！"她冲郑希羽喊，也不知道衣服哪块卡住了，嘴巴还没能露出来。

　　郑希羽扯了扯玩偶服，露出她一张漂亮的脸蛋："热吧，谁让你搞这个的？"

　　郑希羽微微皱着眉头，看起来样子有点儿凶。

唐天浠一时说不出话来。

谁让你搞这个的？

我啊。

我让我们部门的人都搞这个。

但她从郑希羽目前的表情来看，貌似这是件十分不道德要被谴责的事情。

唐天浠抿了抿嘴，不想被郑希羽凶。

好在这会儿是上下课间隙，人来人往，郑希羽也没非要个答案。

她拉住了唐天浠被裹在玩偶服里的手，提着皮卡丘的大脑袋，将人带到了一旁的小花园的凉亭里。

这边没人，唐天浠被按着在石凳上坐下，郑希羽扯过身后的双肩包，拿出个保温大水杯。

水杯真的挺大的，在郑希羽手里不觉得，被递到唐天浠跟前以后，唐天浠觉得水杯要跟自己的脸一样大了。

"喝点儿水。"郑希羽开口道。

唐天浠愣愣地看着杯子："啊，我不渴，我刚——"

郑希羽打开了杯盖，倒了些水出来："脸都红了。"

"啊，是吗？"唐天浠抬手去摸脸，忘了自己还穿着玩偶服。

于是这么一蹭，她不仅没摸出脸颊的温度，还搞得脸上痒痒的，大概有脏东西沾上去了。

她看向郑希羽，郑希羽站着没说话。

她甩了甩手开始脱衣服，郑希羽放下水杯，蹲到了她面前。

终于不用仰得脖子疼了。

郑希羽拽这块扯那块，嘴上指挥着："抬胳膊，这边，好了，站起身。"

唐天浠站了起来，郑希羽往下扒拉："抬脚。"

抬了左脚，抬右脚，唐天浠看着郑希羽的头顶笑起来。

"笑什么？"郑希羽把衣服拿到一边，又把杯盖递了过来。

唐天浠抱着杯盖小口地喝着水，水是温的，喝着很舒服。

"刚才看见你的头顶了。"唐天浠笑得停不下来，"很少能看见你的头顶。"

郑希羽弯唇笑了笑："还看吗？"

"物以稀为贵。"唐天浠拍了拍身边的位子，"待会儿没课吗？"

"没。"郑希羽坐下，看着皮卡丘，"你还要去发传单吗？"

"哪里是发传单啊，"唐天浠不乐意了，"我这是……这是为了推广校园活动月的活动！我还有记者任务呢！"

她拽了拽自己脖子上的记者证。

"差不多。"郑希羽说道。

"你这个觉悟，在学生会里怎么混啊。"

"没混了。"郑希羽拿过唐天浠手里的杯盖，给她添了点儿水，"我退了。"

"什么时候的事？"唐天浠很惊讶。

"上个星期。"

"你这才进了几天啊？这都不叫半途而废叫还没开始就放……"唐天浠顿住了，猛地转头看向郑希羽，"因为我？"

"没。"郑希羽回答得很快，"我自己待着觉得不合适。"

"不就是因为我吗！"唐天浠炸了，"咔"一声把水杯搁下，站起身来，"要没有我，那天他们就不会灌你酒，我要是没替你说话，他们之后也就不会为难你……"

唐天浠的声音小了下去，她突然觉得自己当时一怒之下做错了。

她压根没考虑这样做会带给郑希羽什么样的后果，郑希羽那一桌坐的全是各学院的干部，这样一个大一新生还要怎么在学生会里混下去？

唐天浠转身就走："我要找你们部长好好谈谈。"

她都奔到亭子外了，郑希羽一动，还是瞬间就抓住了她。

唐天浠往外冲的力气大，郑希羽没用什么力，但力道反冲，人还是

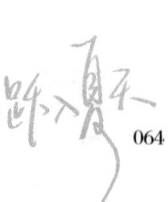

被弹回去一截。

唐天湉瞪眼看着面前的人。

"我要上课、要训练,还要参加比赛,"郑希羽解释道,"真的没有时间去做别的事情了。"

唐天湉这两天会看一些比赛,偶尔和郑希羽在微信上聊两句,知道她这话确实也不假。

郑希羽要想参加比赛,训练是不能断的,会耗费大量时间。

"哦。"唐天湉应道。

"当时也就是好奇才去参加的,发现不合适,就应该及时止损,不是吗?"

"你说得对。"唐天湉挑了挑眉。

"所以我说跟你没关系。"郑希羽往后退了一步,笑了笑,"但是认识你很高兴。"

唐天湉还想再生一会儿气的,但郑希羽说出这句话,让她的开心情绪一下子涌了上来,她没能憋住。

"哦。"唐天湉转身回了小亭子里,"说什么大学不参加学生会不参加社团就是不完整的,这话纯属扯淡。自己喜欢就干,不喜欢就不干。世界这么大,我们去哪里不能锻炼自己?有些地方还能拿工资呢。"

"嗯。"郑希羽跟着她回来,指了指一旁的皮卡丘玩偶服,"你穿这个发传单也是免费劳动力。"

唐天湉一时噎住。

这人还记着这事呢。

唐天湉一口气把杯盖里的水喝完了,将保温杯盖好,递到郑希羽面前:"谢谢你的水。"

郑希羽接过杯子。

"我要继续去劳动了。"唐天湉特别想拍拍她的肩膀,嫌累,还是放弃了。

郑希羽把水杯塞回背包:"我说了我待会儿没课。"

"嗯?有什么其他计划吗?"唐天湉不知道她这话是什么意思。

"有。"郑希羽把自己的双肩包取下来递到了唐天湉跟前。

唐天湉顺手接了。

郑希羽抓起皮卡丘,三两下把自己塞了进去。

"你……"唐天湉一下子不知道手脚该怎么用了,原地打转,"你不要——"

郑希羽拽了拽皮卡丘的身子:"好短。"

刚才在唐天湉身上还堆叠着的衣服,到了郑希羽这里,就被撑得面料都不够了。

"你穿不进去吧?"唐天湉找到了合适的拒绝借口。

"这里有个拉链。"郑希羽抓到了袖子和身子的连接处,"可以放大。"

唐天湉瞪大了眼:"还能这样?"

"脚下应该也有。"郑希羽蹲下身,果然找到了拉链,"唰唰"拉了两下。

"我感觉受到了歧视。"唐天湉沮丧得不得了,"为什么做这衣服的人连你这种身高的人都考虑到了,就是不考虑考虑我们一米五的矮子?"

郑希羽笑起来,将皮卡丘的大脑袋扣到了自己的头上:"因为一米五的小可爱,不应该这么累。"

唐天湉突然有些想哭。

大大的郑希羽变成了加长版的大大皮卡丘,看着怪模怪样的,特别好笑。

皮卡丘张开双臂,左右挪了两步:"行吗?"

"不行。"唐天湉摇脑袋,心里酸酸甜甜的,"你得跳舞。"

"我不会跳舞。"

"动动手啊动动脚啊,"唐天湉掏出手机对准了她,"不会跳就放着,还是我来。"

皮卡丘挥了挥手,又抬了抬脚,扬起手臂,还差点儿劈了个叉。

唐天湉笑得眼泪都快出来了，按着拍摄键就没移开手，拍了几个小视频发到了宿舍群里。

宇宙第一美："看，我们部最可爱的皮卡丘。"

桐哥："你们租的玩偶服是这样的吗？这是我见过的最丑的皮卡丘！"

阮阮今天要吃三碗饭："什么时候结束啊，晚饭去教师餐厅吃好不好？"

宇宙第一美："你先去吧，我今天没法陪你了。"

阮阮今天要吃三碗饭："筒子，你呢？"

桐哥："我陪你。"

阮阮今天要吃三碗饭："走？"

桐哥："这才几点？"

阮阮今天要吃三碗饭："喝个奶茶，等一会儿不就到时间了吗？"

桐哥："成，门口见。"

教师餐厅是 N 大最高级的餐厅。

阮阮挺少来这边的，所以既然来了，那就得好好待一会儿。她先去买了奶茶，等李桐到了，把手机菜单打开推了过去："甜点，要哪个？"

李桐："我们待会儿不是还要吃饭吗？"

阮阮瞄手机："你看看图，不想吃吗？"

没有女孩子能抵抗甜品的诱惑，李桐："想。"

李桐戳着手机："刚才你咋不点呢？我有选择恐惧症。"

"你来了我吃得安心些。"阮阮拽过手机，很快就点好了，"这是我们俩一起吃的。"

两个人吃得很快乐。

一个宿舍的三个人，两个人快乐的时候，肯定要向第三个人嘚瑟。

李桐把照片发到了宿舍群里，却并没有引起唐天湉对阮阮的谴责。

唐天湉好像真的很忙，忙着给他们宣传部的皮卡丘拍照录像。

小视频"唰唰唰"地一过来就是好几个。

李桐盯着手机:"她怎么了?"

阮阮点开了小视频:"真的可爱吗?"

李桐:"也就那样吧。"

阮阮:"也就那样吧。"

过了一会儿,又是一轮小视频发了过来。

李桐:"……"

阮阮:"我们出门消消食?"

李桐:"为待会儿的晚饭做准备?"

阮阮:"顺便和皮卡丘打个招呼。"

视频里的地方离教师餐厅不远,两个人出了门后,阮阮突然加快了脚步。

李桐跟在她身后,居然跑得没有她快:"您消食是这速度吗?您不怕肠胀气吗?"

阮阮:"慢了就来不及了。"

李桐:"这有什么来不及的啊?一个丑皮卡丘你要实在想见直接跟糖豆说啊……"

阮阮猛地停住了脚步:"你不觉得那皮卡丘不对劲吗?"

李桐:"哪里不对劲了?"

阮阮抓住了李桐的手,捏得死紧:"皮卡丘坐下了。"

"你怎么知道?"李桐后知后觉,顺着她的视线望过去,皮卡丘果然坐下了。

皮卡丘坐下还是好高。

唐天浩背对着她们,站在皮卡丘面前。

皮卡丘拿下了玩偶大脑袋,露出了一张清秀漂亮的脸。

李桐止不住地感慨,瞪圆了眼珠子,回握住了阮阮的小圆手:"我的妈呀,这是糖豆和学妹吗?"

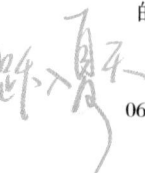

"左眼吗?"

"嗯,左眼。"

"睁大点儿,往右看。"

"好像在另一边。"

"哎,看到了看到了,进了个小毛毛,保持住,别动。"

"嗯。"

"我吹吹啊。"

"嗯。"

"呼……你笑什么啊?"

"痒。"

"哎,出来了出来了,有一点儿粘在睫毛上了,别动别动,我取下来。"

"嗯。"

"你的睫毛好长。"

李桐掐着阮阮的肩膀:"眼睛进个东西至于吗?"

阮阮深有同感:"就是,至于吗?"

李桐瞅着不远处的两个人:"她俩弄完了吗?"

"那出去吗?"

"出去吧。"

李桐活动了一下身子,猛地蹦了出去,笑容灿烂地打招呼:"嘿!好巧啊!"

唐天湉被吓了一跳。

李桐大步走过去:"咋回事啊?搞了一整群的皮卡丘——"

唐天湉吓得跳到了李桐跟前,并跳着捂住了她的嘴。

李桐:"呜呜呜——嗷嗷嗷……"

阮阮到了郑希羽跟前:"学妹好,我是天湉的室友,姓阮。"

"我认识你。"郑希羽从玩偶服里伸出一只手递到了阮阮面前,"学姐好，天湉经常提起你。"

阮阮："……"

为什么她感觉这话有点儿怪怪的？

阮阮转头看向唐天湉，唐天湉终于松开了捂着李桐的手："你们怎么在这儿？"

"我们吃完了甜点，在消食。"

"你这么说我饿了。"唐天湉走到郑希羽跟前，示意她把玩偶服脱掉，"今天到这里就可以了，晚饭时间。"

"好。"郑希羽笑着脱下玩偶服，并叠得整整齐齐的和大脑袋摆在一块儿，"我帮你把东西拿回去吧。"

"有点儿远……"唐天湉转头看向李桐。

李桐："我们俩刚才只是吃下午茶！还没吃晚饭呢！"

唐天湉看向阮阮的肚子，阮阮把外套往前搭了搭，假装圆乎乎的肚子不存在。

"那一起吧。"郑希羽说道，"吃完我再把东西拿回来。"

学妹真是懂事。

李桐和阮阮对她的表态十分满意，两个人一左一右地站到了郑希羽跟前，仰着脑袋同她聊天。

唐天湉刚开始还担心这两人会为难郑希羽，但听了听聊的都是些日常问题，便放下心来。

唐天湉把皮卡丘脑袋抱了回来，让郑希羽走得轻松点儿。

四个人三个在前，一人在后，教师食堂离得最近，她们便干脆去了教师食堂。

如此一来，约定的火锅算是提前了，宿舍三个人很有默契，李桐和阮阮直接把人往二楼的火锅店带。

倒是郑希羽，上台阶前突然停住，转头往后看去。

唐天湉抱着明黄色的大脑袋，虽然走得轻松有力，但因为个子矮长

得又太可爱，就像一只玩偶拖着另一只玩偶似的。

郑希羽笑起来，李桐凑过来瞅了瞅她再瞅了瞅落在后面的唐天湉："怎么了？"

"玩偶不要套吧。"郑希羽嘴上这样回答着，手已经伸了过去，她怕唐天湉摔了。

深知唐天湉本性的李桐和阮阮："……"

好在唐天湉在室友面前还是顾着以往的形象，没太做作。

她没去握郑希羽的手，只在郑希羽的掌心上轻轻拍了一下："没事，我可以拿，你走你的。"

郑希羽却干脆抬手一拎，将她怀里的皮卡丘拽了过去："楼梯窄，不好走。"

唐天湉向来没有能和郑希羽抗衡的力量。

当然李桐和阮阮也并不觉得她有。

于是也没人再争这重物该谁拿的问题，全都跟在了郑希羽身后，由高到低地排着队往上走。

教师食堂跟学生食堂到底不一样，特别是楼上，说白了就是一个自负盈亏的小商场。

火锅店就在楼口处，服务员很热情，看到提着一堆东西的郑希羽赶忙迎了上去。

"您好，吃火锅吗？几位？"

郑希羽走完楼梯，没来得及张口，后头的阮阮露了出来。

服务员："哦，两位。"

阮阮撇了撇嘴，晃着脑袋跟了上去。

服务员："哦，三位。"

李桐乐不可支，顺着服务员的话笑着喊："对对对，三位。"

跟在她后面的唐天湉脸都黑了："我不是人啊？"

服务员终于瞅着了落在后面、皮肤白皙、长得精致得像洋娃娃般的唐天滟："啊，四位吗？"

"四位。"唐天滟气呼呼地说道，"后面没啦！"

李桐快笑死了。

四个人在店里落座。

李桐撞了撞阮阮，看着对面的两个人："作为我们的舍长，你不该先说点儿什么吗？"

阮阮头也不抬地点菜："舍长一职移交于你，你说吧。"

李桐："好，那我就说两句……"

她深吸了一口气，唐天滟倒在椅子上并不在意，郑希羽倒是坐得一如既往地端正，并神情认真地看着李桐。

李桐被她正儿八经的模样盯得有些不好意思，挠了挠头，气势全无："主要是，9号楼4520，欢迎郑希羽同学！"

她带头鼓掌，阮阮拍着桌子，唐天滟抱臂，只是笑。

"谢谢，认识大家很高兴。"郑希羽点了点头，端正得似乎是在进行商业谈判。

李桐用力活跃着气氛："啊，那个，大家都是女孩子，所以是真欢迎你来，你随时来我们宿舍玩，我们宿舍正好空着一张床，玩得累了天黑了不想走还可以就地睡下……"

阮阮受不了了，在她背上拍了一巴掌："你可闭嘴吧你，点菜！"

李桐被噎得打了一个嗝，伸着脑袋看郑希羽手下："学妹，你都点了什么？我们合计合计。"

"还没来得及点。"郑希羽低下头，快速勾选了两个，然后转头问唐天滟："你想吃什么？"

唐天滟凑过去看菜单。

"我记得这家的毛肚和鸭血都挺好吃的。"

"我找找，这个吗？"

"嗯，这个脆一些。"

"鲜鸭血？"

"我记得有正常点儿的……"

阮阮："鸭血我已经点了。"

唐天湉终于舍得抬头："哦，那行。"

郑希羽："还要点什么吗？"

唐天湉把菜单递给了阮阮："阮阮补充统计，她是我们宿舍的吃货大师。"

李桐叹了一口气，瞄了一眼唐天湉："之前我们大师接到糖豆的任务，研究了那么多的店，没想到最终还是在食堂吃了啊。"

郑希羽很会抓重点："糖豆？任务？"

李桐："糖豆就是天湉啊，你不觉得很像吗？长得又'甜'又圆，小豆丁。"

唐天湉抓了颗果盘里的糖扔到了李桐身上。

李桐一点儿没有受到威胁，拆开包装把糖塞到嘴里："至于任务嘛，之前我们豆啊……"

唐天湉猛地站起，把果盘端了起来。

李桐吓得嘴里的糖差点儿噎在嗓子眼里："豆，你干吗？"

"掂掂这盘子的重量。"

"哦，这多重啊。"李桐站起，双手托住果盘，"别把你累着了，我来我来。"

唐天湉坐下了。

李桐放下盘子，没敢再说某件事。

过了一会儿，郑希羽突然伸手抓了那个盘子一把，小声对唐天湉说："盘子大概两百克。"

唐天湉乐开了花。

李桐："……"

阮阮："……"

这顿饭吃得很和谐。

李桐和阮阮但凡和郑希羽聊到点儿什么有可能让郑希羽为难的话题，便有唐天浠在一旁操刀以待。

而但凡李桐和阮阮想说点儿唐天浠的糗事，刚开个话头，郑希羽便认真温柔得像唐天浠的长辈一般——唐天浠哪怕摔个四脚朝天，都是可爱得不行。

辣油滚烫，香气四溢，李桐和阮阮放弃了"作妖"，开始快乐吃肉。

唐天浠一筷子一筷子地往下下东西，下完了又让服务员多上了两盘肉，李桐刚想说哪怕阮阮再能吃也吃不完，就见唐天浠一大筷子把涮好的肉夹到了郑希羽的碗里。

李桐："……"

阮阮："……"

郑希羽笑得有点儿腼腆："谢谢。"

唐天浠盯着她，笑得特别灿烂："多吃点儿，你们训练太辛苦了，你这个身高，饭量得是我的三倍才成。"

阮阮转头看向李桐："筒子，我这个体形，饭量也得是你的三倍吧？"

李桐夹掉了锅里的最后一片肉，目不斜视："所以你要可怜可怜我，分我点儿肉。"

阮阮："……"

四个女生，吃出了六个人的量。

到最后，阮阮仿佛和郑希羽抢食一般，郑希羽吃什么她就吃什么，绝不比郑希羽少吃一口。

唐天浠也不挡着她了，或者说压根没空关心她还要不要减肥了，全身心地照顾着郑希羽，誓要让学妹吃好喝好。

四个人从天亮吃到天黑，阮阮几乎是扶着墙出的门。

最气的是郑希羽那个饭量，人一站起来，进店的时候啥样，出店的时候还是啥样。

阮阮有些不可思议："郑希羽，你的肚子呢？"

郑希羽摸了摸自己的肚子："在呢。"

阮阮拍了拍自己的肚皮，聊了一顿饭，就算是熟人了，特别放得开，"你是不是衣服太松了所以才看不见肚子？"

"也有呢。"郑希羽笑起来，抬手便将自己的上衣衣摆掀了上去，"你看。"

"腹肌！"李桐眼珠子都快瞪出来了，"有生之年我居然能够看到活生生的妹子的腹肌，几块啊？你把衣服再往上掀一下我数数……"

唐天湉在郑希羽的手上打了一巴掌。

郑希羽把衣服放下了："一块。"

"你这还叫一块，那我这得叫一坨了吧？"李桐还想挣扎，被阮阮拖麻袋似的往后拉走。

"吃饱喝足回家了。"阮阮朝唐天湉和郑希羽挥了挥手，"你俩记得把玩偶服放去活动室啊。"

两个人的身影一拐弯便不见了，郑希羽笑着说道："你的室友人都很好。"

"嗯嗯。"唐天湉背着手，"你人也很好，我运气很好，遇到的人都很好。"

"我运气也好。"郑希羽转头看着她，突然说道，"某人是我吗？"

唐天湉愣住。

这语境隔得太远，郑希羽把上下文说全了，再来了一遍："刚才李桐学姐说，你为了请某人吃饭，派任务给阮阮学姐——"

唐天湉挥了挥手，打断她的话，往前大步走去："我不知道你说的哪个。"

"哦。"郑希羽抱着皮卡丘跟上，一点儿没放弃，"某人是我吗？"

"你管是不是你啊！"唐天湉中气十足地喊了一句，撒腿就跑，小细腿在灯光下跑得飞快，人跟个小炮弹似的冲了出去。

郑希羽要想追上唐天湉,但她又止不住地笑,笑得腿软,于是只能盯着那个背影,看唐天湉一溜烟地跑得很远。

唐天湉猛地止住脚步,转身冲郑希羽挥手。

"你来呀!"唐天湉跳着喊。

隔着老远的距离,即使在黑暗的夜里,郑希羽也能看清她脸上的笑意,于是自己的嘴角也更弯了。

接下来的几天时间里,唐天湉仔细对比着郑希羽的课表,没有再让郑希羽碰见她穿玩偶服。

她不可能和郑希羽说清这事是她这个部长要求干的,而且她觉得哪怕说清了,郑希羽还是会帮她。

对唐天湉来说,这不过是个体验活动罢了,但对郑希羽来说,这好像是一件很辛苦的事。

唐天湉每次想到此,都要藏在玩偶服里乐好一会儿。

郑希羽可真是个好人。

如此安稳地度过了几天,活动月的"开幕式"在宣传部这里算是忙完了。各个干事将资料和稿件传送到了群里,唐天湉大部分时间需要做的就是审稿。

"总算是忙完了。"阮阮拉开床帘发现她在看剧,感叹了一句。

"对,最近真是连轴转,"唐天湉捧着自己的脸颊,"转得我都觉得我瘦了。"

阮阮的脸瞬间黑了:"我觉得你在进行人身攻击。"

"宝贝,感觉到了就放下你手中的蛋糕吧,"唐天湉给她送了个飞吻,"乖。"

"哼。"阮阮重新拉上了床帘,躺在床上思考人生。

唐天湉看完一集剧,扬声问她:"我怎么觉得你最近对我的态度特别差呢?"

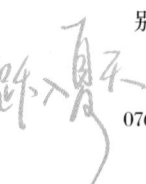

"我也在反思自己。"两个人隔着一层布帘对话。

"反思的结果是什么?"

"大概是吃醋吧。以前你新认识的朋友再多,你最后不都还是和我玩?现在郑希羽剥夺了这种独特性和成就感,我大概在吃她的醋。"

"我们就是很普通的校友关系。"唐天浠说道。

"可怕就可怕在这里,普通校友呢,你就这样了,之后我不就更没地位了?"

"你说什么呢?!"唐天浠拉开帘子,爬到了阮阮的床上去,"我们就是玩得稍微好了点儿而已。"

"哦。"阮阮并不理她。

唐天浠有些愧疚,最近的确对阮阮关注得少了,她心里想郑希羽有些多,颇有"喜新厌旧"的感觉。

盯着躺在床上望天的阮阮看了一会儿,唐天浠一巴掌拍在她壮壮的胳膊上:"今天天气这么好,去综合广场玩玩呗。"

"去那里干吗?人那么多。"

"就是人多才热闹啊,不少活动在那里办。"

"太没创意了,"阮阮挥了挥手,"搞得跟赶集似的。"

"这才好玩嘛,多接地气。"唐天浠抱住了她的胳膊使劲晃悠,"动一动、动一动,别吃完了就躺着。"

"好好好……"阮阮投降了。

两个人稍微拾掇拾掇出了门,天朗气清,高大的落叶树时不时地就飘下来一片黄叶,气氛很好。

综合广场是 N 大面积最大的广场,这会儿真跟集市似的,各学院、各社团的摊位摆了一圈,热闹非凡。

阮阮兴致不高,在学生会的工作就是与各社团的人沟通,这些都是报上来她一个个看过策划案的。

唐天浠想尽量把她往人群里拖,她觉得人多的地方热得慌,便仗着体重优势反倒把唐天湉拖得远离了人群。

哪里人少她就往哪里钻,很快钻到了个人最少的摊位跟前。

其实那不算个摊位,别的摊位至少能摆张桌子、椅子,搞把遮阳伞,这里只立着一块展架。

展架上的内容很简单,"爱的抱抱",谁需要拥抱都可以站到这里来,路过的同学愿意的,便可以给他爱的抱抱。

展架后站着个瘦瘦小小的男生,一手握着展架,一手在戳着手机,见有人过来了,脸色有些仓皇,生怕别人误会他想要抱抱一样。

阮阮叹了一口气,摇着脑袋小声说道:"这可不行。"

唐天湉问她:"怎么了?"

"他这搞活动的人都这么害羞,别人怎么可能放得开?"阮阮盯着那个男生,"这策划递到我手里的时候我觉得挺好的,结果你瞅瞅,这里一个人都没有。"

唐天湉怂恿她:"要不你给他示范示范,开个头?"

阮阮瞪唐天湉:"你以为我不敢吗?"

唐天湉拍了拍她的肩膀:"上吧,我的大宝贝。"

阮阮还真上了,两步跨到男生面前,问他:"你要抱抱吗?"

男生被吓得抖了一下:"我……我……我是办活动的……"

"不管你是谁,你站在这里了,想要抱抱吗?"

男生这才看清阮阮的脸,一下子有些哭笑不得:"学姐。"

"今天有多少人参加你们这活动啊?"阮阮问,气势还挺足的。

男生眼神乱晃,嗫嚅半响,抬手竖了一根手指。

"有一个,还不错。"阮阮指了指他脖子上的相机,"照片给我看看。"

男生咽了咽唾沫:"那一个……是你。"

阮阮:"……"

唐天湉乐得不行,走过来对她说道:"别让人家这么紧张,你就做个示范吧。"

"行吧。"阮阮把大红心形的亚克力板往怀里一抱,伫立在了旁边,"给我的记录就说我因为太胖所以自卑,觉得没人喜欢我,所以想要个爱的抱抱。"

男生更慌张了:"学姐,你不胖……"

"睁眼说瞎话呢你!"阮阮凶他,"记!"

男生拿着记录本,战战兢兢地记上了。

唐天湉往后跑了一大截,然后装作刚逛到这里,发现了一个要抱抱的女孩子,惊奇地睁大了眼睛。

阮阮都快憋不住笑了。

"快拍快拍。"她冲男生喊,"她要来抱我了。"

"哦。"男生赶忙拿起了相机。

唐天湉果然冲了过来,特别夸张地张开双臂,她跑的动作其实很慢,就为了让男生抓到精彩一刻。

她这么慢腾腾地终于跑到了阮阮跟前,阮阮抱着红心笑得灿烂。

两个人之间不过一米多的距离,眼看就要抱成了,旁边突然插进来一个人,一个高高瘦瘦、挂着副黑框眼镜的女孩子。

女孩子以轻飘飘又迅雷不及掩耳之势的动作抱住了阮阮。

阮阮愣住,唐天湉也愣住了。

女孩子很干净,这种干净是从视觉到嗅觉上的通感。

她身上的白衬衫比一般人的都要白一些,她梳着整整齐齐的马尾辫,每一根发丝都松散顺滑。

阮阮来不及看清她的脸,便已经嗅到了她身上的纯净味道。因为从头到脚太过和谐,她显得有些呆板。

阮阮第一反应是这样的人大概有洁癖,就算没有洁癖,旁人见了她也不敢靠近。

而阮阮今天出门的时候还拿了片薯片吃,头发是昨天晚上洗的,身上的外套……好像前两天穿过一次,觉得没脏今天便又套上了。

她怕弄脏了这个妹子身上的白衬衫，这个不知道从哪里冒出来的好心的妹子。

啧，阮阮在心里咂了一下嘴，身体一点儿都没敢动。

妹子抱的时间不长，停顿一两秒，便松开了手。

她转身要走，旁边的男生一连串地喊："同学、同学、同学，能采访一下你的感受吗？"

妹子停住了脚步，转头看向男生，脸上没什么表情："感受？"

阮阮简直想捶死这个傻呆男同学。

"对，感受。"男同学摆出了要记笔记的架势，"为什么会在这么短的时间内决定去拥抱一个不认识的人？"

妹子推了推眼镜框，巴掌脸有一半都被盖在了这眼镜下："因为她需要拥抱。"

男同学、唐天湉、阮阮不约而同地呆住。

妹子又推了推眼镜："有什么问题吗？"

阮阮笑起来："我的名字叫阮阮，'耳朵元'那个阮，我还以为你认识我呢。"

"现在认识了，你的名字和你很配。"妹子说道。

阮阮一时之间不知道该不该说声谢谢。

妹子点了点头："再见。"

阮阮有些愣愣的："再见。"

妹子轻飘飘又快速地离开了。

阮阮盯着她的背影盯了许久。

"啧啧啧……"唐天湉左瞅瞅右瞅瞅，十分感叹，"今天这是什么运气，下楼就有故事？"

阮阮把手里的红心牌子往唐天湉怀里一塞："来给你造点儿故事。"

"我……"唐天湉想将牌子递回去，阮阮已经离远了，唐天湉想递还给男生，男生用可怜巴巴的表情看着她，意思很明确：学姐行行好，再帮我完成一个任务吧。

唐天湉叹了一口气，干脆就这么抱着红心站着了："我呢？我……我……我想不出来我为什么需要抱抱的。"

阮阮抬手欲打她："做作。"

唐天湉笑起来，男同学看得一愣一愣的："那学姐，我记什么？"

阮阮说道："记她因为太矮了，平时别人正常拥抱都抱不到她所以很自卑。"

唐天湉笑得不行："欠打啊你，怎么就跟自卑过不去了？"

"不自卑的人谁要拥抱？"阮阮扫视着全场，刚才的妹子已经走得没踪影了，"是个人，总有点儿地方很自卑。"

唐天湉垂着脑袋："我怕被抱秃噜皮。"

阮阮："放心吧我看着呢，只准女生……"

唐天湉："嗯？"

阮阮眼神直勾勾的："有人过来了，唐天湉，你现在跑还来得及。"

"谁啊，洪水猛兽？"唐天湉不服，"N大我怕谁？"

"上次楼下喊你出去的那个啊！"阮阮抬手指着不远处，"你……你……你一天天招惹的都是些什么人哪？我打听了一下这个人，叫肖季，音乐学院的，听说背后有条龙！"

"啊？"唐天湉惊诧道，"龙？"

"是啊，听人说背上文了一条龙。"

"这年头还有人文这么土的花纹吗？"唐天湉想不通。

"土不土我不知道，但我现在有点儿腿软。"阮阮转身去拽唐天湉怀里的红心，"扔了扔了，肖季朝你看过来了。"

唐天湉没松手，很生气。在她的世界里，躲永远都没法解决问题，她从来不怕正面面对问题。又不是没对上过，上次就是她赢了，这次她照样会赢。

红心牌子被抱在怀里，她攥得很紧："看见肖季过来就跑，那我岂不是很没面子？”

阮阮瞪着眼睛看着她：“没想到你是如此浮夸之人。”

唐天湉摇了摇脑袋：“我不怕，我有秘密武器。”

阮阮：“什么？”

唐天湉瞄了一眼自己的兜：“拿我的手机，给郑希羽打电话。”

唐天湉运气挺好，阮阮给郑希羽打电话过去的时候，郑希羽没训练也没上课，正闲着。

紧急情况，阮阮来不及交代前因后果，只说道：“糖豆找你，综合广场！”

“好。”郑希羽答应得很利索。

“快点儿啊，快点儿啊……”阮阮忍不住催促。

“好。”郑希羽挂了电话。

然后阮阮直起身，深吸一口气，面带微笑地重新走到了唐天湉身边，朝传说背上有龙的人望了过去。

肖季以正常的速度行走，这会儿已经过了半个广场。

阮阮碰了碰唐天湉的胳膊：“我们的挑衅意图是不是太明显了？”

唐天湉眼都不眨，表情凶巴巴的，像只蓄势待发的小豹子：“那也要怪肖季挑衅的意图太明显了。”

男同学：“学姐，我怎么觉得要打架？”

阮阮：“你别抖，真打起来不用你动手，你跑去叫老师。”

男同学一脸哭相：“学姐，为什么好不容易上了大学，打个架还要叫老师？”

唐天湉：“待会儿你动手，我们就不叫老师。”

男同学：“我叫老师，我还有保卫处的电话号码。”

阮阮翻了个白眼。

肖季又走了四分之一的路程，大概是盯得累了，错开了视线，开始看两边的摊位。但唐天湉没放松，觉得肖季现在看别的东西的每一眼都是阴谋。

肖季放慢脚步，转了个弯，去了烘焙社的摊位前，买了份小蛋糕。

阮阮："啧。"

男同学："她这是要把蛋糕拍在我们的脸上吗？"

肖季又转身，去社团后勤处拿了瓶未开封的水。

阮阮："啧啧啧。"

男同学："难道她要把水浇到我们头上吗？"

阮阮忍不住踹了他一脚："你能不能正常点儿？能不能看看你面前的牌子上写着什么？"

男同学："爱的抱抱……"

阮阮不管他了。

男同学："那就抱一下你们干吗这么紧张？"

唐天湉："你不懂。"

肖季这下再向唐天湉走来的时候，脸上是挂着笑容的，她捧着小蛋糕，拿着矿泉水瓶，一上一下地扔着。

唐天湉盯得眼睛酸，眨了眨眼。

肖季笑得更开心了，最后几米的路走得慢悠悠的，就像在欣赏唐天湉的慌张表情。

人终于到了跟前。

唐天湉握紧了手里的亚克力板，肖季错开了目光去看旁边的展架，并明知故问道："这是个什么活动呢？"

男同学被她们之间的氛围感染，张口就来："你是不认字吗？"

阮阮心想：这小子关键时刻还挺横，心里给他鼓了鼓掌。

肖季并没有狂躁地把手里的东西扔到他脸上，只抬起眼皮看了他一眼："总有些信息是展板上没有的吧？比如……"

肖季抬手指向唐天湉："这位同学为什么需要爱的抱抱呢？"

男同学："因为她个子太矮了,平时别人正常拥抱都抱不到她,所以很自卑。"

阮阮心想:你可闭嘴吧。

"哦。"肖季拖长声音"哦"了一下,走到了唐天湉面前,弯腰看着她,"站多久了?"

唐天湉:"关你屁事。"

肖季并不在意她的措辞,继续笑着问:"被多少人抱过了?"

唐天湉:"关你——"

"关我的事。"肖季打断了她的话,"我就是来破坏你的活动的。"

唐天湉震惊地瞪大了眼,转头看向阮阮:"这是小说看太多了吗?"

阮阮:"咯,嗯。"

近在咫尺的人,站得笔直的人,神色张狂又慌张的人,全世界最可爱的小不点——并没有在这句话后,被肖季如愿地吓到。

有人一把拽住了唐天湉的胳膊,将她拉离了肖季的接触范围。

来人是郑希羽。

动作太突然,唐天湉发出了一声细微的尖叫声。

在身体不由她控制的时候,她感受到了熟悉的气息,温柔又可靠。

哪怕她这会儿姿势别扭,她也知道信赖郑希羽不会错,于是干脆放松了神经,任由自己跌过去。

郑希羽将她护在身后。

郑希羽的手可真大。

唐天湉觉得自己的脑袋在她手里大概就是个排球。

郑希羽说道:"这里不欢迎你。"

"啊!"这种台词,还真是得看谁说。阮阮没憋住尖叫出声,抬手捏住了男同学的胳膊。

男同学:"啊啊啊——痛。"

肖季盯着郑希羽,盯了许久。

郑希羽一点儿都没有松开唐天湉的意思，颇有"只要你在这里，我就不松手"的架势。

"OK。"肖季抬了抬手，"我认输，你松开她。"

唐天湉笑容灿烂，大眼睛弯成了月牙儿，又眨了眨，颇有合作完成的骄傲意味。

郑希羽也笑起来。

唐天湉拨了一下头发，慢悠悠地站直了身子，和郑希羽隔开一点儿距离。

也就一点儿距离，郑希羽动动手指头就能重新把人拽在身后。

唐天湉仰起下巴瞅着肖季，一副成功者俯瞰天下的姿态。

肖季两只手里还有帮她买的东西，极其自然地递到了她跟前："待这么久累了吧？喝点儿水。"

唐天湉简直佩服她。

"我不渴，谢谢。"唐天湉拒绝了。

"还玩吗？"肖季将视线落到唐天湉还抱在怀里的红心亚克力板上。

唐天湉像扔烫手山芋似的把板子扔给了男同学："我不玩了。"

"好。"肖季想把手里的东西搁下，转头瞅了瞅，发现这个展位真是寒酸，连张桌子都没有，于是干脆把东西塞到了男同学的手里："辛苦了，休息一下。"

男同学："……"

阮阮及时上场，跑到了唐天湉和郑希羽跟前："快到吃饭时间了，我们——"

"郑希羽。"肖季打断了阮阮的话，看向郑希羽，"比赛吗？"

"比什么？"郑希羽抬手搭在了唐天湉的肩膀上。

肖季侧头指了指身后的位置："这里你挑一个。"

郑希羽微微蹙起了眉头。

唐天湉抓住了郑希羽放在她肩膀上的手："我们不比。"

郑希羽没说话。

唐天浠直接抓着这手往一边走去："阮阮,我们去吃饭。"

"好嘞。"任何时候叫阮阮吃饭,阮阮都会快步跟上的。

肖季不死心："郑希羽,你不想知道比赛的赌约是什么吗?"

唐天浠拖着郑希羽继续走着,头也没回。

肖季："我赢了给我唐天浠联系方式,你赢了我一个月不出现在你们面前。"

郑希羽停住了脚步。

唐天浠："……"

肖季："你怕了吗?来不来?"

唐天浠压低声音说："希羽啊,不要上她的当啊,这人不是好人啊。"

阮阮小声附和："是啊,是啊。"

肖季小跑着到了一边,那是科技部自制的一台投篮机。肖季扒拉出一个篮球,在手里转悠着："我不欺负人,咱们比你擅长的东西。"

郑希羽转过身,活动了一下手腕。

唐天浠拉着她的手腕不松手："希羽啊,虽然我觉得只要是个球不管怎么样你都会赢,但是你不觉得肚子有点儿饿吗?"

郑希羽弯腰,在她耳边小声说道："等会儿,没事。"

她站到了投篮机的一侧,肖季运球跑了一小圈热身："很简单,看谁分高。"

科技部的同学起哄："你要是能破了我们今天的纪录,还有小礼物送的!"

肖季笑了一下,不多说话,抬手投进了一个球："开始。"

肖季的速度很快,投篮姿势标准,一下子吸引了不少目光,大家听说有比赛,纷纷围了过来。

肖季顺利通过第一关,几乎百发百中,开始进入第二关。

阮阮抱着唐天浠的胳膊,跟她咬耳朵："你说你咋老惹上这种事呢?"

唐天湉很无奈:"大概人人都有颗'中二'的心吧。"

阮阮又仰头问郑希羽:"阿羽,你没问题吧?"

郑希羽笑得冷冷淡淡的,看着一点儿都不紧张:"没问题。"

肖季玩了挺久,不仅冲破了当日纪录,还冲破了机器记录的最高分值纪录。

同学们觉得难以置信,纷纷鼓掌,在还有时间的情况下,肖季停止了动作,抬手蹭了一下额头上的汗:"行了,你来吧。"颇有王者风范。

同学们又纷纷鼓掌。

郑希羽笑了笑,走到了投篮机前,大家的视线全都聚焦到了她身上。

她既没有热身也没有试投,甚至拿着球走出了投球范围,来到了唐天湉面前。

唐天湉愣愣的,不知道她要干什么。

郑希羽把球递给她:"抱着。"

"啊?"唐天湉虽然蒙,却还是照做了。

她稳稳地抱住了球,郑希羽突然半蹲下身,揽住了她的腿。

"啊……"唐天湉轻轻惊呼了一声。

郑希羽将唐天湉直挺挺地抱了起来,固定住,唐天湉屁股一落,就能坐到她的肩上。

郑希羽就这么抱着唐天湉,走到了投篮机的侧边。

"投。"她说道。

唐天湉将手里的球丢了下去。

球稳定落框,机器响亮地报分。

"两分!"

郑希羽将唐天湉放了下来,说道:"去吃饭。"

肖季脸黑得不行:"你什么意思?"

郑希羽神色平静地看着她:"没什么意思,告诉你这种挑衅我没必要应战而已。"

围观群众发出一阵倒吸气声,阮阮捂住了脸,难以置信地说道:"我的天,呆学妹为什么突然拿了'龙傲天'的剧本?"

出了综合广场,郑希羽画风突变,刚才还强势地握在唐天漪手腕上的手松开背到了身后,锐利的眼神也跟退了光似的,瞬间变得温和起来,她又成了阮阮熟悉的那个大个儿呆学妹。

"啧啧啧,怎么回事啊?"阮阮有些想不通,绕着郑希羽转圈圈,"刚才的'霸道总裁'呢?你是披着羊皮的狼,还是披着狼皮的羊啊?"

郑希羽笑了笑,回答得天衣无缝:"我是郑希羽。"

N市的秋天冷得快,温度下降起来不过几天,原本还有些郁郁葱葱的树便已经黄得差不多了。

郑希羽看着唐天漪打闹的背影,觉得阮阮说得其实也没错,唐天漪漂亮得就像是小说里才有的女主角。自己和她完全是两个世界的人,却奇异地变成了朋友。

两个"小皮球"跑得远了,又折回来找郑希羽。

郑希羽加快了步子,让她们跑得少一点儿,来到她们跟前。

"学妹有什么打算?"阮阮问,"和我们一起吃饭吗?"

郑希羽点了点头:"可以。"

唐天漪仰着脑袋问她:"你晚上不是有训练吗?"

郑希羽观察了一下她的神情,确定她这话就是随口说的,并没有拒绝和自己在一起的意思,于是点了点头:"嗯,晚上有。"

果然,唐天漪拽了拽她的胳膊,拉着她往前走去:"时间还早,吃饱了才有力气训练。"

郑希羽任由唐天漪拖着,为了不超过她,故意放慢了脚步。

阮阮盯了她俩好一会儿:"我觉得我不应该出现在这里。"

唐天漪瞪阮阮:"你该出现在哪里?"

阮阮:"车底。"

唐天湉:"……"

一旦一个人觉得自己是个多余的人了,那便很难继续待下去。

唐天湉和郑希羽不愿意跟阮阮分享她们俩之间独有的秘密,阮阮觉得跟这两个人吃饭特别没意思。

阮阮拒绝了和唐天湉同行,往回走的路上伴着秋日的凉风发着感慨。

唐天湉并不清楚自己的好朋友复杂的内心世界,或者说,她这会儿没空在意。

自从郑希羽赶来后,她整个脑子都有点儿发蒙,可能是郑希羽今天的出场方式过于"炫酷",不,郑希羽今天的整个表现都特别"炫酷"。

没了阮阮,自己便可以和郑希羽讨论这个问题了。

唐天湉琢磨了半天,才拨了拨头发开了口:"你怎么想到的呀?"

"什么?"郑希羽低头问她。

"就……说的那些话。"唐天湉回想着那些台词,手舞足蹈地说,"'这里不欢迎你',还有,'告诉你这种挑衅我没必要应战而已'。"

"就……"郑希羽顿了顿,"实话。"

"啊?"唐天湉抬头看着她,有些惊讶,"实话?"

"是啊。"郑希羽没看唐天湉,盯着不远处的一棵树,"你又不愿意认识她。"

"你说得对。"唐天湉点了点头。

"至于那个挑战,有点儿好笑。"郑希羽说道,"拿别人打赌,有些离谱。"

"你说得太对了!"唐天湉差点儿把头点断。

郑希羽弯了弯唇,问她:"你想吃什么?"

"我们在一起老是吃饭。"唐天湉望着天,"其实还没到吃饭时间。"

"那你想玩什么?"郑希羽问。

唐天湉跳了两步,到了她面前,最后特别不好意思地说:"我一直

想玩一个东西,但是又怕摔,老觉得我们宿舍那两个人接不住我……"

"向后倒?"郑希羽立马问道。

"啊……"唐天湉一瞬间有些愣怔,脸蛋一下子泛红,"你怎么还记得这事呢?"

"不是吗?"郑希羽好奇道,"那是什么?"

"就轮滑而已啦。"唐天湉低头踢了一下地上的石头,"最近轮滑社在流芳园摆了好些障碍,看着好好玩。"

"可以。"郑希羽答应得很干脆,"我们过去。"

"好啊,好啊。"唐天湉跑了起来。

上高中的时候她就想学轮滑,但实在没有天赋,试了一次后便搁置了下来。

上大学以后她老看到有同学踩着滑板去上课,觉得特别酷,但也就是看看而已。

不管滑的是什么,这种让身体飞出去的感觉,她想想就觉得很美妙。

唐天湉蹦跶着到了流芳园,平日里觉得不算近的距离,今天真是来得飞快。

但周边冷冷清清的,轮滑社的同学已经在收障碍物了。

"等一下。"唐天湉冲了过去,"我要玩,我要玩。"

收东西的男生愣了愣,望见唐天湉的脸,便把手上的东西重新摆了回去:"来,你是最后一个了啊。"

"好。"唐天湉冲过去选了鞋子,实在是没经验,连鞋带都不会绑。

男生走过来要帮她,被人挤开了。

郑希羽蹲到了唐天湉面前,帮她系好一只脚的鞋带,然后拽着她的手放到了自己的肩膀上:"抓牢。"

唐天湉握住了郑希羽的肩膀。

"抬脚。"郑希羽说道。

唐天湉身子一歪，倒了出去，被郑希羽一把拽了回来。

"站不住。"唐天湉哭丧着脸。

郑希羽抬头，脸上带着点儿笑意："你一点儿都不会啊？"

唐天湉点头。

"那还想玩过障碍？"

唐天湉噘起了嘴。

郑希羽脸上的笑意加深了："我也不会，怎么办？"

男生在旁边举手："不会没关系，谁都有第一次，我来教你们。"

郑希羽侧头看向他，拒绝道："谢谢，不用了，我们就随便玩一下。"

唐天湉穿好了鞋，几乎半个身子都挂在郑希羽的肩膀上："怎么随便玩？"

郑希羽检查了她脚上没问题，扶着她站起了身："双脚内扣，弯腰，降低重心。"

"然后呢？"唐天湉屏住了呼吸。

"然后随便来吧。"郑希羽突然拉了她一把。

"啊啊啊——"唐天湉的尖叫声响彻了流芳园。

她的身子彻底不受控制了，这一拉她真是结结实实地飞了出去，控制不了方向。

景物飞速后移，头昏脑涨，然后她被人提溜了起来。

疯狂的世界暂停，唐天湉没忍住骂出一句脏话。

她刚要喘一口气好好训斥一下郑希羽，就听见郑希羽在自己头顶说道："再来。飞咯。"

"啊啊啊——我要死了！"

"转个圈。"

"郑希羽，我杀了你！"

"动一下脚，左脚，右脚，左脚，右脚，想象你是美丽的速滑运动员……"

"我是个……木偶!"

"加油,比刚才好很多了。"

"呜呜呜——我腿软,我歇会儿,我不玩了。"

疯狂的世界停止了。

唐天湉双手抓紧了郑希羽的胳膊,又觉得只抓胳膊不靠谱,于是搂住了她。确保不会再被甩出去,唐天湉这才安心地喘起了气。

呼,心脏跳得像擂鼓。

唐天湉的后脑勺上盖上了一只手,郑希羽的声音柔和,好像刚才使坏的那个人不是她一样。

"好了,放心,你做好准备了我们再玩。"

"胡说。"唐天湉心说,刚才她可不是这么干的。

后脑勺上的手顿了顿,唐天湉感受到了郑希羽胸腔的振动,最终郑希羽没憋住,笑出了声。

"对不起,"她笑着说道,"我没忍住。"

唐天湉气死了,在她的腰上掐了一把:"你给我忍住,不许笑!"

"没。"郑希羽解释道,"我道歉是因为,刚才没忍住,逗你玩。"

唐天湉这下不仅是气了,直接蹲下身,开始解鞋带:"我不玩了。"

"我错了、我错了。"郑希羽还是扶着她,"我们重新开始,我不推你了,我们慢慢来。"

"不玩了!"唐天湉朝她吼了一句。

"那我帮你。"郑希羽收了笑意,很快地帮她脱了鞋子,"你的鞋没在……"

唐天湉甩开她,踩着地过去,把自己的鞋穿上了。

男生站在一旁,什么话都没敢说。

唐天湉说道:"你可以收摊了。"

然后她转身走了。

她走得再快,郑希羽追她也不过几步的距离。

她没有目的地走着，郑希羽就跟在她身后，与她错开半步，不说话，但形影不离。

唐天淅走累了，一扭头在旁边的凳子上坐了下来。

郑希羽站在她面前，显得越发高，她有些不爽，抬脚踹了郑希羽的小腿一下。

郑希羽蹲下身，盯着她的眼睛："脚背踹疼了吧？"

"不然呢？"唐天淅特别凶，"我还能直踢吗？就你那小细腿，给你踢断了学校找我赔我可赔不起！"

郑希羽在她的鞋背上拍了拍："不疼了。"

唐天淅移开了脚："你要是不乐意陪我玩直说就好了，干吗这样报复我？"

"我没不乐意。"郑希羽反驳道。

"你就是不乐意！给我当保镖你是不是也特别不乐意？"

"真没有。"

"你要是想拒绝直接拒绝就好了，不要因为我帮过你就觉得不好意思，我们才认识几天啊。"唐天淅说着说着还挺委屈，"看着百依百顺的，都是假的，哪里有人这么乖？"

郑希羽一下子笑了："我刚才不是不乖了吗？你又生气。"

"这能一样吗？"

"我就是为了……"郑希羽顿了顿，看着唐天淅的脸抿了抿唇，"让你打开一点儿。"

"什么打开？"

"就是，直接一点儿。"郑希羽说道，"你不是真的想玩轮滑，你想干什么，可以直接跟我说。"

唐天淅愣住了。

郑希羽补充道："做朋友不用顾忌那么多。"

唐天淅真是这辈子第一次被人说不直接，以前大家给她提意见都是嫌她太直接。

但郑希羽这么说了，唐天滟反思了一下自己，她在郑希羽面前好像是不太直接。

"我说了怕吓着你。"她说道。

"我做好准备了。"郑希羽双手撑在唐天滟身体两侧的凳子上，半跪的姿势看起来特别稳固。

"我很羡慕……"唐天滟愣愣地说，"你的身高。"

郑希羽不说话了。

唐天滟继续说道："你好高，我想看高处的风景。"

郑希羽："……"

唐天滟盯着郑希羽，眼睛亮晶晶的在发光："你今天下午抱起我的时候，会当凌绝顶！一览众山小！那种感觉，你明白吗？"

郑希羽："明白。"

唐天滟："我可以再来一次吗？"

郑希羽转了个身，将背递到了她面前："来。"

第四章
尽职尽责的保镖

唐天浠看着面前的背，乐滋滋的。

郑希羽这样蹲着要背她的姿势其实挺别扭的，她左右瞅瞅，有路过的学生朝她们这边看了好几眼。

唐天浠在郑希羽的背上甩了一巴掌。

"好了啦，大白天的，"她嘟囔着，"多不好意思啊。"

郑希羽朝她招了招手："没事，队里有人受伤，我都是一直背着上下楼的。"

"谁啊？"过了一会儿，她问。

"椿儿，我们队的自由人。"

唐天浠又在郑希羽的背上拍了一巴掌："你们的自由人多高啊？"

郑希羽转过了身："一米六五。"

"哦。"唐天浠站起身，"去吃饭吧。"

郑希羽跟上了她。

走了没几步，唐天浠回头看向郑希羽："自由人是队里最矮的了吧？"

"嗯。"郑希羽点了点头。

唐天浠："那为什么还是比我高很多？"

郑希羽一下子笑了："搞运动的人嘛，和一般人不一样。"

唐天湉指着自己："我这不叫一般人，一般人没我这么矮。"

"一般人也没你漂亮。"郑希羽说道。

唐天湉很震惊，迈着腿继续前进，过了一会儿又转头："你们球队的人个子都不矮吧？"

"嗯。"

"那个，椿儿是你们队里最矮的了吧？"

"嗯。"

"你们是不是都特别宠着椿儿啊？"唐天湉蹦了一下，"我看比赛，上场前击掌的时候自由人都得跳起来。"

"对。"

"来示范一下。"唐天湉说道，"把手张开。"

郑希羽抬手，做好姿势。

唐天湉蹦着去和她双手击掌，失败了，脸都黑了："再来。"

郑希羽把手下移了一点儿。

这次唐天湉一只手打到了，另一只手错开了。

"啊啊啊……"唐天湉转着圈地试跳了好几下，"再来！"

郑希羽又把手下移了一点儿。

这次是打到了，但唐天湉用力太大，击掌的瞬间手指生疼："呜！"她的眉毛一下子皱在一起。

郑希羽笑着说："别使这么大劲。"

唐天湉的掌心已经红通通的了，她有些气："我真是个菜鸟。"

"你很好。"郑希羽捏了捏她的掌心。

唐天湉抽回了手，背到身后，心情复杂。她往前走了一段路，心情始终有些复杂，再一次站住了脚步。

这次她刹车有些猛，郑希羽差点儿撞到她。

"你待会儿要去训练对不对？"唐天湉问。

"对。"

"你说了做朋友无须隐瞒,要打开自己对不对?"

"对。"

"我这会儿不想和你吃下午饭了,"唐天浠盯着她说,"等你训练结束了,我们去吃夜宵。"

"为什么?"

"没什么。"唐天浠皱着眉头,"矮个子女孩的心思就是这样,你别猜,猜来猜去你也猜不明白。"

郑希羽笑起来:"好。"

两个人就此分开,唐天浠也没去吃饭,径直回了宿舍。

阮阮明明比她走得早,这会儿却不见踪影,李桐一如既往地躺在床上,不是看书就是睡觉。

唐天浠坐在书桌前发了一会儿呆,随手打开了一个排球比赛的视频,三分钟后思想便跑掉了,等比赛结束,她也不知道看了什么。

她关了电脑,爬到李桐的床架上,拉开了帘子:"筒子,我问你一个问题啊。"

李桐从被窝里露出个脑袋:"你说。"

"我整天和阮阮在一起,你会不会不开心?"

李桐"嘿嘿嘿"地笑了起来。

"你笑什么?"唐天浠瞪她。

李桐数着指头说:"这问题你问过我不下十遍,但都集中在我们大一上半学期时,这么久没问了,突然又问,你觉得你真是想知道这个答案吗?"

唐天浠:"……"

李桐:"说吧,郑希羽又怎么着了?"

唐天浠爬了下来,不理李桐了。

晚饭唐天湉没吃，留着肚子吃夜宵。

一旦她开始等待，时间便仿佛被拉长了。

唐天湉时不时就拿过手机看一眼，觉得学校排球队的训练真是辛苦。

终于，晚上九点五十分，她等来了郑希羽的消息。

"马上结束了，我们去哪儿？"

唐天湉都快把手机按出声响："别动、别动、别动，我去找你。"

"好。"

郑希羽一向很顺从。

唐天湉早就收拾好了，这会儿背上包就往外冲。

李桐在床上大喊："去见谁啊？回来给我带瓶'肥宅快乐水'啊！"

唐天湉急匆匆的脚步声在楼道里回荡，她没空理李桐，但有空在楼下的超市买瓶功能饮料带给郑希羽。

一回生二回熟，这次去训练场馆她的速度提高了不少。

唐天湉站到场馆门口喘气的时候，看了一眼时间，晚上九点五十九分，她给自己竖了个大拇指，觉得明年运动会可以报一千米了。

喘了两口气，她对着手机整理了一下头发，确保自己的形象完美，这才给郑希羽发消息："我到了。"

她也就刚点了发送，一抬头便看到有人从楼里出来了。

一个元气满满的短发小姑娘，皮肤是健康的小麦色，一身运动服，单腿蹦跶，但蹦得很稳。

唐天湉眯了眯眼。

小姑娘没注意到她，转头跟身后的人说着话，面前就是台阶。

挺高一级台阶，唐天湉也不知道小姑娘看到了没，但下一秒就不用唐天湉担心了，有人伸手握住了小姑娘的胳膊，附送了两个字："小心。"

郑希羽。

唐天湉呼出一口气，手里拿着饮料，没动也没张口。

郑希羽扶着小姑娘下了台阶，抬头看见了她，冲她笑起来。

唐天浠弯了弯嘴角，站在原地还是没动。

小姑娘终于注意到了唐天浠，露出一个灿烂的笑容，问郑希羽："是在等你的吗？"

"嗯。"郑希羽点了点头。

小姑娘推了推扶着自己的手："那你快去吧，我一个人回去没问题。"

郑希羽松开了她："小心点儿，路口多等一会儿红绿灯。"

唐天浠走过去一把扶住了小姑娘的胳膊："脚扭了吗？"

小姑娘很惊奇，有些不好意思地缩了缩身子："对。"

"我送你回去。"唐天浠说得特别顺口，"你是椿儿吧？这种伤还是要注意啊，乱跑会加重的。"

"已经快好了。"小姑娘看向郑希羽："没关系吗？"

郑希羽看着唐天浠。

唐天浠把手里的饮料扔了过去，将小姑娘的胳膊架到了自己的肩膀上："没关系，我是咱们校队的球迷，爱护每一位球员是我们球迷应尽的义务。你看咱俩这身高，你把我当个拐杖，刚好。"

"不不不，不是拐杖，"习椿一边忙不迭地说道，一边又忍不住被逗笑了，"学姐，你别这么说。"

"你认识我？"唐天浠扶着她往前慢慢走着。

"对。"习椿眼睛亮晶晶的，"学姐是我们学校有名的……才女。"

"花瓶。"唐天浠同时说道。

习椿憋不住又笑了。

唐天浠也笑起来："你住哪栋楼呀？"

"21。"

"那边好远啊。"唐天浠抬头看了看，"得过天桥吧？"

"是的。"习椿挣扎了一下，"学姐，你不用管我的，我自己可以回去，你跟小羽还有事。"

"小羽?"唐天湉乐了,"你们平时这么叫她吗?她那么大。"

"她年龄最小,看不出来吧?"

"是的,她性子好闷,我第一次见她的时候要不是她穿着你们大一的校服,我还以为她快毕业了。"

"哈哈哈,我们教练说她赢球的时候都不出声,是个无情的机器。"

两个人聊得很开心,完全没理睬身后的郑希羽。

眼看到了十字路口,两个人的后脖领都被人给揪住了。

"慢点儿。"郑希羽开口道。

"没事。"唐天湉甩开了她的手。

"看着呢。"习椿头都没回。

郑希羽突然把两个人扒拉开,冲习椿说道:"我背你回去。"

"不用背我,真的好得差不多了,多丢人啊……"

郑希羽盯了她两秒。

习椿一下卡壳,话便变了:"好,行,背,快点儿背。"

郑希羽蹲下身,习椿熟练地跳了上去,钩住了她的脖子。

当郑希羽把人背起来的时候,就没唐天湉什么事了。

平日里唐天湉跟郑希羽说话都要仰着脖子,现在要跟郑希羽背上的人说话,不仅头得仰着,还得前伸,难受得很。

唐天湉沉默了,趴在郑希羽背上的习椿更加沉默。

三个人的行进速度快了许多,郑希羽大跨步地往前走的时候,唐天湉得小跑着才能跟上。

过了天桥,唐天湉觉得有些累,停住了步子。

"我跑不动了。"唐天湉说道,"你先送椿儿回去吧。"

郑希羽点了点头。椿儿冲唐天湉挥了挥手:"学姐再见。"

"再见。"唐天湉声音甜美。

等郑希羽和习椿的身影消失了,唐天湉脸上的笑意也消失了。

她像泄了气的皮球,踢着脚下的石子走到了一旁的花坛边上,干脆

就地坐了下来。

21号楼是挺远的,来回得花点儿时间,唐天湉盯着自己的脚尖发了一会儿呆。

她掏出手机给李桐打电话,电话很快被接起。

"喂。"熟悉的声音传出,让唐天湉的心尖更加酸涩。

她的语调悲痛得不行,每一个字都带着深入骨髓的悔恨:"桐桐,我对不起你,我不应该整天和阮阮黏在一起忽略你的感受,你太可怜了,我怎么可以这样?"

李桐:"……"

唐天湉唱着自己改编过的歌。

李桐打断了她,自己接着唱。

唐天湉:"啊,你好惨!"

李桐:"你犯什么病呢?你不是兴高采烈地跟郑希羽去玩了吗?"

"哦,没事。"唐天湉吸了吸鼻子,"我回去买一箱'肥宅快乐水'补偿你。"

挂了电话,李桐躺在床上望天:"我觉得老天是公平的。"

阮阮:"何以见得?"

李桐:"比如她给了糖豆漂亮的脸蛋、聪明的大脑,却拿走了她健全的神智。"

阮阮:"哈哈哈,你记不记得她有一回对着摄像头表演,被直播到楼下监控屏里了……"

两个人细数着唐天湉的犯傻时刻,快乐死了。

而被嘲笑的唐天湉并不知情,一个人坐在夜风里的花坛边上,实打实地感觉到悲伤和凄凉。

郑希羽好像去了很久,等她回来的时候,唐天湉饭都不想吃了。

这个坏蛋,虽然唐天湉也不知道她哪里坏了,反正现在看着是挺坏的……总之这个坏蛋……回来以后连句话都没跟自己说,就突然蹲在了自己身前。

唐天浠盯着那线条漂亮的背："干吗？"

"上来。"郑希羽说道。

"我上去干吗？我的脚又没扭到。"

"你不是想一览众山小吗？"

"不想了。"唐天浠别开脑袋，望天。

一阵风刮过，吹下两三片树叶，落到唐天浠的脑袋上，掀起了郑希羽的外套，布料打在唐天浠的小腿上。

唐天浠凑过来的时候，郑希羽指尖顿了顿。

唐天浠有些爬不上去，郑希羽赶紧揽住了她的腿弯，将她往上推了推。

人终于上去了，唐天浠别别扭扭地不肯揽她的脖子。

"我要站起来了。"郑希羽说道，"不抓紧你要掉下去了。"

"多高点儿啊，至于吗？"唐天浠小声嘟囔。

郑希羽笑着站起了身，唐天浠身子晃了晃，手指抓住了她的肩膀。

"怎么样？"郑希羽调整了一下掌心位置，让身上的人更舒服一些。

"什么怎么样？我又不是没被人背过。"唐天浠还是小声地嘟囔。

郑希羽没说话，背着她走了两步，问道："想吃什么？"

"你要背着我去吃饭吗？"唐天浠问。

"你愿意就行。"

"我不愿意。"唐天浠指挥道，"去花园里溜达一圈就可以了，这样子出门多丢人？"

郑希羽这次没听她的，大跨步地往外走着。

校门就在不远处，灯火辉煌，虽然这会儿时间有点儿晚了，但大学生们就喜欢赶着这个点溜达。

唐天浠盯着那三三两两的人，掌心拍在郑希羽的肩膀上："你怎么这样呢？"

"有什么丢人的？"郑希羽说道，"我又不是没背过人。"

这话噎得唐天湉愣了愣。

郑希羽虽然瘦，但大概真是因为背人比较有经验，所以姿势、角度掌握得恰到好处，一点儿都不会让人不舒坦。

唐天湉这会儿却没心思感受这种舒坦的感觉，只觉得郑希羽真是长大了，或者说，郑希羽不想在她面前装乖宝宝小学妹了，今天叛逆得很，敢不听学姐的话了，敢故意惹她生气了。

唐天湉咬着牙，抬手又在郑希羽的肩膀上拍了好几巴掌。

"你的手疼不疼？"郑希羽问。

"不疼！"唐天湉嘴硬得很。

"打人不要用掌心，拳头比较好用。"

唐天湉握起了拳头。

"但你砸我疼的肯定也是你。"郑希羽说得很及时，"所以你掐我好了。"

唐天湉捏住了郑希羽肩颈上的一块肉。

郑希羽长长地吐出一口气："舒服，再多捏两下。"

唐天湉："……"

她快气死了，但没空再折腾郑希羽。

眼看着就要到校门口了，唐天湉说："放我下来。"

"不放。"郑希羽犟得很。

"我不想登高望远了，你放我下来。"

"不放。"郑希羽的步子跨得更大了。

"啊啊啊，那边那么多人呢，我又没受伤……"唐天湉急了，"指不定会碰到多少熟人呢，快快快，让我下来……"

郑希羽顿了顿，说道："怕被人看见，脑袋埋着就好了。"

她说完这句话，她们已经出现在了光亮处。

唐天湉抬头一瞅，真看到了不远处的同班同学。

"哎呀！"唐天浠喊了一声，把脑袋埋了下去。

唐天浠不自在起来，抬起头，捶了捶郑希羽的肩膀："好了啦，我自己走。"

郑希羽这次没再坚持，将她轻轻放了下来。

唐天浠落地后没看郑希羽，径直往前冲去。

夜晚的大学城，有绚烂的灯火。

街边都是小吃店，喧闹嘈杂，香味缭绕。

郑希羽追上了唐天浠，像往常一样，落后她一个肩的距离，一旦她有什么危险，郑希羽一伸手便可以护着她。

唐天浠觉得这 N 市的秋天温度反复无常，这会儿热得很。

声音在她的头顶响起，很温和，郑希羽好似又变成了那个乖学妹："饿吗？你想吃什么？"

"想喝点儿冰啤酒。"唐天浠回道。

两个人就近坐进了烤肉店里，这会儿店里全是附近学校的学生——男的。

唐天浠一进去就吸引了百分之九十的男生的注意力，剩下的百分之十眼睛比较尖，看到了她身后正在下单的郑希羽。

唐天浠找了位置坐下，从包里掏出湿巾，将桌子擦了一遍。

郑希羽点完单回来，手里已经拿了一瓶被打开的罐装啤酒，上面插着吸管，递给她的时候问了一句："喝冰的没问题吗？"

"没问题！"唐天浠夺过啤酒来吸了一大口，"热死我了。"

郑希羽笑着递了张纸巾给她："慢点儿。"

没一会儿，两个人的烤串上了，有荤有素，辣酱很足。

大部分肉是郑希羽的，唐天浠在里面挑着喜欢的东西吃几口，她嘴巴小，烤肉扦子在她面前显得特别大。

她的动作都有些小心翼翼的，和郑希羽这边大刀阔斧的利索架势完

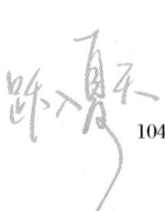

全不同。

郑希羽眯着眼睛瞅了瞅，店里的昏黄灯光在唐天滪的睫毛下投下浓重的阴影。

"今天化妆了？"郑希羽问。

"啊？"唐天滪愣愣地看向郑希羽。

"怕沾到脸上吗？"郑希羽指了指她的脸颊。

唐天滪笑了："你居然看得出来我化妆了？我就上了粉底、画了眉毛、涂了睫毛膏……"声音逐渐小下去。

"很好看啊。"郑希羽说道，"但是因为你平时就很好看，所以得仔细看才看得出来。"

唐天滪低下头，挺不好意思的，拿起啤酒又喝了一大口："我下次抹个鲜艳的口红你就看得出来了。"

郑希羽的视线落在她的唇上，"很辣吗？"

唐天滪拿过手机看了看："是有点儿。"

唐天滪扭头，冲店老板喊："老板，再给我一瓶冰啤酒！"

一顿夜宵，两个人吃了挺长时间，往回走是因为寝室关门的点快到了。

路上的人少了许多，唐天滪吃得有些撑，在夜风里手扶着腰腆着肚子，问郑希羽："我是不是像怀孕三个月了？"

郑希羽回道："是。"

唐天滪瞪大了眼睛："会不会说话？女孩子问你这种话，你都要说'不是'！"

郑希羽笑着说道："三个月不显怀。"

"……"唐天滪一时之间竟然不知道该说些什么好。

小吃街离学校很近，离她俩分道扬镳的路口更近。

唐天滪还是那个理论："都是女孩子就别送了啊，拜拜。"

但郑希羽没听她的，特别自然地跟着她走："女孩子和女孩子也是不一样的。"

唐天湉吹胡子瞪眼："你除了比我高点儿，有什么不一样的？"

郑希羽："你太漂亮了。"

唐天湉："……"

除了脸红，她别无他法。

两个人静悄悄地走了一段，郑希羽又感叹了一句："真的，你太漂亮了。"

"那你也不能老说啊……"唐天湉不好意思得很。

"所以很危险。"郑希羽接了一句。

唐天湉："……"

郑希羽面色沉重地看着她："你没发现刚才店里的男生都在看你吗？"

唐天湉挥了挥手："哎呀，常事。"

"有一桌人讨论了你好一会儿，有三个人打算过来要你的联系方式。"

唐天湉继续挥挥手，摆出一副"大佬的寂寞你不懂"的表情："哎呀，常事。"

"不过你观察得真仔细。"唐天湉补充道。

"那三个人没真过来是因为我在。"郑希羽说道。

"嘿嘿嘿，谢谢啦。"

"我要是没在你怎么办？"

"啊？"

"你以后不要这么晚出门了。"郑希羽的逻辑无懈可击，"要出门的话就叫上我。"

唐天湉震惊得说不出话来。

被郑希羽送到了宿舍楼下，唐天湉喊了声"再见"就跑了。

她又是一路小跑着上了楼，推开宿舍门的时候嘴里还哼着歌。

"呦！"李桐看见她回来，看了一眼宿舍的挂钟问道，"这要是十二点熄灯，你就十二点回了是吗？"

"对啊。"唐天湉侧了侧脑袋，"要是两点熄灯，我就不回了。"

"啧。"李桐对阮阮说道,"翅膀硬了。"

阮阮没空理她,抓住唐天湉的胳膊:"你猜怎么着?"

"什么怎么着?"唐天湉不知道阮阮说的是哪出。

阮阮把手机打开,一张照片出现在了唐天湉面前。

照片上是下午的时候,那个女孩子抱阮阮的场景。

虽然两个人身材差异甚大,但秋日的阳光暖融融地照在两个人身上,画面柔和清新,十分和谐。

"啧。"唐天湉道。

阮阮手指划动,翻到了下一张照片:"还真是巧了,这人是新闻专业的,和我们一同上写作选修课。"

"啧啧。"唐天湉道。

阮阮手指又滑了一下,这次是她们自己的课表:"明天就有写作课。"

"啧啧啧。"唐天湉把话转送给阮阮,"翅膀硬了。"

阮阮翻回去继续看那张拥抱的照片,乐滋滋地说:"我就是觉得她人特别好。"

李桐:"你俩疯了吧?怎么一个两个都这样?"

阮阮:"哼。"

唐天湉:"那个,洗手间没人用吧,我去冲个——"

李桐:"唐天湉,我的'快乐肥宅水'呢?"

唐天湉:"⋯⋯"

李桐:"你哭着说要补偿我一箱'快乐肥宅水'的!"

唐天湉:"嘿嘿,明天啊,明天。"

她也不是故意的,的确是忘了。

她终于把自己收拾妥帖爬上了床。

手机里有郑希羽发过来的转账消息:"今晚的饭钱。"

唐天湉喜欢请两个吃货室友吃东西,平日里自己先一步付钱付习惯了。要不要平摊费用她无所谓,反正这两个人也没少给她带吃吃喝喝的东西。但郑希羽不一样，郑希羽不能跟她一日三餐一起吃，唐天湉也就把钱收了。

这样郑希羽心里肯定舒服些，大家做朋友嘛，有来有往，才能长线发展。

于是唐天湉又想起了郑希羽说的那句以后不要这么晚出门，出门的话就叫上她的话。

唐天湉噘着嘴，塞上耳机，摇头晃脑地听起歌来，手下一点儿都没闲着，"嗒嗒嗒"地给郑希羽发消息。

"也不是我不叫你，你平时训练那么忙。"

"我不好意思打扰你训练啦。"

郑希羽很快回了过来：

"不打扰。"

"我训练你也可以来。"

唐天湉咬了咬嘴唇。

第二天的写作课，阮阮拉着唐天湉坐在了最后一排位子上。

唐天湉趴在桌子上斜着眼睛看她："至于吗？"

"至于，万一她坐我们后面呢？"阮阮眼睛就没停下来过，四下扫视，"不就又看不到了吗？"

"怎么就说又看不到了呢？"唐天湉说道，"昨天才认识的……不，昨天才单方面认识的。"

"但是写作课又不是今天才上，"阮阮反驳道，"之前都没注意到她。"

临上课的时候，江雪进来了，人如其名，清冷干净。

江雪不像大多数学生上课那样往后排位子钻，进门就去了第一排中间的位子，将桌子擦干净，然后把课本和笔记本拿出来，整整齐齐地摆放好，坐姿端正。

今天她半扎着头发，披下来的发丝仍然柔顺。

阮阮看得眼睛都直了，连连感叹："她怎么这么……嗯？"

唐天澔有些恍惚，江雪的背影让她想起了郑希羽。

阮阮推了推唐天澔的胳膊："你说我们这种吊儿郎当的人，是不是就容易被这种规规矩矩的人吸引啊？郑希羽也这样，坐姿能进教科书。"

唐天澔："你也想到郑希羽了？"

阮阮瞪她："你能不能抓住点儿重点？"

唐天澔不太有心思去抓重点，老师进了教室，乱糟糟的课堂安静了下来。

选修大课，人特别多，唐天澔窝在最后一排很安全。

今天的内容又特别无聊，唐天澔觉得所有的环境都很适合她思想发散。

江雪和阮阮一个学院，这两个人还有机会在某些课上遇见。她和郑希羽就不行了。

文学院和体育学院简直隔着山，就连校区都是分隔两边的，唐天澔突然很好奇郑希羽上课是什么样子。

不知道她各门科目的成绩怎么样，她有没有偏科，作业是不是都独立自主地完成。

这些事情，都是要两个人深入地接触之后才能细致了解的。

女孩子和女孩子的友谊，可以进展得很快，也可以进展到很亲密的程度。

唐天澔连阮阮的内衣码数都清楚，想着以她和郑希羽目前的发展速度，大概要不了多久，她也得知道郑希羽这么私密的事了。

不知怎么的，她突然就感觉很不好意思。

唐天澔低头笑起来，偷偷拿出手机在桌面下面翻起来。

昨天郑希羽发来的消息还显示在微信页面里，由于昨晚唐天澔实在没想明白郑希羽是什么意思,所以到现在都没有回复。

郑希羽也不催她。

选择权在唐天湉手中,但就目前唐天湉对郑希羽的好奇心和占有欲来看,她压根就没什么选择项。

她想看郑希羽训练吗?

她想。

她想和郑希羽一起上课吗?

她想。

她想和郑希羽一日三餐都一起吃,甚至上厕所都同进同出吗?

哎呀,又不是高中生了,唐天湉快把脑袋埋进桌肚里了。

这种什么事都可以干的选修课就过得很快,快下课的时候,唐天湉问阮阮:"你什么打算?"

阮阮皱着眉头:"去跟她打个招呼?"

唐天湉:"天,你居然没想起吃饭?"

阮阮:"和她打个招呼邀请她一块儿吃饭?"

唐天湉:"我不是你最爱的那个人了。"

阮阮:"找你的郑希羽去。"

唐天湉:"好。"

她还真就找了,谁怕谁啊?

唐天湉点开小猫头像给郑希羽发消息:"还有课吗?"

郑希羽回她:"晚上有。"

唐天湉:"我想去外面吃饭。"

郑希羽:"你现在在哪儿?"

唐天湉抱着手机"嘿嘿嘿"地笑了起来。

两个人约在天桥口见面,唐天湉背着双肩小书包站在天桥下等人的场面,就像是偶像剧里的场景。

她今天穿着身衬衫、小西装、百褶裙,小腿在长袜的包裹下显得又细又直。

郑希羽走到桥上的时候就看见了她,因为她漂亮得显眼,也因为她走到哪儿都不会少的回头率。

郑希羽加快了脚步,到了唐天湉跟前。

"嘿!"唐天湉跟郑希羽打招呼。

"嘿。"郑希羽回她。

"今天想吃比萨!"唐天湉仰着脑袋说道。

"好。"郑希羽低头回答。

两个人一块儿往校门口走去,唐天湉心情不错,脚步轻快,很多时候压根是蹦着走的。

郑希羽盯着她的马尾辫,视线跟着一晃一晃的。

唐天湉蹦了回来,对郑希羽说道:"你说晚上出门给我当保镖?"

"对。"郑希羽向来说话算话。

"但现在不是晚上,"唐天湉继续说道,"光天化日、朗朗乾坤——"

郑希羽打断了她的话:"只要有人打扰你,我都可以来当保镖。"

唐天湉笑起来:"你要跟我捆在一起吗?"

尾音上扬,她挺得意的。

郑希羽抬了抬手指,最终手指落在她的肩膀上,帮她把一小片树叶拨掉。

和郑希羽吃饭,对唐天湉来说,是完全舒适的。

她要什么东西,不用张口,郑希羽便能递到她跟前来。

这让她在感到舒适的同时,偶尔又有些被过度关注的别扭感。

别扭的时候她便忍不住动来动去,小动作特别多,和安静的郑希羽比起来,她像个患了多动症的儿童。

她们出来得早,比萨店里人不多,东西上得快,她俩吃得也快,等从店里出来的时候,下午有两节课的学生都还没下课。

唐天湉帮郑希羽做安排:"我们先遛遛弯,消消食,然后你回宿舍休息休息。你不是说今天没午休吗?晚上又有课,你最好睡一小会儿,不然精力得不足了。"

"嗯。"郑希羽很听话。

"我们大二课少了些,但是作业可不少,全都是论文,烦人得很。"唐天湉蹙着眉头,"我待会儿就去图书馆占个位子吧,晚上就搞作业了。"

郑希羽停住了脚步。

"西方文论老师给开的书单好多啊,还都是些大部头,唉,我压根就不想把那些书往宿舍里搬……"唐天湉觉察到身边没人了,回了头,"怎么不走了?"

郑希羽:"我晚上是专业训练课。"

"啊?什么意思?"唐天湉倒回去两步,看着她。

郑希羽指了指旁边的花坛边。

"嗯?"唐天湉更疑惑了。

"上去。"郑希羽说道。

虽然依旧疑惑,但唐天湉还是听话地上去了。

"这样说话你是不是舒服点儿?"郑希羽笑着问道。

"欸!"唐天湉不爽了,一巴掌拍在郑希羽的肩上,"不带你这么欺负人的啊。"

"哪里欺负你了?你都能打到我的肩了。"

"你说得对。"唐天湉又甩了一巴掌,胳膊只需要抬到正常高度就能揍到郑希羽的感觉可真爽啊。

"我比你高了。"她说道。

"对。"郑希羽说,"昨晚我说了我训练你可以来看。"

"你上课呢,我也不能随便……"

"可以的,不会打扰。"郑希羽说道,"就在学校体育馆里。"

"啊……"唐天湉想起来了,"是不是就跟体育课一样?我上次去

体育馆见过羽毛球专修队的训练。"

"是的,差不多。"

"我真的可以去吗?"唐天湉歪了歪脑袋,有些好奇。

"可以。"郑希羽很肯定地说,"如果你觉得无聊随时走就可以了。一般我们大二才选专修课,所以现在的课都是些基础训练。"

"蹦蹦跳跳?"唐天湉蹦了一下。

郑希羽赶紧扶住了她。

唐天湉抿了抿唇。

郑希羽干脆将她带了下来:"那我们继续散步。"

"不散了!"唐天湉突然说道,"我困了,要回去睡一会儿。"

"行,那晚上见。"郑希羽回道。

"晚上见。"唐天湉跑走了。

李桐回到宿舍的时候,发现整个屋子都要被唐天湉的衣服占领了。

"姐姐,你炫富啊?"李桐瞪着眼睛。

"哎呀!不管了!"唐天湉一跺脚,套回了今天那身衣服,提着包就出门了。

"你也不收拾一下!"李桐扯着嗓子喊。

"今晚一定给你带'快乐肥宅水'!"唐天湉喊。

李桐翻了个大白眼。

时间有点儿紧,唐天湉赶到体育馆的时候,郑希羽的同学们已经来得差不多了。

习椿看到她,眼睛都在闪光,瘸着腿奔过来:"学姐,你等小羽吗?"

唐天湉含糊着应了,同习椿把话题扯开了。

郑希羽一直在旁边看着她俩,老师进来了之后,她把习椿拉开了:"上课了。"

唐天湉看了看旁边的凳子:"那我坐这儿?"

"嗯。"郑希羽点了点头。

晚上的体育馆，有人在上课，也有人在练球。

人多了，唐天湉便不算打眼。她尽量把自己缩起来，减少存在感。

一个班男男女女的学生，高高低低，排着队绕着一小块场地跑步热身。

郑希羽太高，排在最后，前面都是男生。

习椿不能跑，坐在另一边同唐天湉遥遥相望。

偶尔视线落在习椿身上的时候，唐天湉便会看到习椿同她做鬼脸，挺可爱的。

众人慢跑完，便是快跑、折返跑，这样跑那样跑，跑完了又做开合跳、蛙跳，这样跳那样跳。

唐天湉看着都累。

而后，更精彩的来了，一些人贴着墙壁练深蹲，起初还正常，突然就开始两两组队，互相负重深蹲起来。

一个人坐在另一个人的肩上，用自身重量加码，姿势太像爸爸和孩子，大家憋不住笑成一团。

唐天湉盯着郑希羽。

组队完成，单单郑希羽单了下来。

郑希羽转头同老师低声说了些话，而后朝她招了招手。

唐天湉的心脏"怦怦"地跳了起来，她慌张地指了指门口。

郑希羽没顺着她的意思，指了指自己。

唐天湉站在原地不动了。

郑希羽小跑着过来，吸引了全班同学的目光。

她在唐天湉面前站定，挡去了看向唐天湉所有的视线。

郑希羽开口道："帮我个忙。"

唐天湉声音发紧："什么？"

郑希羽指着旁边："那样。"

唐天湉跟着郑希羽往墙壁跟前走的时候,郑希羽班上的所有同学都在看唐天湉,甚至还有代课老师。

唐天湉垂着脑袋,经过老师跟前的时候微微弯了一下腰,喊道:"老师好。"

"好好好。"女老师年龄挺大的了,大概看惯了自己带的这群疯猴子,见到唐天湉这种又乖又漂亮的小姑娘,就忍不住露出一脸慈祥的表情。

郑希羽走到了自己的位置,将手伸到唐天湉跟前。

唐天湉没接她的手,绕了个小圈站在了她的身侧。

窃窃私语的声音在四周蔓延开。

老师突然中气十足地喊了一句:"上!"

唐天湉吓得抖了一下。

郑希羽蹲下了身,手背在身后招呼她过去。

唐天湉看了一下旁边的同学,大家都一跨腿就坐到了搭档的肩膀上。

唐天湉挪到了郑希羽身后,俯身小声对她说道:"我上来了啊。"

"嗯。"郑希羽点了点头,蹲得特别低,"快点儿,不然老师待会儿要罚我们了。"

唐天湉可不想再被当典型抓出来,赶紧抬腿跨了上去。

郑希羽把住了她的腿,嘱咐道:"抱住我的脑袋,坐稳了。"

"好。"唐天湉很听话。

老师开始喊口令:"一!"

郑希羽猛地起身,唐天湉的惊呼声压在喉咙里,被她硬生生地憋了回去。

郑希羽站起来居然那么高。

老师喊"二!",郑希羽又不带停留地蹲了下去。

"三!"

唐天湉的心脏都跟着忽上忽下的。

"四!"

她感觉像坐跳楼机一样。

"五!"

唐天浠的视线都花了。

"六!"

她开始觉得有点儿好玩了。

"七、八、九、十!"

老师请再多来点儿!

但一组人只做十二个,下一个口令是换人。

唐天浠从郑希羽的肩头下来,看着郑希羽,不知道她们需不需要换人。

她可扛不起郑希羽,怎么都扛不起。

老师的视线跳过了她们,郑希羽额头上有细微的汗,她只是笑。

唐天浠趁人不注意,抬手轻轻地戳了她一下,眼睛瞪着她,警告她不许笑。

郑希羽抿了抿唇,明显憋住了笑意。

这一组人动作快做到十二个的时候,唐天浠悄悄地往郑希羽身后挪了挪,但老师并没有再让换人,而是宣布就地休息。

唐天浠撇了撇嘴,郑希羽小声问她:"没玩够?"

唐天浠才不承认呢,手背在身后盯着脚尖说道:"没我什么事了吧?我先出去了。"

"不看了吗?"郑希羽问。

唐天浠点了点头:"我的作业还没做完呢。"

"好,你等一下。"郑希羽大跨步走向一边,唐天浠的视线跟着移了过去。

郑希羽走到了习椿跟前,同习椿说了两句话,然后从一旁的包里翻出保温杯来。

那是唐天浠熟悉的保温杯,平淡无奇的银色保温杯。

郑希羽拿着杯子又大跨步地回来,以之前同样的姿势,拧开杯盖给她倒出一杯水来。

"不烫。"郑希羽说道。

"我又没运动,不渴。"唐天湉侧着脑袋。

"尝一尝,我自己煮的。"郑希羽又说道。

唐天湉好奇了,踮脚看了一眼,杯里的水颜色金黄,看着就挺好喝的。

她双手抱过杯子喝了一口水,然后眯着眼睛笑起来:"骗人,蜂蜜柚子水。"

"是蜂蜜柚子水,怎么就骗你了?"

"你买的果酱,蜂蜜柚子水哪里用煮?"

郑希羽弯下了腰,笑意盈盈地看着她:"笨蛋。"

唐天湉瞪大了眼。

"蜂蜜柚子水的果酱怎么来的?也是煮的啊。"郑希羽说道,"这个真是我自己煮的。"

"你用什么煮的啊?"唐天湉大为震惊。

"队里学姐自己在外面租房住,周末请我们去吃饭,我就做了点儿饮料给大家喝。"

"你还有这本事呢?"唐天湉实在很难把这么大高个儿的人和厨房联系起来。

"我的本事多了去了。"郑希羽抬手推了推她的手背,"快喝。"

唐天湉又喝了两口水,还剩小半杯,她盯着杯子:"很好喝,但喝不下了。"

郑希羽抬手接过杯子,非常顺畅地把水倒进了自己的嘴里,然后盖上了盖子。

郑希羽问道:"确实没什么好看的了,你去图书馆做作业吗?"

唐天湉呆呆地点了点头。

"我下课后去找你。"郑希羽这话说得和喝水一样顺畅。

唐天湉又呆呆地点了点头。

郑希羽冲她摆了摆手，小跑着去放下了水杯，训练又开始了。

唐天湉从体育馆里出来，觉得脑壳有些晕。

她把这归结为人体跳楼机后遗症，在夜色降临的校园里溜达了一会儿，企图让晚风吹散眩晕感，但好像没什么用。

她掏出手机给阮阮打电话，过了好一会儿电话才被接通。

"你在干吗呢？"她问。

阮阮吸溜着鼻子："在宿舍里呢。"

"你哭啥？"唐天湉皱起了眉头。

"被感动的，看电影呢。"阮阮回道。

"哦，西方文论，论文写了吗？"

"没。"

"来图书馆吧。"

"我不，我电影才看一半，不急。"

"我在综合楼前面，"唐天湉也吸溜两下鼻子，"你来陪我一会儿嘛。"

阮阮登时关了电脑："怎么了？发生什么事了？"

"来了说。"唐天湉挂了电话。

阮阮挺宠着她的，她这么可怜兮兮的语气，阮阮肯定会来陪她。

李桐也挺宠着她的，她这会儿要是叫李桐，李桐也能从自己心爱的被窝里爬出来陪她。

其实唐天湉从小到大，或许因为这长相，或许因为性格，遇到的很多朋友和长辈都挺宠着她的。

唐天湉望着天空，认真地思考这个问题。

直到阮阮来到她面前了，她也没组织好语言去形容它。

阮阮先把她从头到脚看了一遍，然后才问她："哪儿的毛病？"

"脑袋的。"唐天湉依然在看天，"有些忧郁。"

阮阮指着她："唐天湉，我跟你说，你今天要是说不出来个一二三四五来补偿我电影看一半的精神损失费,你就完了。"

唐天湉回头:"你跟江雪怎么样了?"

阮阮低头动了动手指,语气一下子变了:"你怎么突然问这个?"

"好奇啊,这么重要的事。"唐天湉问道,"你同江雪同学的社交活动进展得如何?"

阮阮:"我跟她说话了。"

"说什么?"

"同学,你的鞋带掉了。"

唐天湉:"……"

等了好一会儿,唐天湉问:"然后呢?"

阮阮:"然后她说'谢谢,我没有鞋带'。"

唐天湉:"……"

两个人沉默了下来。

唐天湉这次是真忧郁了:"你这个搭讪的借口也太土了吧?"

阮阮哭丧着脸:"你快别说了,当时眼看着她要走掉了,一堆人,我压根没有思考的时间。"

"一堆人面前她说自己没有鞋带,你不会很……"唐天湉及时刹车。

阮阮不愧是她的好闺密,无障碍地接了下去:"丢人,非常丢人。"

唐天湉:"……"

阮阮:"其实我原本想着不管我说什么只要能吸引她的注意力让她往后看一眼就成。你说我俩昨天刚见过,她只要看我一眼,我这体征这么鲜明,她不得认出我来然后对我笑一笑,再指着我说'你不就是,就是……'?"

阮阮拍了一下大腿:"欸!我就接话说'对啊,昨天我们在综合广场见过,我叫阮阮,大名就叫阮阮,小名你也可以叫我阮阮'。她不得说'你好你好,我叫江雪。好巧啊,你也在这里上课吗?',我就说'对啊,我们刚才上的同一节课,我是学中文的,只不过坐后面你没看见,你准备去哪儿啊？'。江雪说'去吃饭'，我说'一起啊'，然后我们就愉快地吃起了饭。"

阮阮的声音渐渐低了下去，最后化成了一声叹息："唉——"

唐天浠同情地拍了拍她的背："幻想很美好。"

"现实就像我身上的肉。"阮阮盯着自己的肚子，"该来的不来，不该来的偏来。"

"她可能就是没认出你来。"唐天浠安慰道。

"行吧，看缘分吧。"

"放弃了？"唐天浠看着她。

"不，"阮阮眼神特深沉，"相反。"

唐天浠："……"

阮阮看了一会儿天："陪完了吗？"

唐天浠："完了。"

阮阮："你有什么打算？"

唐天浠："去图书馆备点儿资料。"

阮阮："我就不去了，我把剩下的电影看完。"

唐天浠："节哀。"

阮阮："筒子让我提醒你，今天要是把她的'快乐肥宅水'忘了，你就别想进宿舍门了。"

唐天浠指天发誓："绝对不会！"

阮阮转身走了，唐天浠背起自己的小包，去了图书馆。

她的心情本来有些难言，但现在变得明朗了，只有一个字——好。

没有对比就没有伤害，不听闻人间惨剧的人就不会知足常乐。

唐天浠现在觉得郑希羽那天晚上送她回宿舍，并且第二天愿意记得她，真是太棒了。

感谢上苍。

唐天浠抱着感恩之心，将今晚的学习任务完成得非常好。

自习室的桌上摆了一排书，论文大纲已经初显眉目。

郑希羽给她发消息的时候，她只顾得上发了个位置，便又沉浸在自己的思绪中。

下了课的郑希羽来到图书馆，轻轻拉开对面的椅子，坐了下来。

唐天湉抬头看了她一眼，然后用口型说道："等我一会儿。"

郑希羽点了点头，随手拿了她桌上的一本书翻开看起来。

唐天湉继续认真学习，时间一分一秒地过去，等她将论文大纲整理出来时，一抬头，发现对面的郑希羽不知道什么时候趴在了桌子上。

桌子并不大，还被唐天湉的书占去了一大半，郑希羽胳膊长腿长，却只能委委屈屈地占一小块地方，整个人都缩在一起。

她闭着眼，但在唐天湉望过去的一瞬，睫毛动了动，眼睛便睁了开来。

唐天湉揉了揉眼睛，仰起脑袋呼出一口气。

郑希羽的声音有点儿哑："搞完了吗？"

唐天湉答道："完了。"

"回吗？"

"回。"

"书要吗？"

"要，不要，那个……我记一下编号，算了，还是借了……"

郑希羽按住了她的手："今天还是先别借了吧。"

"啊？"唐天湉看着郑希羽，有些蒙。

郑希羽："碍事。"

"哦。"唐天湉胡乱收着东西，"那就放回去吧，放回去明天我再来，没关系。"

"嗯。"郑希羽帮着她，很快将书归位。

两个人从图书馆里出来，风一吹，唐天湉打了个喷嚏。

郑希羽看她一眼，抬手将她的外套领子紧了紧："纽扣扣上。"

"哦。"唐天湉低头扣纽扣。

"今天就不给你我的外套了,"郑希羽说道,"有汗,脏兮兮的。"

"不脏。"唐天浠很顺口地说道。

郑希羽没说话。

唐天浠纽扣都扣不上了。

郑希羽拽住了她的衣服。因为身高差异太大,郑希羽弯腰后两个人的头发才有相遇的机会。

郑希羽的手指修长,轻轻地动一下,便扣好一颗纽扣。

"一般运动完都会挺臭的,"郑希羽说道,"你昨晚没闻到是因为我训练完后冲了个澡。"

唐天浠并不想让郑希羽和她相处得这么麻烦,连忙摆着手说道:"不用、不用,以后别这么麻烦,就是出点儿汗而已,闻不到的……"

"离远了是闻不到。"郑希羽笑起来,仍然保持着弯腰的姿势。

下一句,郑希羽说道:"但还是谨慎点好。"

唐天浠一愣。

第五章 你在敷衍我

唐天湉回到宿舍的时候,阮阮探出脑袋,有些惊奇:"今天这么早?"

"嗯。"唐天湉应了一声,直直走到自己的床铺跟前,呆愣愣地放下了包。

李桐"哗啦"一声把床帘给拉开了:"我猜今天还是没我的'快乐肥宅水'。"

唐天湉吓得身体一抖:"对不起!"

李桐撇撇嘴,拉上床帘,继续躺着了:"唉,没指望你了。"

唐天湉拿了包又往外走:"我这就去买。"

"欸!"李桐急了,"不用不用,我就这么一说,最近不是爱用这事调侃你吗?"

但唐天湉已经拉开了门,一闪身,人就不见了。

"她怎么了?"李桐问阮阮。

"这两天她不都这样吗?"阮阮回道。

"之前是兴奋,今天是有些失魂落魄。"

阮阮指着自己的脸:"你看我失魂落魄吗?"

李桐:"别说,你也有点儿。"

阮阮："所以是你有问题。"

李桐："……"

唐天湉下楼直奔小超市，进去了站在货架前却愣了许久。

有人站到了她身后，问她："有选择恐惧症吗？"

唐天湉没理对方。

那人又问道："太高了够不着？要我帮你吗？"

唐天湉回头，看到了肖季。

她瞬间警觉，抬手拿了瓶可乐，转身就走。

肖季跟在她身后，笑着问道："这么害怕我吗？"

唐天湉："我跟你不熟。"

肖季："我不会把你怎么着的？难得碰到，并且……没有别的人在。"

唐天湉抬手掏出手机："要我让别的人过来吗？"

肖季举起双手："OK，投降。"

唐天湉结了账往回走，肖季不近不远地跟在她身后。

"起码给我个认识你的机会吧？"

"你选择了一个错误的开始。"唐天湉回道。

"想要认识你的人应该很多吧？你难道都这么绝情？"

"我想绝情就绝情。"

"你是因为我本身，还是有其他原因？"

唐天湉停住了脚步，冷笑了一声。

肖季歪着脑袋看着她："为什么？"

唐天湉有些烦，摆出了一个"死亡微笑"："没有为什么，单纯地不喜欢而已。"

肖季："……"

唐天湉皱着眉头继续说道："不要跟着我，我会报警。"

肖季没说话，只看着她。

唐天湉转身离开了，这次肖季没再跟上去。

李桐拿到了梦寐以求的唐天浠带回来的"快乐肥宅水",但发现下楼一趟的唐天浠更不快乐了。

"宝贝,到底怎么了啊?"李桐从床上翻了下来,盯着唐天浠,"给我带东西这么痛苦的话,以后就不要勉强了啊。"

"没有。"唐天浠翻着桌上的书,"就是去图书馆……"

"郁闷是吧?作业做得郁闷死了!唉,老头布置的那题目……我真是服了他了,他把我们当研究生带呢?"

阮阮也想起了这事,问唐天浠:"你研究得怎么样了?"

"参考书目和大纲都定了。"唐天浠回答。

"什么书?我看看。"阮阮问道。

"没借回来。"

"为什么不借回来?"阮阮瞪大了眼,"等大伙儿开始做作业了,有的书就借不到了。"

"因为郑希羽说碍事。"唐天浠皱着眉头。

"拿几本书而已,怎么就碍事了?"阮阮特别不理解,"学妹是那种人吗?她难道不应该帮你把书搬回来吗?"

是啊,唐天浠不说话,感觉很忧郁。

"哪里就碍事了?"阮阮重复着这话,"今天一个两个的都乱七八糟的,不让人省心。"

是啊,不让人省心,唐天浠的心里也乱七八糟的。

李桐融不进她俩的氛围,干脆抱着可乐回自己的快乐被窝里了。

阮阮也没再和唐天浠聊,大家各自忙活,等熄灯了,唐天浠直挺挺地躺在床上,突然想明白了。

怎么就碍事了?

唐天浠拿起枕头捂住了自己的脸。

不,唐天浠把枕头甩开了,是郑希羽的错。

今天的郑希羽跟之前那个单纯、善良、对她言听计从，甚至笨笨的郑希羽一点儿都不一样。

唐天湉愤愤不平，深吸两口气，拿出手机，果断地把郑希羽的微信对话框删除了。

在页面里看不到那个小猫头像，她就不会给郑希羽发消息了，谁让郑希羽表里不一！

对。

要发也得是郑希羽给她发消息过来。

总算是整理清楚头绪了，唐天湉愉悦的心情再一次冒出，她打开手机放了轻松快乐的歌，塞着耳机听了一会儿，进入了梦乡。

第二天，郑希羽没有给她发消息，她也没有给郑希羽发消息，安然度过。

第三天，郑希羽没有给她发消息，她也没有给郑希羽发消息，平凡的一天。

第四天，唐天湉和阮阮在下课路上碰到了江雪，江雪还是没认出阮阮，阮阮生了一中午的气，饭都吃得少了。这让唐天湉想起了郑希羽，但唐天湉是个坚韧不拔的小姑娘，于是仍然没有给郑希羽发消息。

郑希羽也没有给她发。

第五天，唐天湉开始思考，她俩认识以来谁找谁多一些。答案很明显，她找郑希羽多，郑希羽每次都只是配合她玩耍罢了。

第六天，周末，唐天湉的老爸和老妈从国外旅游回来了，让她回家一趟，说想死她了。唐天湉回了家，成了被礼物淹没的小公主。众星捧月的氛围里，她想，郑希羽爱发不发，她唐天湉在受溺爱的环境中长大，又不缺这一个朋友。

第七天，唐天湉和家里人逛街喝奶茶，看到了蜂蜜柚子水，想起郑希羽说周末会去队友家做饭吃，突然就很气。

第八天，周一，唐天湉回到学校，郁郁寡欢。

李桐和阮阮翻着她带回来的一箱子吃的、喝的、玩的、用的东西，不明白她有什么不开心的。

唐天湉有钱还有疼爱自己的父母，世间还有什么让她忧愁的事情呢？

唐天湉撇了撇嘴，觉得都怪这该死的天气。

昨晚N市就下了雨，今晚几乎是同样的时间，又淅淅沥沥地下起雨来。

一场秋雨一场寒，温度下降得特别快，薄薄的长袜不能抵御寒意以后，女生穿漂亮裙子的快乐就不存在了。

唐天湉热时怕热，冷了怕冷，下楼去给学生会的同学送个东西都裹得特别严实。

厚厚的大外套把她整个人都埋了起来。

她往回走的时候，手机响了一声，打开了看，发现是封邮件，通知她的摄影作品入围了。

唐天湉盯着邮件，想起来了，之前拍郑希羽的照片她特别喜欢，刚好看到有一个摄影比赛，便将照片发了过去，没想着能拿奖，所以就没通知郑希羽。

但现在作品入围了，拿奖的概率便大了许多，这事涉及肖像权的问题，她不得不和郑希羽联系了。

她不得不和郑希羽联系了。

唐天湉在脑壳里把这句话重复了好几遍，才退出邮件进了微信，搜索出郑希羽的名字，看到了空荡荡的对话框。

雨变大了，打在伞面上"砰砰"作响，唐天湉觉得自己整个人都变得冷硬了起来。

她给郑希羽拨了语音通话过去，没几秒钟，通话被接通了。

"学姐。"郑希羽叫她，就像最初那样，语气礼貌又乖巧。

"有件事情要和你说一下。"唐天湉说道，"之前我拍宣传图的时候多拍了几张照片，觉得很好看就送去参加了一个摄影比赛。现在作品入围了，所以想征得你的授权。你要是不愿意，我可以现在就退出比赛。"

她说得简洁明了,冷漠无情。

"嗯?"郑希羽发出声简短的疑问。

"有什么问题吗?"唐天湉问。

"我可以看看照片吗?"郑希羽问道。

"当然可以,我这就发你。"唐天湉的手机里就有照片,她准备退出通话,立刻发图。

"不,不要发。"郑希羽阻止了她的动作,"我要当面看。"

唐天湉心尖一跳,气呼呼地问:"为什么?"

郑希羽:"因为……因为……我手机屏幕像素不太好,会影响我对你作品的欣赏。"

这个拖延的劲,一看就是在故意找借口。

但郑希羽真是聪明,虽然不懂摄影,却可以精准地戳到摄影师的痛点。

在数码摄影中,每一台设备显示的差异,足以逼疯一个摄影师。

平时的照片随便看看还好,唐天湉送去参赛的作品,是她打心眼里觉得骄傲的。

精准的光影,张力十足的模特,细致的后期处理,但凡颜色差上一丝一毫,她都会觉得是暴殄天物。

郑希羽要求看到照片最完美的状态,要求看到唐天湉眼里这些照片该有的状态,作为照片中的人物,她有这个资格。

于是唐天湉还是踩进了郑希羽的坑里,回道:"好,那我明天——"

"今天。"郑希羽打断了她的话,"今天,我明天有事。"

唐天湉有点委屈:"这么大的雨,这么冷的天,你让我这个点抱着电脑去找你?"

郑希羽:"我找你,十分钟。"

唐天湉的倔脾气上来了:"你明天有什么事啊?多忙啊?明天就没个十分钟看两眼照片啊,非得今天啊?"

"非得今天。"郑希羽的语气一下子也有些强硬。

唐天湉想捶死她。

但下一秒，郑希羽语气又变得柔和，比之前笑着同唐天湉说话时的语气还要柔和。

"拜托了，学姐，"她说道，"我现在就想看，忍不了那么久了。"

唐天湉待在原地，想了好一会儿。

郑希羽也不逼她，静静地等着她回答。

唐天湉觉得自己大概出现了幻觉，在这样的环境里居然好似听到了郑希羽的呼吸声，一下又一下。

唐天湉开了口："那要在哪里看？"

郑希羽说道："你不要动，我去你的宿舍。"

"学姐的宿舍是你能随便进的吗？"唐天湉问。

郑希羽笑了笑："学姐，我也是女孩子啊。"尾音有点儿拖，挺委屈的样子。

唐天湉瞬间有些愧疚。

这话是随口说的，但说完她就觉得不对。

郑希羽有这样的身高，还是练体育的，一定从小就被人说像男孩子，如果是坏一些的人，肯定还会用这事来嘲弄郑希羽，就像她们第一次见面时那样。

"哦，那个……"唐天湉神思恍惚，赶紧弥补，"你过来吧，就是……我们要收拾一下。"

"嗯，"郑希羽问道，"十分钟够吗？"

"十五分钟吧。"唐天湉想起了今天刚被各种零食搞得乱糟糟的宿舍。

"好，你们的宿舍号是？"

"4520。"唐天湉转身开始往回走。

挂断电话后，唐天湉立马给阮阮打了一个电话，让她们收拾屋子。

"干吗啊？"阮阮嘴上喊着，手上已经开始动了，"有突击检查吗？"

"没，有人要过来。"

"你们宣传部的人吗?你不是把东西给她拿下去了?"

"别问了,快一点儿,只有十五分钟。"

"嗐,十五分钟干什么都够了。"阮阮特自信。

十五分钟还真是干啥都够了,唐天湉回宿舍的这几分钟时间里,阮阮和李桐就把屋子收拾得差不多了。

她们三个平日里值日挺遵守规则的,所以宿舍还是蛮干净的,把表面上一些放乱的东西归置整齐,看着也就舒心多了。

阮阮拿着扫把,仔细把角落里的渣渣都扫干净了:"到底谁啊,这么隆重的欢迎仪式?"

唐天湉将自己的书桌整了整,然后提前打开了电脑:"郑希羽。"

阮阮手上的动作停住了。

正在把盆子套娃一样摞起来的李桐也停住了。

"嗐!"李桐把盆子扔了,"大个儿啊,她来我们收拾什么啊?"

"是啊。"阮阮屁股一落,就在旁边的凳子上坐下来了,"多熟的人了啊,一个小学妹。"

李桐:"大学妹。"

阮阮:"对,大学妹。但虽然人大,性格倒是温顺得很,像什么来着?"

李桐:"大金毛。"

阮阮:"萨摩耶。"

唐天湉扯着嘴角冷笑了一下:"你们根本没有看透她的本质。"

李桐:"她的本质是什么?"

唐天湉顿了一下,说道:"大尾巴狼。"

李桐和阮阮同时"哈哈哈"地笑出声来。

说是十五分钟就是十五分钟,十分钟过去了,郑希羽还没有来。

阮阮和李桐已经彻底放松了,甚至把刚才收拾起来的零食又拿了出来,准备招待郑希羽。

唐天湉坐在电脑前,盯着右下角的时间,觉得等得有些烦。

她站起了身:"对门借我们的热水壶是不是没有还?"

阮阮:"下午拿过来了。"

"针线盒呢?"

"你要缝什么东西吗?"

"嗯,纽扣松了。"

"我这里还有,拿去。"

唐天湉:"明天再说,我去问个事。"

门被关上了。

李桐:"你猜她干吗去了?"

阮阮:"还用猜吗?"

李桐:"你说她怎么这么做作?去看人就看人呗,还非得找个借口。"

阮阮:"你没发现她俩挺久没见了吗?我觉得发生什么事了。"

李桐:"多久啊?"

阮阮:"有一周了吧。"

李桐:"一周不见很正常吧,体育学院和文学院隔得这么远,你们的友谊这么可怕的吗?"

阮阮叹了一口气。

唐天湉在对门的阳台上一眼就看到了郑希羽。

郑希羽撑着把大黑伞,就在她们宿舍楼下静静地站着。

唐天湉以这样完全俯视的角度看着,看到的是一个缩小的郑希羽。

郑希羽人很瘦,打扮得十分普通,但就这么静静地站着的时候,并没有人敢上去搭讪。

郑希羽等了一分钟、两分钟,一动不动。

唐天湉看了一分钟、两分钟,想起曾经在宿舍楼下喊自己名字的肖季。

三分钟、四分钟,郑希羽在等待她们约定的时间。

不是迟一点儿出门,不是早一点儿到达,是说好就说好了,她一定做到，绝无差错。

其实郑希羽一直都是这样。

唐天湉提出的无理要求，郑希羽只要答应了，都会做到。

因此她让人觉得善良、踏实、充满安全感，产生亲近的冲动。

但她其实只是守诺罢了，她并不了解郑希羽到底是什么样的人。

五分钟后，郑希羽的脚步动了，她很快进了宿舍楼，消失在唐天湉的视线里。

唐天湉跟同学说了两句话，快步回自己的宿舍，进门听见室友的打闹声，心里有些慌乱。

"你们安静点儿。"唐天湉说道。

"来了吗？"阮阮问。

"来……"唐天湉及时收住了话，"我怎么知道？"

李桐："嘿嘿。"

宿舍真安静了下来，三个人在各自的位子上端坐着。

唐天湉更不自在了："你们也太安静了。"

李桐特崩溃："你们——"

她话没说完，宿舍门被敲响了。

"我的同类来了。"李桐蹦着去打开门。

门外，郑希羽身上带着潮意，微笑着说道："学姐好。"

"好好好。"李桐招呼她进门，"来找糖豆吧？你们聊你们的。"

郑希羽点点头，把还滴着水的伞放到了宿舍门外。

唐天湉坐在自己的书桌前，面对着电脑，没动弹。

郑希羽进了屋子，跟阮阮打了招呼，没多看这个房间，也没多说一句话。

她走到了唐天湉身后，说道："我来了。"

唐天湉的手抓着鼠标，一通滑动："拿把椅子过来坐着看看吧。"

"好。"郑希羽同阮阮说道，"学姐，借一下你的椅子。"

"你用。"阮阮把椅子一把拉过去,"不要客气。"

郑希羽将椅子放在唐天湉身边,距离不近也不远。

唐天湉打开了早就准备好的照片,眼睛盯着电脑屏幕:"参赛要求是一组照片,那天我们拍的刚好合适。名字我起得很简单,就叫"训练"。你的状态很好,所以人我基本没怎么修,主要是调色和二次构图……"

"嗯。"郑希羽轻轻应了一声。

唐天湉很快点完了一遍照片:"就这些。"

郑希羽说道:"没看清。"

唐天湉将相册翻到头,放慢了速度再来一遍。

结束后,郑希羽问道:"能跟我讲讲吗?"

唐天湉终于转头看向郑希羽:"讲什么?"

这人刚才或许压根就没看照片。

唐天湉别过了头,鼠标一通乱晃:"没什么好讲的啊,照片嘛,看着好看就是了。"

郑希羽问道:"真的好看吗?"

唐天湉:"好看啊,我觉得挺好的,我说好虽然有点儿王婆卖瓜的意思,但真的蛮好的,阮阮和筒子都觉得好。"

阮阮:"好好好。"

李桐:"对对对。"

两个人特别敷衍。

郑希羽说道:"你拍得很好,但我感觉自己大概没有那么——"

"你很好啊。"唐天湉听到这话就不开心了,把照片放大了,整个屏幕上都是郑希羽的脸,"你看看你这线条,这眼神,还有这肌肉形状,年轻真好啊,特别是运动员的年轻样子,这有着人类身体机能全盛时期的美感,所以只要是人,看到你都会觉得好看。"

郑希羽没说话。

唐天湉最讨厌模特不自信,转头瞪着她:"我说的你别不……"

然后她也不想说话了。

郑希羽又看着她。

唐天湉没憋住，提高了声音："你别看我！"

阮阮和李桐都愣住了。

唐天湉继续喊："看照片！"

郑希羽的视线却还是在她的脸上："照片里的人不好。"

唐天湉一把拍在桌子上："怎么不好了？"

郑希羽回道："这得问你。"

唐天湉站起身，暴脾气彻底犯了，又是一巴掌甩过去："怎么就问我了？问我什么？"

她的巴掌没能甩到桌面上，甩到了郑希羽的掌心里，发出响亮的"啪"的一声。

她用的劲实在太大了，疼。

唐天湉皱起了眉头，打到桌子上手会更疼，但那样的疼是可以预料的。

手打在郑希羽的掌心上的疼却不一样，并且一份疼痛变成了两份，郑希羽也会疼。

唐天湉看着那只有很多老茧，指头上还缠着绷带的手，鼻子一下子酸得不行，声音都有些哽咽了："你干吗啊？"

郑希羽没说话，阮阮插了一句话："天湉你别激动，有话慢慢说。"

李桐赶紧也说道："对，慢慢说，肯定是误会了，有误会解开就好。"

阮阮使劲对李桐使眼色："筒子啊，差点儿又忘了，你不是没肥皂了吗？"

李桐："对对对，要买，不然今晚没东西洗袜子了。"

阮阮："一起。"

两个人完美地铺垫好了背景，然后携手离开，并体贴地将宿舍门关上了。

房间里安静了下来，只剩下了唐天湉和郑希羽。

唐天湉没说话，但那点儿情绪越来越多了，因为郑希羽就在她跟前，让她真想再捶郑希羽两下。

还是郑希羽先开的口，说道："对不起，吓着你了。"

唐天湉愣住了。

郑希羽低下了头，不再看她的眼睛："以后不会了，你不要怕我。"

怕？

唐天湉想了很久，才记起，她哪里会怕？

两个人上一次见面之后回去的路上，她的步伐应该相当惊慌，所以她才会在路上绊了一下，差点儿摔个狗吃屎。

好像有人扶她来着，她给躲开了。

就是从那一刻起，她所有难以言喻的好心情裹上了难以言喻的阴影。

她气郑希羽，搞不懂郑希羽，讨厌郑希羽，想和郑希羽绝交，然后就更气了。

唐天湉抽了抽鼻子，说道："鬼才怕你。"

郑希羽这会儿低着头，让人看不清表情，姿态却仿佛比她还委屈："反正我不会再那样了。"

"哪样？"唐天湉问。

郑希羽抬了抬眼，和她的视线对上："你知道的。"

唐天湉伸脚踹了郑希羽一下。

面对唐天湉的暴力行为，郑希羽一向不反抗。

唐天湉觉得自己就是没和郑希羽这种类型的人玩过，所以才导致现在有这么多的误会。

说到底，还是自己的问题，唐天湉决定看在郑希羽认错态度良好的分上，再给她一次机会。

"知道错误是很好的。"唐天湉坐下，拿出了学姐的姿态，"你要考虑你的许多习惯性行为会对他人造成什么样的影响，留下什么样的印象，总是这个样子，会引起别人误会的。"

郑希羽抬头，想说什么，又咽了下去。

唐天湉斜眼看她："怎么？我说得不对吗？"

"嗯。"郑希羽应道。

"嗯什么？嗯的意思是不对还是对？"唐天湉步步紧逼，要把之前在郑希羽跟前丢的面子夺回去。

郑希羽扯着嘴角笑了一下，没回答。

唐天湉清了清嗓子："行吧，我再跟你沟通沟通。"

"好。"郑希羽点了点头，胳膊肘支在膝盖上，认真看着她。

"你之前说做朋友要真诚，要放得开，不用拘谨。"唐天湉说着说着就又来气了，"我真诚了，你呢？你真诚了吗？"

郑希羽动了动嘴唇。

"真诚吗？"唐天湉盯着她的嘴唇，"你心里到底在想什么，我知道吗？"

"不知道。"郑希羽终于承认，"不真诚。"

"看吧。"唐天湉摊了摊手，突然觉得挺没劲的，转身趴在了桌子上，"行了，照片也看完了，你回去吧。"

郑希羽问道："讨厌我了？"

唐天湉回答得特别干脆："讨厌。"

"纪念公园的银杏黄了。"

"黄呗，该它黄了。"

"后山的枫树也红了。"

"红呗，我还能挡着它红吗？"

"你说过要是我想看，就带我去看。"

唐天湉一下子说不出话来了。

她原本以为郑希羽只是在转移话题，到了这句话终于想起来这是她许给郑希羽的承诺。

那个时候她俩刚认识，学妹还是个特别乖的可爱学妹，于是她张嘴

就许了一串承诺。

现在郑希羽来找她兑现承诺了。

唐天湉不是那么说话不算话的人,咳了一声,正想着怎么组织语言,郑希羽又说道:"你不是喜欢摄影吗?后天晴天,应该是最后拍银杏的机会了,再来场雨,叶子就掉光了。"

这人还挺会给她找理由。唐天湉蹙着眉头,盯着电脑上的照片:"真诚点儿。"

郑希羽顿了顿,说道:"我想去看。"

四个字,郑希羽说得特别理直气壮。

唐天湉噘了噘嘴,郑希羽突然抓住了她的袖子:"学姐带我去看。"

唐天湉十分震惊。

虽然郑希羽没有摇晃,只是用指尖捏了她的一小片衣袖,但这也足够让唐天湉震惊了。

一米九二的绝对体育强将,居然向她撒娇!

这感觉太爽了。

特别是唐天湉知道郑希羽压根没有表面上看着那么单纯之后,感觉更爽了。

"喀喀——喀喀喀——"唐天湉咳着咳着就有些憋不住笑意,"那个……后天真能出太阳?"

郑希羽立马掏出手机打开了天气预报:"一整天晴天。"

"行吧。"唐天湉拍了拍手,特别大度,"看天气吧。"

"好。"郑希羽笑起来,站起身,"那我就不打扰你了,先回去了。"

目的达到就撤,这人真是太没良心了。唐天湉嘟囔了一句:"要没这事你倒是也想不起看什么银杏……"

"想得起。"郑希羽立马说道,"我说了我……"

说到这里她停住了。

唐天湉埋着脑袋没说话。

郑希羽嗫嚅许久，才又小声说道："你有什么事，就给我打电话。"

唐天浠继续埋着脑袋。

郑希羽最后说道："再见。"

门被拉开，发出"嘎吱"一声响。

唐天浠拿过手机给阮阮发消息："走了，回来吧。"

没过两分钟，门又是"嘎吱"一声响，唐天浠就知道，这么冷的天，这两个人最多躲到别人的宿舍去，压根不可能下楼。

"阮，我可愁死了……"唐天浠有气无力地抱怨道，这个时候需要一个来自闺密的抱抱。

阮阮却没上前来，唐天浠转过头，看到了郑希羽。

"啊！"唐天浠喊道。

郑希羽比她还尴尬："我就是还想真诚地说一句。"

"说！"唐天浠特别凶。

郑希羽肉眼可见地往后挪了一小步："那不是习惯性行为，说完了，我不会再回来了，学姐再见。"

门"嘎吱"一声响，郑希羽跑掉了。

唐天浠："……"

阮阮和李桐回宿舍的时候，看到了一条瘫软在桌面上的"死蛇"。

阮阮把唐天浠扒拉过来扒拉过去，唐天浠都跟被吸了魂似的，软软的、愣愣的。

阮阮站在她跟前，抬手拍着她的脊背，一下又一下，温柔得像个姐姐："别难过孩子，我懂，我都懂。"

唐天浠开口了："那我还是比你强一些的。"

李桐："哈哈哈……"

雨又淅淅沥沥地下了一夜，第二天倒是停了，但是天阴沉沉的。

唐天浠去上课的路上，有时候仰着脑袋等一等，便能等到一小粒不知道哪里来的雨滴在她的脸上。

到了傍晚,老天爷就跟设置了闹钟似的——今日下雨时间又到了。

唐天涨跟阮阮从自习室往回走的时候,说道:"老这么下,地上都是水。"

阮阮:"是啊。"

唐天涨:"草里是水,叶子里也都是水。"

阮阮:"是啊。"

唐天涨:"绿不绿黄不黄的叶子都掉光了。"

阮阮:"是啊。"

唐天涨:"所以有什么好看的?"

阮阮:"什么好看?"

唐天涨:"没什么好看。"

阮阮:"那你说什么好看?"

唐天涨:"我明明说没什么好看的。"

阮阮:"我觉得你们最近都欺负我。"

阮阮最近是挺可怜的,因为天气变冷,吃得更多了。

按她的理论来说,动物到了冬天都得囤脂肪过冬,她是没办法控制她的"兽性"的。

但她总是会时不时地、不经意地,在这条路上,在那条路上,在图书馆里,在食堂里,碰到江雪。

一见到江雪,她就会摸着自己的脸反思自己:为什么同样是人,别人就那么瘦、那么清爽、那么……为什么江雪依旧不认识她?

这让她在李桐和唐天涨面前受尽嘲笑,并对自我产生了怀疑。

唐天涨原本该安慰安慰她的,但自己的事都没愁完。

而且唐天涨总觉得,自己和阮阮的愁,剪断了、理清了,大概是同一种情绪,所以还是先将自己的愁绪理清了再说吧。

伴着这种思绪,唐天涨觉得自己撑的伞都变成了油纸伞。

又是一夜雨，唐天浠睡前看了看和郑希羽的对话框，对话框里的内容还停留在上次的通话记录上。

她睡得并不安稳，在熹微的晨光中睁开眼，新的一天来临了。

手机振动了一下。

唐天浠揉着有些肿的眼睛，努力辨别屏幕上的字，郑希羽发过来的消息是三个字："有太阳！"

有太阳不是重点，哪天没太阳？重点是感叹号。

感叹号啊，唐天浠瞬间清醒了，郑希羽居然发感叹号了！

这台冷酷无情的沉默机器，是有多雀跃才会发出感叹号？

唐天浠突然就觉得指尖都有点儿发颤，随便拉过衣服套上，翻身就下了床。

她奔去阳台打开门，清冽的冷风中，后山的树林色彩斑斓，山顶上挂着个不太明显的太阳。

唐天浠回道："是有点儿。"

郑希羽："要早餐吗？"

唐天浠："也不是不行。"

郑希羽："五分钟。"

这真是锻炼女孩子的洗漱能力，唐天浠冲回屋子里，冲进洗手间一通收拾，然后翻箱倒柜地扯出一件没那么厚的大外套。

她站到楼下的时候，刚过去五分钟，一转头便看到了朝她跑过来的郑希羽，然后彻底愣住了。

她不应该说一转头就看到了朝她跑过来的郑希羽，应该说一转头就看到了一个高个子美女朝她跑过来，脑子转了转，才反应过来这是郑希羽。

原来郑希羽竟然还有除了运动服和校服以外的衣服。

原来郑希羽竟然还有除了高马尾以外的发型。

原来郑希羽的私下穿得这么时尚！

唐天浠张着嘴，半天都没合上。

郑希羽把早餐递到了她面前:"你爱吃的东西。"

唐天淏呆愣愣的,没接东西,继续张着嘴。

"怎么了?"郑希羽问。

唐天淏蹦了一下:"你化妆了?"

郑希羽弯下腰,仔细给她看了看:"化得行吗?"

唐天淏:"行。"

"那就成。"郑希羽摆了一下脑袋,看起来还是有些不自在。

唐天淏:"谁给你搞的?这辫子得绑很久。"

"朋友,昨晚折腾了一晚上。"

"妆也是朋友化的?"

"对,今天早上把她们从被窝里拉了出来……"

"她们没揍你?"

"没。"郑希羽笑起来。

郑希羽顿了顿,说:"摄影师,这个模特合格吗?"

唐天淏拿过早餐,转身就走。

郑希羽在她身后问道:"再有二十分钟太阳就出来了,我们什么时候去?"

唐天淏没回头,盯着宿舍楼下的寝室守则:"二十分钟后。"

郑希羽的声音里带了笑意:"你没课吗?"

唐天淏:"没。"

唐天淏用二十分钟化了个妆,并且放弃了对温度的追求,穿上了小裙子。

她坐在镜子前手速飞快地动作的时候,李桐刚睁眼,迷迷糊糊地问她:"干吗啊?"

唐天淏:"出去拍照。"

李桐抓过眼镜戴上,清醒了一点儿:"哦,今天上课有美女吗?"

唐天湉:"如果点名帮我签到。"

李桐:"……"

五分钟后,李桐回道:"不帮。"

不帮也没事,唐天湉心情好,对万事万物都看得开:"古汉语老头上次点过了,这次应该不会点了。"

李桐:"但他要是点了,你就惨了。"

唐天湉:"哎呀,哪有那么倒霉?"

李桐:"……"

收拾好准备下楼的时候,唐天湉才想起郑希羽给她带的早餐来不及吃了。

主要是妆都化好了,她不方便吃,于是关心一下情绪低落的室友:"筒子,桌上有早餐,你趁热吃了啊。"

李桐问道:"哪儿来的啊?"

唐天湉"嘿嘿"一笑,背好包拉开门:"不告诉你。"

宿舍里恢复安静,李桐叹了一口气。

阮阮将帘子拉开,有气无力地问道:"明知故问有意思吗?"

李桐:"我这不是刚开始没反应过来吗?反应过来后我不都拒绝帮她答'到'了?"

阮阮撇了撇嘴:"今天江雪的课在我们隔壁教室上,她要还是不理我,我就也不帮糖豆答'到'。"

李桐:"你觉得她在乎吗?"

阮阮:"她在不在乎无所谓,我们心里舒服就好了。"

唐天湉并不知道自己眉飞色舞的样子招人妒恨,一路小跑着下了楼,路过宿管大妈的窗口时,还兴高采烈地打了个招呼:"阿姨早上好!"

大妈嗑着瓜子回道:"这么高兴,一看就不是去上课。"

唐天湉:"嘿嘿嘿。"

和郑希羽约定的地方在校门口,唐天湉一旦收拾一下自己,就有些过分美丽,所以一路奔过去吸引了不少目光,还被认识的同学拉住硬是聊了两句天。

最后她到达校门口的时候,郑希羽果然已经等在那里了。

和二十分钟前见面时有所不同的是,郑希羽背了个挺大的双肩包。

当然,这个挺大是相对于唐天澘来讲的,郑希羽压根不能背正常尺寸的包,否则会像误买了童包。

包和这一身衣服有些不搭,但郑希羽今天实在是好看:混了彩色发绳的脏辫,色彩对比强烈的宽大外套,纯色收脚运动裤,与上衣同色系的长筒袜和老爹鞋。

好多人也在看她,唐天澘放慢脚步走过去,脚上的雀跃之意掩盖住了,脸上的表情实在没憋住,扬起一个大大的笑脸。

唐天澘仰头看着郑希羽:"你就像是代表某运动品牌去参加巴黎时装周活动。"

"他们说是走秀款。"郑希羽回道。

"他们是谁?"

郑希羽扯了扯身上的衣服:"店员。"

唐天澘顿了顿,问道:"你新买的?"

郑希羽笑了笑,有些不好意思:"嗯,昨天。"

唐天澘又愣了好一会儿。

每次她从头到脚穿得漂漂亮亮地出现在与家人、朋友约定的场合时,他们总是会连声地夸她,并忍不住揉揉她的脑袋、捏捏她的脸蛋,从最开始就定下了一个愉悦的约见氛围。

今天,唐天澘终于明白了自己为什么那么招人喜欢。

啊,女孩子实在是太可爱了!

她看着郑希羽的眼睛里充满了光芒。

"我们出发吗?"郑希羽问唐天澘。

"嗯。"唐天浠掏出手机准备打车。

"坐公交车吧。"郑希羽捏住了唐天浠肩头的一小片衣服，带着她往公交站牌那儿走，"这个点人不多。"

"好的。"唐天浠并不在意这种事，紧跟在郑希羽身后。

车上果然没几个人，换了新涂装的公交车宽敞明亮，两个人挑着最舒服的位子坐下，一切都显得那么愉快。

唐天浠从包里拿出相机，对郑希羽说道："你往车窗上靠一靠，我拍张照片。"

郑希羽听话地靠过去，并且摆好了姿势。

"咔嚓——"唐天浠回看着照片，有些震惊，"公交车里这么好出片的吗？我之前都没想过。"

"得挑车，旧车就不行。"郑希羽说道，"线路和时间很重要，人多了也不行。"

唐天浠："你——"

郑希羽："我踩过点了。"

唐天浠感动得不行。

这一瞬间，她有一种强烈的想法，即使她和郑希羽闹掰了，也要和郑希羽保持工作上的联系，掏钱让郑希羽做模特，掏很多钱都行。

等等，"闹掰了"这个词好像……唐天浠"呵呵"笑了两声，指挥着郑希羽又拍了两张照片，这才回到座位上坐下来。

郑希羽把刚才放到一边的包拿了过来，掏出一瓶水拧开瓶盖递给她。

唐天浠接过水瓶喝了两口水，郑希羽又从包里掏出两颗糖递给她，一颗棉花软糖，一颗水果硬糖，还提供了选项。

唐天浠笑了，问："包里还有什么？"

郑希羽转过头看着她："你想要什么？"

"我要什么你都有吗？"

郑希羽笑了笑："试试看。"

唐天湉抿了抿唇,举起水喝了一大口。

她拿了那颗水果糖,在郑希羽要把棉花糖收回去的时候,按住了郑希羽的手,把棉花糖也拿了过来。

郑希羽拿回了她手里的糖纸。

两个人到达纪念公园的时候,太阳彻底升了起来。

云层还有些厚,太阳散发的光芒形状奇特,公园的中心湖小岛上全是银杏树,远远望着光影斑驳,金黄灿烂。

"好美。"唐天湉对着小岛感叹。

"你快站在这里,我把小岛当背景拍两张。"唐天湉扯着郑希羽的衣服将人拉到了湖边的石头上。

石头有些高,郑希羽再站上去,唐天湉便没法拍清她的脸了。

于是郑希羽蹲了下来,唐天湉一下子笑了:"你什么意思啊?"

"就这个意思。"郑希羽催道,"快拍。"

唐天湉:"表情酷一点儿。"

郑希羽没忍住,笑得低下了脑袋。

除了唐天湉的快门声,身旁又多了两声快门声。

郑希羽反应很快地望了过去,是个穿着摄影马甲的大爷正举着带有长焦的相机对准她的脸。

郑希羽伸手挡了一下,站起了身。

唐天湉也注意到了,没说什么,只是赶紧走过来拉着郑希羽的胳膊,拉着她往前走了。

"还在拍。"郑希羽说道。

"有人蹭拍,没办法。"唐天湉问道,"我们跑?"

郑希羽:"行,你跑得动吗?"

唐天湉被气笑了:"我跑不动你背着我跑吗?"

郑希羽:"也不是不行。"

"对不起,我不想。"唐天湉扳回一局,特别开心,蹦着往前冲,"飞咯,看看谁快。"

郑希羽盯着她的背影,笑了好一会儿。

让了整整一个桥廊的距离,唐天湉都快冲到岛上了,郑希羽才开始跑起来。

岛上落叶很厚,还沾着水,唐天湉一脚踩上去,溅起好多泥点到袜子上,她也不在意,往后瞅了一眼,眼看着郑希羽马上要追上了,便又撒腿往前冲去,冲到了树最密、落叶最厚的地方。

她端着相机刚一回头,郑希羽便到了眼前,"咔嚓"——废片一张。

郑希羽的手掌轻轻抵在她的后背上,呼吸深长:"追到了。"

太阳的光芒更盛了,就像郑希羽说的那样,今天是个大晴天。

郑希羽问她:"我可以玩一下你的相机吗?"

"可以。"唐天湉点头,取下背带将相机递过去。

郑希羽抓进手里,整个机器都显得小了许多。

"我教你。"唐天湉踮着脚说道,"这个是取景器,这个是快门,你从取景器里看,半按快门,等它响一下,再彻底按下去,对焦点会显示绿色……"

郑希羽压根没在听,但表情挺认真的,认真地看着唐天湉的头顶。

唐天湉今天的长发全散着,"水波纹蛋卷"一层一层的,让她越发像个洋娃娃。

金棕色眼尾和脏橘色口红同整个金灿灿的秋天背景特别搭,郑希羽昨天其实已经看过这里的银杏,到了这一刻才深刻体会到,美景要配漂亮的人,才鲜活生动,让人惊艳的。

唐天湉指着相机说完,抬头问:"明白了吗?"

"明白了。"郑希羽退后,从取景器里看到唐天湉的脸,手指颤了一下。

"前面点儿,指头,前面点儿,没摸着……"唐天湉提醒她。

郑希羽的大脑没法接受太多信息,她摸过队友的单反相机,基本操作都会，但那些相机里都没有这么漂亮的人。

在杂乱的背景被虚化成漂亮的光斑的世界里，唯有唐天湉的一举一动、一颦一笑，清晰得像是高清电影里的画面。

郑希羽按住快门，说道："笑一下。"

唐天湉笑起来，笑得灿烂时嘴唇是漂亮的心形，甜美得像蜜糖。

郑希羽的手指轻按，快门"咔嚓"一声。

大爷没她俩跑得快，但胜在眼神好又很坚持。

郑希羽没拍几张照片，大爷便已经到了她俩跟前，二话不说端起"大炮"，朝郑希羽"咔咔"拍了两张，再朝唐天湉"咔咔"拍了两张。

郑希羽放下相机，朝他走了两步。

大爷往后退了两步，但眼睛依然藏在相机后，不松懈。

郑希羽说道："你好，请不要再拍我们了。"

大爷放下相机，笑呵呵地说："你们好看，年轻小姑娘真好看。"

"但我们不愿意被你拍。"郑希羽非常直接，"我们是来玩的，不想被打扰。"

"哦。"大爷脸上的笑意没了，他退到了一边，看起来委屈巴巴的。

郑希羽朝唐天湉招了招手，示意她往一边走。

唐天湉瞅着那大爷，大爷抱着相机坐在了一旁的凳子上，还想看她们，视线和唐天湉的对上以后，又移开了装作看风景。

唐天湉走到郑希羽跟前，抱住了她的胳膊想要跟她说悄悄话。

郑希羽弯腰低头，把耳朵送到唐天湉跟前。

"特像热播电视剧里的老头你不觉得吗？"唐天湉笑着说道。

郑希羽也笑起来："是有点儿。"

"其实他也不是特别讨厌，你说他还听。"

"嗯，我怕你不高兴。"

唐天湉还要再说什么，大爷突然站起身，朝她们喊道："小姑娘啊小姑娘……"

两个人同时回头。

大爷说道:"你俩一起出来玩,难道不想合张影吗?你看看你俩,站在一块儿多……多好看啊,不留下照片多可惜啊。我拍了照片发给你们,不经过你们的同意绝对不乱传,让我拍两张吧,太好看了呀……"

唐天湉:"我竟然觉得他说得很有道理。"

郑希羽:"是有道理。"

唐天湉:"主要是被夸得有些不好意思。"

郑希羽:"是挺不好意思。"

唐天湉还抓着她的胳膊:"要么,拍两张?"

郑希羽:"拍两张。"

大爷精准地捕捉到了她俩同意的信息,立马举起了相机:"那我拍了啊。"

唐天湉站直了身子,郑希羽扭了扭脖子。

大爷:"哎,大个儿你弯一下腰,就像刚才那样,对对对,小个儿你往她跟前靠一些,对。哎,小个儿笑,对,笑,好。来,我们换个姿势,大个儿背一下小个儿……"

唐天湉小声说道:"我有不祥的预感。"

郑希羽:"大爷退休前可能是专业搞摄影的。"

大爷:"哎!大个儿和小个儿拥抱一下,开心地拥抱。我们牵手转个圈,你们想象一下,多好看啊,快,有风,叶子落下来了,快转!"

因为动作太过迅速,唐天湉的裙摆像翻飞的花瓣,郑希羽猝不及防地笑起来,真按照大爷的指令转了一圈。

大爷的快门声"咔咔"地响,颇有大片大制作之感。

他都不回看,嘴上的夸奖话就接连不断地冒出来:"太棒了,就是这个感觉,你们应该去做专业模特,这照片都不用修。来,换个姿势……"

唐天湉憋不住地笑了起来。

"对不起,"她边笑边冲郑希羽说道,"我就是……平时拍习惯了以后,

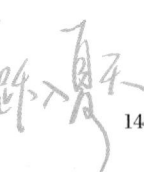

一听到摄影指令就不受控制。"

"理解。"郑希羽也笑，抬手拈去了落在她的头顶的一片银杏叶，"我也有些控制不住。"

"所以刚才那么疯不关我的事。"唐天溦噘嘴，身子一转，背对着郑希羽，变脸如同翻书。

郑希羽微微低头看着她的侧脸："什么不关你的事？"

唐天溦依旧不看郑希羽，朝着大爷摆了两个表情："刚才的事咯。"

郑希羽明白了，点了点头："嗯。"

看着大爷的瘾过得差不多了，唐天溦走过去结束了拍摄："就到这里吧，辛苦您啦，我们要野餐了。"

大爷："其实野餐也可以——"

唐天溦捂住嘴，小声说道："好不容易约她出来一次，我还有任务要完成呢。"

大爷瞪大眼睛，露出一副果然如此的表情，抬手指着唐天溦，笑得满脸褶子："聪明的小姑娘，好的，好的，我就不打扰你们了，咱俩加个微信。"

唐天溦掏出手机，微信好友的年龄上限被刷新了。

加完微信，大爷心满意足，这个时候才抱着相机开始看照片。

唐天溦朝着郑希羽跑过去，把刚才扔在地上的包一把提起，拉住郑希羽的胳膊赶紧往小岛更深处走。

包挺重的，郑希羽接了过来。

"快跑、快跑。"唐天溦小声说道。

郑希羽低头看着她，特认真地说："我快跑你就追不上了。"

唐天溦掐了她的胳膊一把："能不能有点儿出息，就会用这个嘲笑我。"

郑希羽笑起来，两个人快步前行，很快便消失在了大爷的视线内。

工作日，昨晚下了雨，这会儿又是上午，种种原因导致这会儿岛上没什么人。

特别是行至小岛最深处,树木繁密,潮意渐浓,太阳悬在天边,阳光多半落在树尖上,小半才能落在脚下。

"就这儿吧。"唐天湝深吸一口气,觉得舒服。

"好。"郑希羽问,"站哪儿?"

唐天湝笑了一下:"不拍了,我饿了。"

"好。"郑希羽立马把背包拉过来,从里面抽出一张卷得特别细致的野餐布,野餐布特厚实,防水的那种。

"怪不得这么重。"唐天湝凑过去,"你包里还有什么?"

"没了,这个是大头,剩下的都是些吃的喝的东西。"郑希羽把野餐布铺开来,直接提起背包底,翻转着往下倒。

"哗啦啦——"零食饮料都掉了出来。

"穿这么漂亮不要这么粗鲁!"唐天湝喊。

郑希羽手上动作顿住:"那我塞回去再来一次?"

唐天湝一屁股坐了下去,开始在零食堆里翻:"那倒也不必。"

野餐布挺厚的,但面积不是特别大,食物占了一半位置,剩下的一半唐天湝半趴着占了,只留给郑希羽一小块位置。

郑希羽在那一小块地方坐了下来:"刚才我室友给我发消息了。"

"嗯?"唐天湝将一个果冻撕开整个倒进了嘴里,"怎么啦?"

郑希羽看着她说:"说生理学老师一进教室抬眼一扫,就问郑希羽怎么没来。"

"噗。"唐天湝差点儿被噎住,咳了两声才说出话来,"你目标太大啦,像我就不会这样。"

"你这么显眼,真不会吗?"郑希羽问。

唐天湝摆了摆手,特谦虚地说:"没有啦,我平时上课喜欢缩在后排位子,老师注意不到的。"

"我今天第一次逃课,"郑希羽顺着她的视线,又递了个果冻给她,

150

"你呢?"

"嗐,我嘛,不是那么地遵守规则。"唐天湉一副学姐该有的老油条模样,皱着小眉头给学妹讲解,"老师都说了,大学和高中是不一样的,大学学的不是具体知识,是方式方法,是睁眼看世界,逐渐找到自己的目标和位置……"

"嗯。"郑希羽特别乖,嘴角挂着淡淡的笑意看着她。

唐天湉继续说:"你们刚入学不久,可能还不适应,不过很快就明白了。特别是到了考试的时候,考试前临时抱一下佛脚就可以,我都是靠前两个小时拿阮阮的笔记过来背重点……"

"嗯。"郑希羽依然看着她,听得特别认真的样子。

唐天湉喝口水润润喉咙准备再说,突然察觉到了不对劲,抓着水瓶愣在那里,足足想了半分钟,才猛地转头盯住了郑希羽。

"你故意的?"她瞪郑希羽。

"嗯?什么?"郑希羽一副挺无辜的模样。

唐天湉捏着拳头捶了这大尾巴狼的胳膊一拳:"你说了真诚点儿,你能不能真诚点儿?!"

"我错了。"郑希羽认错一向迅速,"我确实有打探消息的意思。"

"我也有课你很开心?"唐天湉眉毛抬得比天高。

郑希羽的笑意压根掩盖不住:"真诚地讲,开心。"

唐天湉这次用水瓶捶的她,"砰"的一声闷响,捶完又觉得真把人打疼了不好,视线落在郑希羽的胳膊上,琢磨了两秒。

这两秒的视线被郑希羽精准地捕捉到了,她特体贴地宽慰唐天湉:"没事,不疼。"

唐天湉:"……"

郑希羽给唐天湉递台阶:"大一大二的学生,一般早上都会有课,一日之计在于晨嘛。"

唐天湉:"……"

郑希羽："你平时睡过头了也不会上第一节课吧？今天刚好出来散散心，整天在学校里闷着也不好。"

唐天湉："你把话都说完了让我说什么？"

郑希羽："你多吃点儿。"

唐天湉："……"

对女孩子来说，没有什么问题是吃零食解决不了的，如果有的话，就让一个一米九二的漂亮大傻个儿伺候你吃零食。

郑希羽为表歉意，服务得特别周到，唐天湉的视线指哪儿她就递哪儿的零食，灵活专业的模样，让唐天湉一度觉得这孩子上辈子大概是专业伺候人用膳的。

吃人的嘴软，唐天湉本来就手短。

等她吃饱喝足了，气也消了，将东西一拨，躺了下来。

郑希羽没动，唐天湉闭上了眼，感受着丝丝缕缕的阳光落在脸颊上。

今天起得有点儿早，这么感受一会儿她便有些困了。

睡眼惺忪时，她被人推醒了，郑希羽特别没眼色地推醒了她，手上拿着自己那件拼色的宽大外套。

唐天湉瞪她，由于精神不佳，眼神显得特别没威慑力，看了让人觉得分外可爱。

郑希羽说道："地上凉，躺久了不好，你抬一下身子，我再给你铺层衣服。"

唐天湉答道："你这衣服多薄啊，铺了有多大用？"

"你说得对。"郑希羽收了衣服，自己往里挪了挪，然后伸直了双腿，"那你躺我的腿上吧。"

唐天湉："……"

盯着那双腿，唐天湉有些清醒了，人世间怎么可以有这样一双腿？这腿又长又直，不瘦弱，却也没一点儿多余的脂肪，在裤子的褶皱下展现出了完美的线条。

唐天湉从上到下瞄了一遍，问："你的腿多长？"

"单腿吗？"郑希羽琢磨了一下，"没量过，一米吧。"

"怎么可能？一米哪里有这么长？"唐天湉夸张地比画着，"我觉得我直直地躺上去，也就差不多这么长吧！"

郑希羽："你试试。"

唐天湉："我还是查一下手机吧。"

她从随身背着的小包里翻出了手机，打算玩会儿手机，但一解锁屏幕就发现了一堆新的微信消息，是大爷发来的她俩的照片。

大爷调了色，但脸没修。

照大爷的话来说，她俩标致，压根不用修。

这出片速度让唐天湉震惊得合不拢嘴。

拍的时间并不长，但出片量不少，大爷的审美在他这个年龄算是难得地不错，构图没什么问题，神态也抓得准。

唐天湉一张张照片翻下来，照片就跟被做成了缓慢的动图一般，两个人脸上每一丝的表情变化都被记录得十分细致。

郑希羽凑了过来："还没查出来吗？"

唐天湉猛地把手机扣到了胸口处。

"啊，我不是故意的。"郑希羽往后缩了缩身子，"我不是要看你的手机。"

"没什么。"她回道。

郑希羽站起了身："出了公园就有商场，时间还早，我们去看电影吧，我还蛮想看最近上映的那部——"

"有什么？"唐天湉打断了她的话。

"嗯？"郑希羽有些迷茫。

唐天湉站起身，在地上蹦了好几下。

郑希羽静静地等着她。

唐天湉蹦得差不多了，猛地把手机递到了郑希羽面前："大爷把咱俩的照片发过来了。"

"这么快?"郑希羽犹豫着要不要拿过手机,"是不好看吗?"

唐天浠把手机扔到了她的怀里:"还可以。"

"我看看。"郑希羽拿起手机。

唐天浠发现,起初神色一派自然平静的郑希羽,没翻过几张照片,嘴角就弯起来了。

唐天浠瞪大了眼。

郑希羽忽然转过身背对着她:"背光看得清楚一些。"

唐天浠盯着她的背,没说话。

郑希羽的身影挡住了唐天浠望过去的视线。唐天浠能看到的只有因为翻看照片引起的一点儿细微的肌肉变化,从这变化里,她感受到郑希羽翻看照片的速度越来越快。

终于,郑希羽翻看到了最后一张照片,长长地吐出一口气,转身把手机递还给唐天浠:"挺好看的。"

"嗯。"唐天浠将手机接了过来,没多说什么。

郑希羽没看她,转头望了一会儿被风吹得飘落的树叶。

"还看电影吗?"唐天浠攥着手机,仰头问。

"看。"郑希羽说完又立马改口,"你想看吗?"

唐天浠的脑袋也左边右边地乱转:"反正也没什么事。"

"好,那我们走吧。"郑希羽走到野餐布跟前,半跪着把东西都收拾了。

回程的路上包轻了不少,但两个人之间的氛围似乎没有变得更好。

这个更好是指相处得更轻松、更自如。

时间挺巧的,两个人到达电影院的时候,刚好赶上一场放映。

郑希羽急急忙忙地要买可乐和爆米花,唐天浠拉了拉她:"你包里不是有好多吃的东西吗?"

郑希羽觉得自己有些傻:"也是。"

但其实坐下以后,两个人盯着银幕上的广告,谁也没取吃的喝的。

影厅里的人不多,三三两两地散坐着。

郑希羽选的位置有一点点偏,最尴尬的是,两个位置之间的扶手坏了,掰不下来。

郑希羽还待再努力,唐天浠小声说:"别搞了。"

郑希羽的手顿住,唐天浠补充了一句:"影响到别人了。"

郑希羽直起身子,没再折腾。

两个人都看得挺认真,到底真的认不认真不知道,但看起来都特别认真,身子不动,眼睛直勾勾地盯着屏幕。

到电影演到中央小高潮的部分,一声突如其来的巨大的爆炸声吓了唐天浠一跳,她身体不由自主地往后一弹,抬手去抓两边的扶手,左手握住了扶手,右手往下,握住了郑希羽的胳膊。

杂乱变换的光映在唐天浠的脸上,昏暗的光线让睫毛下的阴影更重了,眼睫忽闪忽闪的。

唐天浠咽了一口口水……

唐天浠在紧张……

郑希羽看了看电影,的确是会让人紧张的情节。

而且照现在的背景音乐和节奏来看,更刺激的情节马上就要到来了。

郑希羽计算着时间,将精神一半留给电影,一半留给唐天浠。

于是,再一次的剧烈响声和恐怖氛围袭过来时,郑希羽先发制人,也就提前了零点几秒,握住了唐天浠的手。

"别怕。"她十分小声地说道。

唐天浠整个人被吓得呆住了,视线没动,身子也没动。

电影里满屏的鲜血。光芒映在两个人的脸上,让氛围显得诡异又鲜艳。

过了好一会儿,唐天浠动了动嘴巴:"我没怕。"

郑希羽有些尴尬地轻咳了一声。

电影结束后两个人打车回学校,坐在后排座位上隔了快一个人的距离,唐天湉不知道说些什么,郑希羽比她还沉默。

好在可以装作玩累了的样子,唐天湉把脑袋靠在车窗上,看着窗外的风景。

窗外没什么特殊的风景,就是一辆辆或快或慢的车,和深秋萧疏的行道树。

唐天湉闭上了眼。

第六章
要变成和你一样优秀的人

车子停在了学校大门口,两人下了车,客套几句后,各自转身向宿舍楼走去。

直到进了楼推开了宿舍的门,唐天湉才长长地呼出一口气。

"呦——"李桐拖着声音,一个字拐出了九曲十八弯的酸气。

唐天湉瞄了她一眼:"我咋不知道你气这么长呢?"

李桐兴奋地扒着床沿看着她:"那我给你再'呦'一个,比刚才那个还长。"

唐天湉放下包,解开外套:"你烦不烦人?"

"这会儿嫌我烦人了?唐小姐,你这脸也变得太快了。"李桐控诉她,"早上让我帮你答'到'的时候呢?不能过河拆桥吧,你这河过得怎么样啊?这一脸难以言喻的表情。"

"老头点名了吗?"唐天湉问。

"点了,我掐着嗓子……"李桐学了一下,"到。"

唐天湉皱着眉头:"我有这么恶心吗?"

李桐:"有。"

唐天湉凑到李桐跟前,突然粗着嗓子喊了声:"到!"

李桐被吓得跳了起来:"我跟你有什么仇?你有本事在郑希羽跟前也这么喊!"

　　唐天浠撇了撇嘴,爬上自己的床换衣服去了。

　　李桐还是忍不住问她:"你俩到底干吗去了?你可别说你不是跟她出去,你铁定跟她出去了,但你们俩出去干啥?你要是不想跟我说,总得跟阮阮说吧,你——"

　　唐天浠打断了她的唠叨:"拍照。"

　　李桐:"哦。"

　　唐天浠换完了衣服,下床去洗漱。李桐从床上蹦了下来:"不会是拍写真吧?"

　　唐天浠一点儿都没客气,将手中的毛巾甩在了李桐身上。

　　但李桐说的没错,唐天浠不跟她说,也会跟阮阮说的。

　　少女的欢喜和忧愁情绪,形容不出的酸甜苦辣感觉,总得跟好朋友们唠一唠,也不求有个答案,这本来就是青春最常有的模样。

　　唐天浠就在宿舍讲起来,也没真避着李桐,虽然已经省略了好多细节,但李桐的配音还是很丰富。

　　"噫。"

　　"啧啧啧……"

　　"哦。"

　　"我的天哪!"

　　"呀!"

　　"照片快给我们看看。"

　　唐天浠犹豫了一下。

　　她还是将照片拿了出来。

　　阮阮和李桐挤在唐天浠的脑袋左右两侧,看着她翻照片。

　　这次李桐挺安静的,阮阮也一如既往地没有半点浮夸。

　　只是两个人看完照片之后,不约而同地叹了长长的一口气,神色比唐天浠还愁了。

"咋了啊？"唐天浠问。

阮阮托着自己的脸："你俩真瘦。"

李桐挠了挠自己的脑袋："你俩的头发真多。"

唐天浠："说人话。"

阮阮："啊啊——郑希羽怎么这么好看啊！我的天哪，她今天这造型也太棒了吧！为什么不把她带回宿舍来歇一会儿啊？我当年的眼光真是好啊，你俩直接出道得了吧！我跟人吹牛的时候还能说声这是我朋友！"

唐天浠："我给您倒杯水您喘口气。"

李桐说道："我不用喘气我来说。"

唐天浠："……"

李桐："我就两个字，牛啊。"

唐天浠："……"

唐天浠低下头，戳了两下手机："没你们说得这么夸张啦，我觉得大爷的后期技术还有待加强，待会儿我再修一下。"

阮阮："你知道你嘴角忍不住上扬的样子像一只找到了伙伴的小青蛙吗？"

唐天浠正要反驳，手机振动了一下。

到嘴边的话没了，阮阮和李桐的位置没变，两个人十分默契地一起看向了她的手机。

郑希羽发来的消息，非常普通："在宿舍吗？"

但是三个人的反应都特别不普通：

阮阮和李桐挤眉弄眼。

唐天浠没理她们，背过身去挡住了她们的视线，回郑希羽："在。"

郑希羽："稍等一下。"

唐天浠心里一慌："要干什么？"

159

但郑希羽没再回她消息了,心里的慌乱情绪很快蔓延到了四肢,她来回转了一圈,突然指着门口对阮阮和李桐说:"出去。"

阮阮:"……"

李桐:"……"

唐天湉:"那个……就……那啥,你们不觉得……就是,这会儿去串串门比较好吗?"

李桐:"不觉得。"

阮阮:"但要是郑希羽要来找你,我们可以非常大度体贴地觉得一下。"

唐天湉摆了摆手:"哪有啦?"

话音刚落,门就被敲响了,一个特熟悉的声音在门外特正经地说道:"你好,体育学院送水。"

屋内的三个人都愣住了。

体育学院送水这事倒也不是没有,前段时间活动月,体育学院就爱搞这种活动,来的都是男生,帮的都是女生比较多的学院。男生彰显一下自己的身体素质,和漂亮姑娘们说两句话,帮忙装一下水、修一下电脑、通一下下水道。总的来说,这是个既友爱又有一些羞涩的互动活动。

但这活动都是集中进行的,现在早过日子了。

而且就算郑希羽再怎么有力,到底是个妹子,妹子来给妹子送水,这还真是闻所未闻、见所未见的事。

"啧啧啧……"李桐摇头晃脑的。

"唉……"阮阮长叹了一口气。

李桐挽住了阮阮的胳膊:"那我们……"

阮阮:"去523吧,她们舍长养了小仓鼠。"

李桐:"成,起码还有点儿事干。"

唐天湉刚才还在让自己的室友走,这会儿人家真要走了,她又觉得有些不对劲。

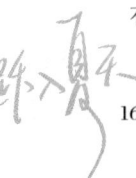

160

她拉住了阮阮的胳膊："其实，也没必要……"

阮阮撇了撇嘴："那谁知道呢？"

李桐："是啊……"

唐天澔踹了阮阮一脚。

阮阮把唐天澔的手扒拉了下来，说："有事赶紧说事。"

唐天澔："你们走吧。"

阮阮和李桐笑着转身，拉开了宿舍门。

门外站着头顶快挨着门框的郑希羽，她肩上扛着桶纯净水，姿势特别标准。

阮阮和李桐赶紧退后一步先把路给让出来。

"赶紧放下，这么重。"阮阮一脚踢开了旁边碍事的小凳子。

"不重。"郑希羽对她笑了笑，就跟肩上搁着个小背包似的，将水桶稳稳地放了下来。

李桐挺好奇，瞅了瞅水桶再瞅了瞅郑希羽："你能扛多重的啊？"

郑希羽："不太确定。"

李桐："糖豆那个重量呢？"

郑希羽笑了："可以的。"

李桐："啧。"

阮阮："啧啧啧。"

唐天澔："这两只仓鼠太可爱了。"

李桐翻了个白眼，阮阮对唐天澔比了个"OK"的手势，把人拉出去了。

门被带上，郑希羽真不是第一次来了，熟门熟路地把水给她们换了，一点儿都不认生。

也真是巧，上一桶水见底了。

唐天澔盯着那个桶，郑希羽仿佛有读心术："上次来你们宿舍的时候，看着差不多这个时候要换了。"

唐天湉："那你估摸得还挺准。"

郑希羽笑了笑，说道："照片修完以后记得发我啊，我先走了。"

唐天湉："……"

这人这是干什么？还真是来送水的？郑希羽跟她说的话都没有跟她室友说得多，拍拍屁股就走，不对，没拍屁股就走，也太草率了吧？

她盯着郑希羽。

郑希羽还真没留下来的打算，说完以后对唐天湉挥了挥手，然后拉开了门。

"你……"唐天湉出了声。

"还有课。"郑希羽回道。

唐天湉："哦。"

郑希羽妆卸了，头发拆了，衣服也换了，这的确是她平日里上课训练的样子。

郑希羽在等她的指令。

唐天湉摆了摆手："再见。"

郑希羽点了点头，临出门的时候从兜里摸出两颗糖，放在了桌子上。

宿舍里恢复了安静，唐天湉看着那两颗糖，是她喜欢的口味。

阮阮和李桐被唐天湉从别人的宿舍里提溜了回来。

李桐可不情愿了："干吗呀？干吗呀？我还没看清鼠鼠的脸呢。"

阮阮在屋子里瞅了一圈："人呢？"

"走了啊，"唐天湉回道，"送个水嘛，能需要多长时间？"

李桐："啧。"

唐天湉塞了颗糖进她嘴里："整天'啧啧啧'，你的嘴累不累？"

李桐感觉挺累的，不，挺酸的。

这糖挺酸的。

没了人打扰，李桐重新爬回了自己最心爱的床上，阮阮见唐天湉也没有要跟自己交流的意思了，便背上包准备去泡图书馆。

唐天湉坐在电脑前，把照片导进去，修了一下午的图。

大学生活，总体来说就是这么平淡无聊。

这天晚上，唐天湉便把照片发给了郑希羽，两个人的交流恢复了之前的正常状况。

唐天湉有时候也搞不清自己心里不明不白的气是哪里来的，也不知道这不明不白的气从哪里走的，反正之后，她每次打开手机相册，看到两个人的合影，就觉得挺好的。

郑希羽是挺好的一个学妹，两个人每天没事了聊两句，只要不是在训练，郑希羽都回复得挺及时。

再往后，真像郑希羽说的那样，很少能见到特别明媚的晴天了。

一场雨接着一场雨落下，气温越来越低，N市的冬天就这么凉飕飕地降临了。

距离CUVA分区赛所剩的日子已经不多了，郑希羽除了上课就是在训练，唐天湉听着她每天的任务，都觉得累。

比起郑希羽的忙碌生活，4520整个宿舍的人显得特别颓废。

学期到了中段，有几位老师兴致勃勃地搞了一次小考，唐天湉的理解和领悟能力强，形式活泛的考试反而更适合她，她竟然在文学理论的期中考试里拿了个第一名。

全班同学都很震惊。

唐天湉漂亮就算了，还在学生会里混得如鱼得水；会搞社交也就算了，还能写会拍；有才华也就算了，考试成绩居然不普普通通了？

果然"开挂"的人，人生处处都在"开挂"。

唐天湉表面上风轻云淡，不断和同学解释，就是一次小考罢了，比不得正式考试完整全面，她只是运气好，刚好碰上了自己擅长的题型，但其实回到宿舍，4520的人为此开心了一晚上，喝了点儿小酒，并决定明天再出去大吃一顿。

"我们也就敢关上房门这样了……"李桐瘫在椅子上，摸着自己圆鼓鼓的肚子，"唉，树大招风，人怕出名猪怕壮，我们糖豆这么优秀，平时我都不敢夸，有些事情说出来你们可能不信……"

阮阮特爱听八卦消息："你先说说看呗。"

李桐又唉声叹气了好一会儿，戏做足了，才压低声音说道："去年投积极分子那事，你觉得我们糖豆为什么输给了张祝国？"

阮阮翻了个白眼："这不是明摆着的吗？咱们班就那么两个男的，当宝贝呢。"

李桐："他是个小心眼。"

阮阮："他的确是个小心眼。"

李桐："他那个时候对女生可积极了，帮这帮那的，还挨个儿宿舍发糖你敢信？"

阮阮："他就没发给我们宿舍。"

李桐："对，小心眼中的小心眼。"

阮阮："其实也就是同性相斥吧，豆儿光好看这事，就得招不少人忌妒了，去年叔叔送她来学校，有人阴阳怪气地说怪不得我们豆用得起A牌的护肤品……"

唐天湉说话了："她说得没错啊，可不是我爸养着我？要是没我父母，我饭都吃不起呢，还用什么护肤品。"

李桐："我的小豆子啊，是不是因为这事你现在买东西都特别低调？"

唐天湉"呵呵"笑："那倒不是，我更喜欢给你们买吃的喝的。"

阮阮："还笑得出来……"

唐天湉表情平静："哎，怪就怪我爸半路发家，没给我培养出天生尊贵的公主气质。谁不忌妒暴富的人啊？你们是没见过我们那些远房亲戚，我每年寒假去他们那里历练一圈，学校里这点儿事就跟过家家似的，甚至有点儿可爱。"

李桐握住了她的手："这就是我爱你的原因，有着公主命，没有公主病。"

唐天湉："我不爱你,谢谢。"

李桐不放手："我知道!哼!这些年的感情终究是错付了!"

唐天湉看向阮阮："她大概疯了吧。"

阮阮"呵呵"笑："你又不是不知道她隔段时间就疯,不过说起这个,明天要不要叫上郑希羽?好久没见她了,还有些想念。"

唐天湉说道："上次体育课不是还在操场上见了吗?"

阮阮怒了："那是你的体育选修课!没我俩!没!"

李桐："对!那是你们私会!"

唐天湉拍桌子："你体育课是用来私会的呢!酒精浓度百分之三的汽水都能把你给喝迷糊了。"

李桐："光天化日、朗朗乾坤之下私会!听起来我都想参加了。"

阮阮快笑死了,唐天湉没憋住也乐了。

她确实和郑希羽"私会"过几次,有的是凑巧,有的没那么凑巧,但都是些普普通通的场景,两个人聊一会儿天,走一段路,送个伞,吃一顿饭,都在学校里,见面时间不长。

郑希羽做得最多的事,也就是对她笑,偶尔拉她的胳膊一下,让她避开车辆或行人。

唐天湉觉得这样挺舒服的,这反倒让她觉得和郑希羽更亲近了一些。

"她明天没法来。"唐天湉上午的时候刚和郑希羽聊过,"最近她真是特忙,他们教练疯了,要不是学校的课必须得上,估计能把他们关在训练馆里,一步都不准他们出来。"

"啊,能够理解。"阮阮说道,"小可怜。"

李桐："大可怜,巨大的大可怜。"

唐天湉转移了话题："我觉得有人嫉妒我,还是因为我不够优秀,今天不瞒各位,我体会到了点儿学习的乐趣,准备摒弃杂念,好好学习,天天向上了。"

阮阮："明天我就给你在图书馆占位，不给我学到熄灯不准出来。"

唐天湉："李老师问我参不参加她新开的课题。"

李桐瞪大了眼："啊，你这是朝'学霸'的路上飞奔而去不回头了啊！"

这事阮阮比较有经验，她是她们宿舍平日里成绩最好、跟老师接触最多的人："主要看你自己有没有兴趣。"

唐天湉想了想，说道："我觉得挺好玩的，想试试。"

阮阮很支持："可以的，李老师人很好，可以督促你多看看书。"

李桐举起酒精浓度为百分之三的汽水猛灌了一大口："你们都离我而去了，这残酷无情容不下'学渣'的世界！"

唐天湉倒不是真觉得自己会成为"学霸"，就是感觉对项目挺有兴趣的，就想玩玩。

最近天气不好，许多户外活动没法进行，他们的课也没那么密集了，唐天湉总觉得有些无聊，但是她知道郑希羽每天都在拼命训练，有一次她还看到了郑希羽缠着绷带都没能阻止血渗出来的手指。

唐天湉问她，她就风轻云淡地说，指甲磕了一下。

唐天湉甚至怀疑她是不是把整个手的指甲都磕掉了。

想起来唐天湉就有些愤愤不平，总结了一下，大概就是"我的朋友都这么努力而我还是条'咸鱼'，我简直不配和她做朋友"的心情。

唐天湉答应李老师参加课题那天，李老师给了她一份长长的书单。

唐天湉坐进图书馆里，从天亮看到了天黑。管理员开始赶人的时候，唐天湉抱着一堆书急匆匆地往外走时，觉得自己如同电影里奋勇拼搏的女主角。

这感觉太爽了，充满喜悦，她忍不住想和郑希羽分享。

她的手抱着书，不好打字，估摸着这个点郑希羽训练也该结束了，于是她直接拨了语音请求过去。

等待音响了几声，通话被接通了。

"你在干吗？"唐天浠问。

"刚到宿舍。"郑希羽回答。

郑希羽的宿舍楼是18栋，离唐天浠住的9栋挺远，但图书馆在这两栋楼的中间，这挺远的距离在唐天浠的脑袋里便猛地缩了水，变得好像很近了一般。

"我有话想跟你说。"唐天浠的声音里带上了一丝兴奋之意，"你别动，这次我过去找你。"

"好。"郑希羽报了自己的宿舍号，多问了一句，"你现在在哪里？"

"不要管我在哪里，待会儿见。"唐天浠迅速挂断了电话。

把手机扔进兜里，把手里的书全装进了背包里，唐天浠双手拉了拉肩带，觉得这重量并不是可怕的敌人，而是催人奋进的号令枪枪声。

"预备——"唐天浠为自己叫道，"跑！"

然后她便像个小炮弹一样，朝着目的地冲了出去。

冲了也就……三四百米吧，她歇菜了。

唐天浠弯着腰大口喘气，颠了颠身上的包，觉得自己背了个大铁锅。她安慰自己，拥有聪明大脑的人，一般都不会拥有发达的四肢。

郑希羽除外。

郑希羽就在宿舍里，又不会跑。

这会儿虽然比较晚了，但距离熄灯还是有些时间的，她没必要这么急。

再说了，大冷天的夜晚她乱跑，万一吸了冷气胃疼怎么办？

这样岂不是得不偿失？

人嘛，需要激情，也需要理智。

她是一个理智、成熟、稳重的学姐。

好了，借口找得差不多了，歇也歇得差不多了，唐天浠迈着她轻快的步伐，一步步地朝18号楼走去。

走路并没有什么累的，累的是走了一大段路之后，她还要爬五楼。

唐天浠站在18号宿舍楼前，仰头望着这规整明亮的建筑，双手叉腰有些生气。

破学校,都不给安电梯。

她掏出手机看了一眼时间,决定再歇一会儿。

如果郑希羽刚好在阳台上就好了,她一瞅着自己背了这么大个书包,不得立马下楼来接她?

郑希羽可以主动来接她,但她不能给郑希羽发消息让郑希羽来接她,因为她是个理智、成熟、稳重的学姐,说话得算数,特别是几分钟前豪情万丈地说了那些话。

唐天湉正对着宿舍楼发呆,这会儿是同学们回宿舍的高峰期,人流量挺大的楼门口,不少人向她投去了目光,有女生,更多的是男生。

就像以往一样,总有男生跃跃欲试。

唐天湉垂眸,余光便看到有人来到了她跟前,一个铁塔般的壮汉,脸上挂着一丝奇异的红晕。

"同学,有什么需要我帮你的吗?""铁塔"问。

唐天湉愣了愣,发现了一个严重的问题,指着宿舍楼门问:"你住这栋楼吗?"

"铁塔"笑起来闪亮的白牙在黑夜里发着光:"对啊。"

唐天湉纳闷了:"这不是女生宿舍楼吗?"

"铁塔"继续笑:"这是一栋男女混住楼。"

"啊。"唐天湉发出一声短促的感叹。

之前她倒是听说过学校里有男女生混住的楼,但没想到郑希羽住的正是这栋楼。

"铁塔"解释道:"一楼和二楼住的是男生,往上四楼都是女生。"

"哦,这样啊。"唐天湉回道,"谢谢。"

"铁塔"不太甘心就这么结束对话,继续问:"你是要找什么人吗?"

"对,我找个女生。"唐天湉赶紧把自己的目的先表明了。

她可不是来找哪个男生的。

"那你得穿过一、二楼。""铁塔"瞪着眼,神情严肃地说,"你要小心啊,天虽然冷了,但还是会有人光着膀子在楼道里跑。"

"啊!"唐天湉又发出一声短促的感叹。

"铁塔"赶忙说道:"我送你上去吧?"

"你能随便上三楼?"

"不能。"

"我自己上去吧。"唐天湉皱着小眉头,准备目不斜视地穿过"雷区"。

"铁塔"挡在她跟前没移开:"你找谁?宿舍号多少?这楼里的大部人我都认识,我给你说比较方便的路。"

就一栋宿舍楼还有比较方便的路?唐天湉笑了,干脆抬起下巴问他:"我找郑希羽,你认识吗?"

没想到"铁塔"拍了一下大腿:"欸!还真认识!"

唐天湉不服了:"郑希羽认识你吗?"

"铁塔"回道:"认识啊!我俩还打过球!"

这还真是瞎猫碰着了死耗子。

唐天湉正待再说话,"铁塔"突然把手圈在嘴边就开始喊:"郑——希——羽——"

唐天湉吓了一跳:"你……你……你……"

"铁塔"声音洪亮,气势仿佛从脚底板生出来的,一路直直往上冲破嗓子眼:"有——人——找——"

唐天湉一下红了脸:"不不不,你别……别……别……"

"铁塔"又来了一遍:"郑——希——羽——"

唐天湉跺脚:"哎呀,我自己上楼!"

"铁塔":"不用,马上就下来了,她听得到。郑——希——羽——快——出——来——"

不只楼门口来来往往的人停住了脚步望着她,整栋楼这面的阳台上都冒出了一堆一堆的脑袋，跟一夜之间长了蘑菇似的。

唐天湉根本没心情去分辨有没有郑希羽那个"蘑菇"，抬手捂住了脸，脸颊热乎乎的，她一时之间不知道该冲进楼里，还是该跑掉。

这短暂的犹豫时间，简直是给"铁塔"发挥的空间。

"铁塔"一声又一声，把郑希羽的名字叫出了节奏，叫出了韵律。

唐天湉哭笑不得，对他说道："你学什么体育，你学声乐去得了。"

"铁塔"暂停了一下，非常喜悦地对她说道："你怎么知道？我学美声的啊。"

唐天湉："……"

"铁塔"又张嘴："她怎么还不出来？郑——"

唐天湉急中生智，转移他的注意力，道："学美声是不是得每天吊嗓子呀？"

"铁塔"："是呀，就像这样，郑——"

唐天湉："哎呀，你会唱《我的太阳》吗？"

"铁塔"不好意思地摸了摸后脑勺："会，但是唱得不太好。"

唐天湉："像我们这种普通观众，也不太听得出瑕疵，就觉得很牛。"

"铁塔"："我唱意大利语就是模仿个调。"

唐天湉："那也厉害啊，乐感好的人语感都会好……"

两个人竟然就这么聊了起来。

郑希羽在被喊名字的第一声其实就听见了，她的宿舍就在楼门这一面，而朱鹏的嗓门是十分有穿透力的。

但她在冲澡，唐天湉给她打电话的时候她刚进宿舍门，一身汗。唐天湉不说自己在哪里，郑希羽无法估摸她来的时间，犹豫了一两分钟，最后还是决定抓紧时间冲一下澡。

她没想到唐天湉来得这么快，也没想到唐天湉怎么就遇上朱鹏并且让他喊了起来，震惊之下手上一用力，直接把花洒开关给掰掉了。

水流疯狂冲下，郑希羽伴着朱鹏一声声的美声呐喊，在"瀑布"里蹲着装着把手。

等她明白把手是装不回去了，才跪倒在地上，几乎用平趴着的姿势，把水阀给拧住了。

水停了，朱鹏的呐喊也停了。

郑希羽浑身湿漉漉的，身上还残余着些沐浴露的泡泡没冲干净。

但她管不了那么多了，冲出浴室随便找了件衣服穿上身，扒了浴帽就往楼下跑去，脚上还穿着洗澡用的拖鞋。

于是唐天湉看到了一个散着头发、脖子上有水珠、穿着一件单薄外套、外套拉链快掉到胸口的……郑希羽。

唐天湉顾不得和"铁塔"交流了，冲了过去，两个人在楼门口最明亮的地方相遇，唐天湉伸手去帮郑希羽拉拉链："你干吗呢？"

"我在洗澡……"郑希羽解释道。

"洗一半跑出来的？"唐天湉闻到了沐浴露的香味。

"嗯，出了点儿事。"郑希羽低头看着她。

"我也出了点儿事。"唐天湉叹息一声，不敢再回头去看"铁塔"，"我们现在去哪里？"

"去我宿舍的话明天全校的人都知道你进我的宿舍了。"

"我怎么就不能进你的宿舍了？"唐天湉那点儿劲上来了，她抬手握住了郑希羽的手腕把人往楼里面拉，"我进女生宿舍有问题吗？"

"没问题。"郑希羽的声音莫名其妙地有些温柔，整个人像做错事的小孩。

唐天湉那点儿劲更足了，脚步跨得特别大，她也不嫌背上的书包重了："别说进你的宿舍，我就算今天晚上住在你的宿舍里都没有问题。"

郑希羽顿了顿，回道："那还是有些问题的。"

唐天湉回头瞪她，郑希羽抬手把她背上的书包接了过来："校规不允许。"

"你倒是遵纪守法。"唐天湉继续埋着脑袋往上走,忽略掉旁边投射过来的目光,"我丢人死了。"

"你怎么就碰上朱鹏了?"郑希羽问。

"我也想问,我怎么就碰上个学美声的大'铁塔'?"唐天湉也问。

辛苦做了传声筒却被无情抛弃的朱鹏:"……"

等到了郑希羽的宿舍门口,唐天湉又感叹了一句:"我怎么就不能动一下自己的小腿默默爬上来呢?"

"面对陌生环境紧张害怕很正常。"郑希羽仿佛教练上身。

"你的宿舍而已,算什么陌生环境?"唐天湉紧跟在郑希羽身后进了门,"你的室友……"

然后她发现了,宿舍里空荡荡的,压根没有室友,两张床是空着的,上面堆了些行李箱和书。

唐天湉瞪大了眼睛:"我的宿舍只住了三个人我觉得已经够特殊了,你这里是只住了两个人?"

"嗯。"郑希羽朝左边的床铺抬了抬下巴,"她今晚不回来。"

唐天湉:"大一就这么厉害的吗?"

郑希羽笑了一下:"她妈妈是我们学校的老师。"

唐天湉更震惊了:"那你是跟着占便宜了啊。"

"算是吧。"郑希羽低头看着唐天湉还握着她手腕的手,"我刚才……"

唐天湉反应过来了,一把扔了郑希羽的手:"你快去继续洗吧,我等会儿,没事的。"

郑希羽的喉咙动了动:"洗不了了。"

唐天湉:"怎么了?"

郑希羽:"开关被我掰坏了。"

唐天湉:"你洗个澡没事掰什么开关啊?"

郑希羽动了动嘴唇,又动了动,却没说出话来。

唐天湉今天的脸算是已经丢完了,所以她再对着郑希羽,看着对方那犹犹豫豫的样子就不爽。

怎么着？郑希羽是干了什么事，还能比她更糗吗？

唐天湝皱起了小眉头，仰着脑袋紧盯着郑希羽。

郑希羽还是不说话，唐天湝使出了现在特别好用的一招撒手锏："做朋友要真诚。"

这招百试不爽，郑希羽说道："我一紧张就……"

她又没声了，唐天湝挑了挑眉，灵机一动地逼问："你不会是洗澡时一听底下有人叫你的名字，就……"

郑希羽："嗯？"

唐天湝假咳了两声，觉得自己这么逗小学妹还是有些过分了，摆了摆手："算了算了，没事没事，能修吗？不能修的话——"

郑希羽突然打断了她的话，声音低低地："因为知道你来了。"

唐天湝在郑希羽的宿舍里转圈圈，就这么大点儿地方，她从左边转到右边，从前面转到后面。

"那个……那个……"唐天湝脚下没停，嘴上也没停，但做的都是无用功，什么正经话都没说出来，什么正经事都没干出来。

郑希羽看她这个样子，忍不住想笑。

身上湿乎乎的，衣服沾着水特别不舒服，于是郑希羽去衣柜前扯了套干净的衣服出来。

唐天湝看着郑希羽的动作："你……那个，你要……"

"换衣服。"郑希羽替她说了，往洗手间走的时候又转头问道，"我可以进去换衣服吗？"

"啊？"唐天湝愣愣的，"你的宿舍你……你进去换吧你！"

郑希羽笑了笑，拉开门进了浴室。

屋子里看不到郑希羽的身影了，唐天湝终于不转了。

她的视线终于能落下来，她瞅瞅这个、瞅瞅那个，得出个结论，郑希羽可真爱整洁啊。

桌子上的书从大到小摆得整整齐齐的，电脑线缠得不长不短，两个小猫摆件也是排排坐，正脸对着唐天湉，特别可爱。

唐天湉弯下腰仔细看了看，一只懒懒散散的胖橘，一只傻乎乎的奶牛猫。

唐天湉伸出手指，小心翼翼地摸了一下小猫摆件，摸完了就乐了，也不知道自己摸个摆件有什么好笑的。

唐天湉继续观察，在规规矩矩的透明盒子里看到了她送给郑希羽的那瓶面霜，眉头一下子皱了起来，那面霜连外包装都没拆。

洗手间传来响动，郑希羽出来了："没水只能先擦干了，待会儿我去隔壁……"

她抬头就看到了唐天湉严肃的表情。

"怎么了？"她停住了动作。

"你怎么没用？"唐天湉指着面霜。

"啊。"郑希羽顿了顿，说道，"那个……就……没什么机会……"

"什么没机会啊？"唐天湉的声音一下子提高了，"你那个手，那个胳膊！"她凶巴巴地冲郑希羽吼道，"你过来！"

郑希羽赶忙过去了，站在她面前。

唐天湉抓住郑希羽的手，翻过掌心："你看看，这口子！这茧！"

郑希羽："这没法——"

"要懂得保养才会好一点儿啊！"唐天湉抬手把郑希羽的袖子给挽了上去，"你看看你这块的皮肤！"

唐天湉指着她的小臂："你看看，其他地方多光滑啊，就这块糙！"

"光滑吗？"郑希羽疑惑地问道。

"光滑啊！"唐天湉把她的袖子又朝上挽了挽，"多光滑啊，你的皮肤本来很好的。"

郑希羽脊背挺得笔直，胳膊有点儿僵，她半晌才回答道："哦。"

"哦什么哦？"唐天湉把她的手甩掉了，去拿桌上的面霜，"自己的事自己不操心，非得让别人操心吗？就抹一下油的事，能费你多大工夫啊？"

她粗暴地拆掉包装，拧开盖子，用手指抠出了一大坨面霜。

"过来！"唐天浠继续吼道。

郑希羽把手伸了过去，唐天浠边操作边教道："你就洗完澡以后，抠点儿面霜这样在手里焐一下让它化开，然后抹上去就行了……"

唐天浠垂着脑袋，指尖在郑希羽的小臂上打圈："在脸上用要逆着面部肌肉走势转，但是手上就没那么讲究了，你现在这么年轻，咱主打的不是抗衰老，滋润就可以了，有效的滋润是最好的护肤方法……"

"嗯。"郑希羽嘴上应着，心思一点儿都没往上面去。

唐天浠抹得很仔细，嘴上也没那么凶了，主要还是要用爱来感化"做错事"的学妹："你不能因为一直要训练，就忽略这些事，天冷了，皮肤容易干裂，你们用的力气那么大，越干越容易破是不是？破了更影响你训练对不对？你把皮肤保养滋润了……"

"嗯。"郑希羽看着她忽闪忽闪的睫毛和一开一合的唇。

唐天浠抹完左手抹右手，直到把所有自己看着不爽的位置抹完了，才抬起头。

郑希羽的眼神变沉了，唐天浠说道："抠多了，还剩点儿。"

郑希羽非常机械地问她："怎么办？"

唐天浠看着她有点点红的脸，觉得大概是刚洗完澡被水蒸的："用到它本该去的地方呗。"

"哪里？"郑希羽问道。

"你低头。"唐天浠命令道。

郑希羽顺从地低下了脑袋。

"再低点儿。"唐天浠继续命令道。

郑希羽弯下了腰。

"差不多了。"唐天浠将手里剩下的面霜抹在了郑希羽的脸颊上，"来，转圈圈。"

她上了双手，借着抹面霜的动作，蹂躏着这张平日里"高高在上"的脸。

郑希羽并未阻止她，任由她抹。

唐天湉就喜欢郑希羽这个样子，乖乖的。

她又多揉了好一会儿，将郑希羽的五官扯出奇怪的形状，乐得自己憋不住了，"哈哈哈"地笑出了声。

"好了。"唐天湉准备收手。

"好了吗？"郑希羽攥住了她的手腕。

"好了啊，很简单的。"唐天湉扯了扯手，没能扯出来。

"谢谢。"郑希羽盯着她的眼睛说道。

唐天湉终于察觉出了一丝尴尬，不说话了。

郑希羽动了动嘴唇，说道："你对我真好。"

唐天湉蓦地觉得这不是什么好话。

郑希羽捏着她的手没松："你怎么这么可爱！"

寂静的房间里，头顶的灯光都被郑希羽给遮盖住了。

阴影在唐天湉的视线里越来越大，最后整个笼罩了过来。

唐天湉没躲，但也就一秒。

郑希羽的手放在她的头上。

唐天湉站在原地，掌心还有些黏糊感。

"那个，我……我……你……你，那个……"唐天湉又要开始转圈圈了。

郑希羽退后一步，并把话题拉回了正轨上："你今天找我有什么事？"

"啊，我找你……"唐天湉无意义似的重复了一句，脑子里乱糟糟的。

的确是她来找郑希羽的，在人家的楼下让人大喊人家的名字，并跟着人家进了宿舍，然后就借着抹面霜的事，把人家训来训去……

啊，都怪她。

"你说有话要跟我说。"郑希羽继续拉回唐天湉的思绪。

"啊，有话要说。"唐天浠在心底骂了一句，脑子里还是一团糨糊……

郑希羽干脆拉了把椅子坐下。

唐天浠咳了两声，又抬手理了理头发，终于把自己的思绪拉回了正轨上。

她也拉了把椅子坐下，跟会谈似的说道："我今天过来其实主要是想告诉你，我期中小考文学理论考了我们班第一名。"

郑希羽热情地拍了拍手："你真厉害。"

唐天浠挺直脊背，又咳了两声，继续说道："我还参加了我们老师新开的课题，我们班只有我一个人参加。"

"太棒了。"郑希羽微笑着看着她。

"我今天在图书馆里待了一天呢，"唐天浠拍了拍放在桌上的书包，"这么重是因为里面有好多书！"

"看了一天眼睛累吗？"郑希羽问。

"累啊！"唐天浠仰起脑袋动了动，"而且脖子酸，唉，年龄大了就是这样，颈椎不好……"

郑希羽看着她说："我帮你捏捏。"

唐天浠："啊？"

郑希羽："长时间保持一个姿势，肌肉拉扯，容易酸痛，进行正确的按摩会有效缓解疼痛，达到放松肌肉的目的。"

唐天浠："你好专业啊。"

郑希羽："对，我很专业。"

唐天浠动了动嘴唇，没说话，心道：要捏就来捏啊，这种帮人按摩的事，直接上手才显得体贴嘛。

她若刻意说出来，总感觉她要占学妹的便宜似的，让人怪不好意思的。

两人沉默了片刻。

还是郑希羽先开了口，三个字，非得询问唐天浠的意见，让她给个明确的答复："要不要？"

唐天浠摸了摸自己的后脖颈："没事啦，睡一觉就好，我回去以后可以让阮阮帮我——"

话没能说完，郑希羽站起身走到她面前，一只手擒住了她的后脖子。

唐天浠："……"

郑希羽的手指动了起来，轻轻捏了两下，力道舒服得让人酸麻。

唐天浠不满地小声说道："哪有你这样给人按摩的？"

郑希羽问："我怎么了？"

唐天浠看着面前的人："站人前面给人按脖子……"

郑希羽手上加了点儿力道，有点儿痛，唐天浠往前缩了缩身子："我就像一只被叼着后脖颈的小猫。"

郑希羽笑起来："按得舒服吗？"

唐天浠："左边一点儿，上面，哎，对，这个地方特别疼……"

"多按两下就好了。"郑希羽的手指仔细按压着那个地方。

唐天浠低下了脑袋："你能不能去后面啊？"

"可以。"郑希羽回答道。

见她终于挪到了自己身后，唐天浠松了一口气。

但很快，唐天浠就明白了，情况也没好到哪里去。

去了她身后的郑希羽上了两只手，那两只手要是合握起来一用劲，绝对可以掐断她的脖子。

这种力量和体形差异带来的恐惧感，大概是人从最原始的状态进化到现在都没有彻底消弭的。

唐天浠的呼吸忽快忽慢，节奏混乱，在这样不断拉扯的紧张感里，她察觉到了一丝舒爽。

她想对郑希羽说"可以了"，但始终没能开口。

在她终于克制自己，把第一个读音含在唇间时，屋子里的灯忽地灭了。

整个世界都暗了，唐天浠发出一声短促的惊叫："啊。"

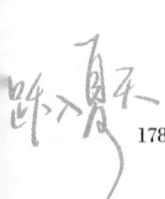

"坏了。"郑希羽惊呼,"熄灯了。"

"啊啊啊——"这次唐天湉真情实感地喊了起来,几乎是跳离了椅子,但一时半会儿又不知道该往哪里走,"熄灯了熄灯了,啊啊啊——关门了,怎么办?怎么办?回不去了……"

"没事。"郑希羽站在黑暗中,形成一片巨大的阴影,"只要不查寝就没问题。"

"你刚才还说坏了呢!"

"也没多大事。"

"我怎么跟阮阮她们说?"

"就说不小心待得晚了,说真话就行。"

"你的浴室都坏了,我要怎么刷牙洗脸?"

"是淋浴的开关坏了,接水没问题,我来解决。"

"我……没有睡衣……"

"穿我的。"

唐天湉嗫嚅着,眼睛适应了光线后,看清了黑暗里的郑希羽的脸。

郑希羽还是那个样子,清秀、漂亮、有点儿冷淡,但是温和善良。

见她犹豫,郑希羽又补了一句:"新的。"

"我不是嫌弃你……"唐天湉赶忙说道。

"不费事。"郑希羽笑了笑,"我的一件T恤你就可以当裙子穿了。"

"人身攻击过分了啊。"唐天湉也笑起来。

笑完了她拿着手机扭扭捏捏地给阮阮发消息,才发现手机上有好几个未接来电,都是阮阮和李桐打来的。她在图书馆的时候把手机调成了静音模式,出来的时候忘了调回来。

估计会被骂,唐天湉还是准备直接打电话。

"我去……"唐天湉指了指阳台,突然反应过来这个点在阳台上打电话无异于给隔壁宿舍直播,于是嘴里的话便卡住了。

"我去阳台。"郑希羽大步走了过去,并且体贴地把阳台门关上了。

唐天湉看着她隐隐约约的影子，呼出一口气，给阮阮拨通了电话，果然电话刚被接通，阮阮就大吼了一句：“唐天湉你跑哪儿去了？”

"我那个……我在那谁的宿舍里呢。"

"那谁啊？"阮阮继续吼，"你要再没信我就报警了啊！"

旁边李桐的声音插了进来："肯定在大个儿的宿舍呗，消消火。"

阮阮："唐天湉，你住体育学院去得了！"

唐天湉被吼得很心虚。她今晚还真得住体育学院了。

她将声音压得小小地说道："我就是过来找她有事，没想到耽搁到熄灯了。我现在也出不去……"

"你还真要住体育学院了？"李桐凑了过来。

"那也没办法呀。"唐天湉委委屈屈地说。

李桐问阮阮："郑希羽在哪栋来着？"

阮阮比唐天湉还清楚："18栋。"

李桐："哎哟，18栋宿舍楼是男女混住，糖豆，你不害怕吗？"

"怕什么啊？我在五楼呢。"唐天湉嘟囔。

阮阮长吸了一口气，挣扎许久，还是说道："唐天湉我就跟你说一件事啊，虽然学校规定熄灯后关楼门不得再进出，但学校更规定了学生必须住在自己的宿舍里。要是突然查寝，搞不好会通报批评。"

"没那么巧吧？"唐天湉不太有底气。

"咱们楼管阿姨挺好说话的，你找个借口，撒个娇，她会让你进来的。"阮阮又长吸了一口气，"至于郑希羽那边的楼管怎么样我不清楚，她经常训练又参加比赛，我就不信她没有迟回来过。"

唐天湉愣了愣。

阮阮最后说道："这是你自己的事，你自己考虑吧。"

说完，阮阮便挂了电话。

唐天湉站在原地，又愣了好一会儿。

郑希羽敲了敲阳台门，唐天湉赶紧说道："进来。"

郑希羽推门进来，问："交代好了吗？"

唐天湉没回答她，现在脑子里就绕着一个问题："那个……你以前迟回来过吗？"

郑希羽顿了顿，如实回答："嗯。"

唐天湉："你们楼管——"

郑希羽："很凶，但可以沟通。"

唐天湉："我——"

"没关系。"郑希羽走到了她跟前，"我可以带你下去试试。"

"哦。"唐天湉应了一声。

郑希羽牵住唐天湉的手腕往外走去，开门的前一秒，唐天湉将她拖住了。

"你是不是想让我留下来陪你？"唐天湉问。

郑希羽说了两个人认识以来第一句不礼貌的话："废话。"

唐天湉跟着郑希羽的脚步往下走。

郑希羽带着她下了楼，然后让她等在一旁，自己去了楼管的房间。

没几分钟，郑希羽拿着钥匙出来，打开了楼门。

唐天湉的脸莫名其妙地热了起来，她感觉就像作弊被抓，又像是背叛了一起作弊的队友。

她快步走到了楼门跟前，在门开得不大的时候，就凭借自己身体小巧的优势钻了出去。

还在拉门的郑希羽："……"

唐天湉没敢看郑希羽，对郑希羽挥了挥手："再见。"

然后她转身就跑。

身后的楼门"哐当"一声，有人追了出来。

唐天湉回头，看见气势汹汹的郑希羽，有些怕："我不是故意的，我就是怕查寝……"

郑希羽没理她的解释，握住了她的小胳膊："我送你回去。"

"不用，"唐天浠更不好意思了，"我自己可以的。"

"不是怕你不认路，也不是怕你在学校里面有危险。"郑希羽的语气恢复了以往的平静，"我是怕你进不了自己宿舍楼的门，到时候没地方去。"

唐天浠突然就想哭，颇有背叛队友后，队友还以德报怨地替她着想的羞愧感，羞愧又感动。

郑希羽的步子有些快，唐天浠必须时不时地小跑着才能跟上她。

郑希羽解释完以后就不再说话，只这样带着唐天浠往前走。唐天浠能够看到的，只是她的背影。

于是唐天浠往上拽手，在郑希羽以为她要抽出胳膊时，将自己的手塞进了郑希羽的掌心里。

郑希羽听见唐天浠说："你慢一点儿。"

郑希羽放慢了脚步："不怕进不去吗？"

唐天浠噘了噘嘴："反正已经迟了，迟一分钟也是迟，迟十分钟也是迟。"

郑希羽："迟十个小时你就可以直接去上课了。"

唐天浠笑起来："你好幽默啊。"

郑希羽："……"

夜晚挺冷的，一吹风更冷，唐天浠努力找着话题："你穿得好少啊。"

郑希羽："那你把你的外套给我。"

唐天浠"呵呵"地笑，才不上当："我的你穿不上啦。"

郑希羽没忍住，弯了弯嘴角。

唐天浠突然拽着她的手晃了晃："你是不是觉得特不公平，只有你给别人披衣服的份儿？"

"还好。"郑希羽回答。

唐天浠又晃了晃她的手："那我还觉得不公平呢，我都没看过一米

九二的风景。"

"你看过。"郑希羽说道。

唐天湉被噎得愣了愣。

郑希羽又补了一句:"不止一次。"

唐天湉:"……"

郑希羽这下开心了,笑得挺灿烂的。

也就几分钟的路,两个人拐过弯就是9号楼了,昏黄的路灯下一个身影都没有,寂静的夜晚总是会勾起许多莫名其妙的情绪。

唐天湉停住了步子。郑希羽随着她停了下来。

唐天湉说道:"说好去看后山的枫叶也没看,还想带你去吃市中心那家店的大闸蟹来着……"

"去。"郑希羽答应道。

唐天湉抬头看向她:"你最近好忙。"

"嗯。"郑希羽看见她的眼里有些委屈的情绪。

"我也要忙起来了。"唐天湉噘了噘嘴,"人生还是要奋斗。"

"加油。"

"加油。"

"过去吧。"郑希羽将她的手往前带了带,"我在这里等你,要是进去了你发条消息给我,进不去就过来叫我。"

唐天湉没松开郑希羽的手。

郑希羽低头看了她一眼。

唐天湉挺不满意:"我有话没说完呢。"

郑希羽没应声,只是静静地看着她。

"我……那个……"唐天湉自己嗫嚅起来,断断续续、犹犹豫豫地说,"就是……其实……那个……"

郑希羽侧了侧脑袋。

唐天湉猛地甩开了郑希羽的手,一副要跑的架势:"我也觉得住你的宿舍应该挺好玩的！"

　　手脱离了一秒，下一秒又被郑希羽拽了回去——力道真大。

　　郑希羽俯下身子："你的书包忘拿了。"

　　"啊！"唐天湉短暂地惊呼出声。

　　"没关系。"郑希羽说道，"明天早上我给你送过来。"

第七章
想要梦想成真吗？

Jeep into the summer

唐天湉到了宿舍楼门前，隔着玻璃朝里面张望着。

宿管阿姨在看电视剧，还嗑着香香大瓜子。

唐天湉拍了拍门，阿姨转头看了过来。

唐天湉指了指自己，阿姨起身推门走过来，隔着玻璃和她相望。

"干吗去了啊？"阿姨问。

唐天湉本来想找借口说自己在图书馆待得太晚，出来吃了个夜宵就迟了，但现在书包也没在，身上也没饭味，怎么看这个借口都没有可信度。

于是她动了两下嘴巴，硬是没说出话来。

阿姨朝她"呵呵"笑了两声，又嗑了两颗手里的瓜子，这才掏出钥匙来把门打开了。

唐天湉没想到事情这么容易，赶忙连声说道："谢谢，谢谢。"

阿姨把门扯开一道缝，唐天湉钻了进来，阿姨摇摇头，嗑着瓜子往宿管室走去："现在的小姑娘啊……"

唐天湉特别想拦住她，说"阿姨你误会了，我虽然早出晚归，但不是你想的那种坏女孩子"。

最终唐天湉撇了撇嘴，往楼上走去。

她推开宿舍门的时候，李桐"啪"地打开了自己的小手电筒。

手电筒光亮很足，照在唐天浠的脑袋上，刺得她睁不开眼。

"你干吗啊？"唐天浠挡了挡光。

"看看来的是人是鬼。"李桐回道。

阮阮也翻身瞅着她："看看有没有少胳膊少腿。"

灯光从唐天浠的脑袋往下慢慢地移到了脚上。

"检查完毕。"李桐汇报道，"报告阮长官，看着齐全。"

阮阮："要透过现象看本质，看看她的胸膛里那颗红心还在不在。"

李桐："长官我错了，报告长官，不在了。"

然后两个人同时翻身，重新躺回了床上。

唐天浠："……"

但她这会儿顾不得理这两个"戏精"，先躲去洗手间给郑希羽发了消息。

"我到宿舍了，你快回去吧。"

郑希羽回她："好"。

唐天浠想了想，又发了消息过去："你到宿舍了给我发消息。"

郑希羽还是这样回她："好。"

唐天浠不太开心，社交软件上的郑希羽也太冷漠了，一点儿都不像在她面前的时候那个样子。

唐天浠抬手揉了揉自己的脸，把手机放到一旁照明，拧开水龙头洗脸。她用的冷水，冷水扑到脸上时，温差大得惊人。

这边一套流程还没折腾完，手机便振了振，唐天浠擦干两根手指，去看了消息。

"到宿舍了。"

冷漠的郑希羽这样发了消息。

唐天浠撇了撇嘴，继续忙自己的事，收拾完了以后爬上床，对着手机愣了一会儿。

她总觉得还该说点儿什么,但又不知道说些什么,和郑希羽的对话框简简单单地摆在那里,看着不太顺眼。

她又盯了对话框一会儿,大概意念是有力量的,对话框最上方突然开始显示"对方正在输入"。

唐天浠认真等着,对方输入了好一会儿,一会儿有显示一会儿没显示。

唐天浠快要憋不住了,抬手开始在键盘上打字,那边的消息忽然就过来了。

"早点儿睡。"郑希羽惜字如金地说道。

"你知道我没睡啊?"唐天浠不服。

郑希羽:"不然呢?"

唐天浠:"我只是恰巧没睡而已。"

郑希羽:"好,恰巧我也没睡。"

唐天浠:"你浴室的那个开关好修吗?我好怕它突然裂开,把你给淹没了。"

郑希羽:"那得要些时间,我个子高。"

唐天浠:"可是你只有一个人在宿舍。"

唐天浠:"你一个人睡不怕吗?"

唐天浠:"宿舍住多了人感觉好挤,但一个人感觉有点怕。"

郑希羽:"怕啊。"

唐天浠:"嗯?"

她没想到会得到这样的答案,按照郑希羽平时那个样子,这人不应该天不怕地不怕吗?

她突然觉得自己真是刻板印象太重了,是人都有权利怕黑、怕孤独的,别看郑希羽是个大个子,在这方面的胆子可能还不如她呢。

于是唐天浠拿出了学姐的架势。

唐天浠:"怕黑的话你可以开一盏小夜灯,光亮很淡的那种,充一次电可以用很久。"

唐天湉："算了,估计你也不会搞,明天我给你带一个。"

郑希羽："好。"

唐天湉："如果怕一个人睡的话,你可以像现在这样睡前找我聊聊天,困了立马扔了手机睡,梦里很精彩,什么都有。"

郑希羽："你梦里有什么?"

唐天湉："我的梦可精彩了,上天入地无所不能,悬疑、恐怖、科幻、战争,什么题材的情节都有。"

郑希羽："好。"

好什么?什么好?

唐天湉盯着对话框,这句"好"之后,她没发消息,郑希羽也就没回消息了。

唐天湉莫名其妙地有些心虚:"你困了吗?"

过了两三秒,郑希羽才回复她:"我想做梦了。"

唐天湉觉得她还挺会联系上下文活学活用的,困了就困了,说自己想做梦了,有点儿可爱。

唐天湉笑着回她:"那你快点儿睡吧。"

"晚安。"

"晚安。"

对话框里的内容复杂一些了,唐天湉把今天的消息从头看了一遍,觉得自己的脑袋瓜有些活跃,总是会发散思维说一些有的没的,而且说的内容挺契合现在的深夜时间。

她又把聊天记录拉到上面看了一遍,而且翻着翻着就往上翻了好几天的。

其实她和郑希羽的联系算得上频繁了,但她总觉得郑希羽忙得不得了。

郑希羽忙,她也得忙起来。

唐天湉叹了一口气,把手机塞到了枕头底下,闭眼开始睡觉。

她入睡速度一向快，今天也不例外，甚至有些过于快了，她身处梦境中时，有些没反应过来这是在做梦。

　　在梦里郑希羽对她说道："把你背起来可以吗？"

　　唐天浠喜欢被她背的感觉，显得自己很高，自然点头答应。

　　郑希羽就这样将她背了起来，唐天浠觉得自己像个小孩子，于是肆无忌惮起来。

　　郑希羽看着她，问她："高处风景好吗？"

　　"好啊。"她不是第一次被郑希羽背了，她还坐过郑希羽的肩头。郑希羽总是让她感觉很安全、很踏实。

　　郑希羽笑起来，眼睛黑黢黢的像深潭，里面暗流涌动，让人看不清情绪，唐天浠却觉得她们心有灵犀。

　　这次是唐天浠把手轻轻地放在了郑希羽的头上。

　　温暖的触感，让唐天浠觉得心里升起了一轮小太阳，照得她整个人暖暖的。

　　唐天浠在这个梦里还做了许多以前没想过的事，但每一件都让她快乐，以至于当她被闹钟吵醒的时候还有点儿蒙。

　　唐天浠抓过手机，解锁屏幕后就看到了她和郑希羽对话的页面。

　　唐天浠从床上翻滚下来，躲进了浴室，决定去冲个澡清醒一下。但一进浴室，她就想起昨晚郑希羽把淋浴开关弄坏了的糗事，忍不住笑了起来。

　　等她从浴室里出来，一拿起手机就看到了郑希羽发过来的消息："起了没？送书包给你。"

　　按照郑希羽以往的习惯，她发出这条消息的时候可能已经在路上了。

　　唐天浠瞅了瞅窗外，N市的秋冬天又淅淅沥沥地下起雨了。

　　唐天浠飞快地打字："起了，在收拾。"

　　郑希羽："十分钟？"

　　唐天浠："不用，五分钟。"

唐天湉："下雨呢，记得带伞。"
郑希羽："我带了，你不用带。"
唐天湉抿了抿唇，梦里的画面突然清晰地钻进了脑海。

她到了衣柜前，迅速又混乱地穿好了衣服。刚擦了一会儿的头发不太干，于是就这么半湿地披着了。

她一路小跑下了楼，果然不管她怎么快，郑希羽都已经在等她了。

郑希羽撑着把大黑伞，就站在对面的马路牙子上，见她出来，笑了笑，然后大跨步地到了她跟前。

唐天湉那个印满卡通娃娃的双肩包在郑希羽的肩膀上显得小巧而突兀，却又让人觉得分外可爱。

唐天湉悄悄地想，或许她如今站在郑希羽的伞下，看起来也是这样小巧的感觉。

"早啊。"郑希羽招呼道。

"早。"唐天湉仰头甜甜地笑着。

"要不要一起吃早餐啊？"郑希羽问她。

"好啊。"唐天湉实在没忍住，同郑希羽一块儿往外走的时候轻轻地挤过去，挨着了郑希羽的衣袖。

唐天湉晚了两分钟进教室，从后门溜进来的时候被老师抓了个正着。

老师瞅了她一眼，她满脸愧疚之色地双手合十，用口型说对不起，老师转身看幻灯片没再理她。

阮阮就在后排位子坐着，唐天湉轻手轻脚地到了她旁边，悄悄坐下。

开头十分钟，由于迟到这事，唐天湉听课特别认真，没有一点儿小动作。

十分钟后，唐天湉把自己的本子推到了阮阮跟前，传大字条。

"江雪在啊。"

阮阮"唰唰唰"地写着："用你说吗？"

"你最近对我好凶。"

"你反思一下自己。"

"我也没干什么，就是和别人玩了一会儿嘛。"

"你那叫玩一会儿吗？"

"我这不叫玩了一会儿吗？"

"哼。"

"哼哼"。

"无聊。"阮阮小声嘟囔了一句，不理她了。

唐天湉难得精神百倍地听了一节课，中间休息的时候，江雪拿着杯子从前面来了后面。唐天湉撞了撞阮阮的胳膊，阮阮瞄见了，反倒把头偏向了她这边。

"怎么了呀？"唐天湉也趴在桌子上，看着阮阮。

"没意思。"阮阮声音小小的，闭上了眼睛。

唐天湉看看阮阮，又抬头看了看江雪。

就像她和郑希羽认识的每一秒一样，但凡她俩之中有一个人终止和对方结交的想法，那现在两人就不会这么好了……

江雪走到饮水机前，拧开了杯盖，但看着饮水机顿了两秒，又转身回去了。

"嗯？"唐天湉有些疑惑，"没热水了吗？"

"什么？"阮阮抬起了头。

"她刚才去接水，后来又没接到。"唐天湉正说着，有人打开了热水开关，水"哗哗哗"地流出，还冒着热气。

"奇怪。"唐天湉嘟囔道。

"不奇怪。"阮阮看了一眼饮水机，"她有洁癖。"

"啊？"唐天湉很惊讶。

"喏，出水口有痕迹。"阮阮说道，"她受不了的。"

"饮水机用的时间长了都会有呀。"唐天湉说道。

"是啊,所以正常人都不会在意这种事。"阮阮手掌托着脑袋,"她很在意。"

"你观察她多久了,这么细致?"唐天湉盯着江雪的背影。

"用观察吗?一块儿上过几节课,你看不出来吗?"阮阮冲江雪抬了抬下巴,"你看看她的衣服,什么时候有褶子?再看看她的头发,什么时候乱过?纽扣永远扣得整整齐齐。永远坐第二排过道左边第一个固定位子上课,要是左边的位子没了就坐右边,书和本子从来没有卷过边,啧啧……"

阮阮摇摇脑袋感叹道:"不仅有洁癖,还有强迫症。"

"这是你放弃和她结识的原因吗?"唐天湉问。

"这跟我放不放弃没关系,我这儿也没放不放弃一说。"阮阮撇了撇嘴,"想认识也认识不了罢了,她可能对朋友的要求也比较高。"

"她的杯子里没水了。"唐天湉说道,"而且她还挺渴的。"

阮阮抿着唇没说话。

唐天湉拉开背包,从里面掏出了一瓶没有开封的矿泉水:"郑希羽塞到我书包里的,她说我吃的东西有些咸,肯定会口渴……"

"啧。"阮阮瞪她。

唐天湉把水递到了阮阮跟前:"你把这个拿给她呗,说不定她就是慢热呢?"

阮阮没动。

唐天湉把水放到了桌上,没再看她。

过了一会儿,临近上课前,阮阮猛地起身,拿着水大跨步地朝前走去。

唐天湉盯着她,眼睛亮晶晶的,用力握拳为她加油。

老师已经到了教室门口,阮阮把水放到了江雪的桌上,一句话也没说,转身回来了。

唐天湉:"……"

老师进了教室,开始继续讲课。

江雪朝后看了一眼，将矿泉水移了个位置，同自己的水杯摆在了一起，摆得整整齐齐的。

唐天浠又开始写大字条："你看，这不就成功了吗？她肯定记住你了，就是有些腼腆。"

阮阮画了个微笑的表情给她。

唐天浠"呵呵"地笑，继续写："交朋友这种事一定要主动啊，主动就有故事。"

阮阮把她的本子推到一边去，觉得她有些烦人。

下课铃响了，下一节课就在隔壁教室上，唐天浠不急，慢悠悠地收拾着书包。阮阮倒是挺急的，把书往包里一塞，就催着她快点儿走。

李桐晃悠过来，扯着一边嘴角"邪魅"一笑："糖豆豆，你一大清早又干吗去了？"

唐天浠："哼。"

李桐："早出晚归，并企图夜不归宿，真是长大了啊。"

唐天浠抬手在李桐的脑壳上拍了一下。

李桐整理了一下发型："以后不要这么对我动手动脚了。"

唐天浠懒得解释，也没什么好解释的，某些话以前阮阮和李桐说的时候，她总觉得有七八分的玩笑成分在，但现在她们这样说，唐天浠便觉得可能事实也不过如此了。

她和郑希羽这么好，是会让她们误会自己"移情别恋"了。

三个人打打闹闹，唐天浠终于收拾好了包，准备往隔壁教室转移。

江雪突然来到了她们面前，看着阮阮，没说话。

"啊。"唐天浠一把拉过李桐，快速跑了，"来不及了，快走！"

教室里这会儿没剩几个人了，她俩周围也没什么人，阮阮觉得已经有说话的氛围了，但江雪还是没动。

阮阮都有些替她急了，不对，是替自己急，不自觉地绞紧了手指，想盯着江雪的脸瞅，又觉得有些尴尬。

终于，她们把最后几个人也熬走了，空荡荡的教室里留下的只有热闹后残余的温度。江雪把手里那瓶水递到了阮阮面前，说道："谢谢。"

冷冷淡淡但无比清晰的两个字，江雪说话的音调也同她整个人的感觉一样，像是寒冬里缓缓流动的水。

阮阮低头看着那瓶水，有些不明白她的意思。

江雪递水的姿势明显是在归还，阮阮愣了两三秒才反应过来。

一瞬间，堆积的难堪化成了怒火，阮阮控制不住自己的情绪了。

"至于吗？"她咬牙切齿地问江雪。

江雪顿了顿，说道："谢谢你的好意，但不用了。"

阮阮拿过了江雪手里的矿泉水，将那瓶水扔进了垃圾桶。她知道非常幼稚、非常浪费，但此刻不得不这样做。

这次换江雪愣住了。

阮阮背起了包，说道："知道你嫌脏，以后不会了。"

说完她转身便走了。

唐天浠在隔壁教室里和李桐唠着嗑等阮阮，但直到上课都没能把人给等来。

唐天浠继续小声和李桐说话："你猜她俩干吗去了。"

李桐："这得问你，你平时和郑希羽干吗？"

唐天浠："嘿嘿嘿，我们今天一起吃了早饭。"

李桐："这有什么特别的吗？你今天还要和我一起吃了午饭。"

唐天浠："能一样吗？"

李桐："……"

还好老师没点名，课间休息的时候唐天浠给阮阮发消息，问她午饭要不要一起吃，阮阮回"不了"。

"啧。"唐天浠把手机拿给李桐看，"饭都不跟我们一块儿吃了。"

李桐："啧，吃饭对她来说多重要的事啊。"

唐天浠："所以才要和重要的人一起吃啊。"

李桐："……"

一早上两节大课，真是个让人劳累的日子。

唐天漈心情好，不急着和李桐冲去食堂，跟她说去看看风景。

"什么风景？"李桐心有疑惑，"这天气有什么风景？"

"体育馆那边有株枫树，树叶红得像火一样，被雨一浇，特别有感觉。"唐天漈一脸向往。

"你是去找郑希羽的吧？"李桐阴阳怪气地说道。

唐天漈捶了李桐一下。

李桐："我好不了了。"

唐天漈拿出手机："等一下，我问个事。"

李桐站在唐天漈身后瞅着了她问郑希羽在干什么的全过程。

郑希羽回消息倒是挺快的，说在吃饭，待会儿要开会。

唐天漈放下了手机："好了，我们去吃饭吧。"

李桐："不去看风景了？"

唐天漈挽住了李桐的胳膊："哎呀，边走边看嘛。"

李桐推她："去去去，自己打伞去，烦人。"

唐天漈也知道自己蛮烦人的，于是午饭没在学校吃，带李桐出去吃了顿大餐。

两个人拍了大餐的照片发到了宿舍群里，还故意向阮阮显摆了下，阮阮没回复。

于是唐天漈和李桐边吃边编派了一下阮阮同学。

李桐突然幻想了一下阮阮现在应该很开心，突然就不爽了。她把筷子扔下，都没心情吃东西了："那最后可怜的不还是我吗？"

唐天漈赶紧给她点了个特贵的甜品进行安慰。

下午没课，两个人吃饱了又逛街消了一会儿食，这才往回走。

李桐肯定一回去就会躺到床上，她不管干什么都要在床上进行，做作业、打游戏、看电影，那都是在床上最舒服。

唐天湉比较有追求一点儿，包里的书都是现成的，打算回去休息一会儿就去图书馆继续查资料。

两个人磨磨叽叽地到了宿舍，一推开门，发现宿舍里窗帘拉得严实，黑暗得仿佛魔窟。

李桐抬手去开灯，唐天湉哼着小曲正准备放书包，床铺上突然伸出了一个长发的脑袋，阴森森地说道："唐天湉，你过来……"

唐天湉吓得差点儿把手里的书包抡过去。

李桐身子一抖，把灯给按开了。

挂在床铺上的是阮阮，她的头发乱糟糟地披着，整个人无精打采的，眼睛有些肿。

"你怎么了？"唐天湉扔了书包，赶紧过去踩在梯子上看人，"睡太久还是哭了？眼睛怎么红红的？"

阮阮打开了她的手，盯着她说："唐天湉，我要减肥。"

唐天湉："你平均每天要跟我说三遍这句话。"

阮阮："这次是真的，我下了决心。"

唐天湉："你平均每周要跟我说三遍这句话。"

阮阮突然提高了声音："唐天湉，你干吗啊？"

唐天湉慌了，爬到了阮阮的床上，先把她上上下下瞅了一遍，才温柔又认真地说道："好了好了，到底发生什么事了？你跟我说说。"

阮阮冷笑了一声："我不想说，我要减肥。"

唐天湉："减，计划都是现成的。"

阮阮："我要运动。"

唐天湉："运动，不明白的地方问郑希羽。"

听唐天湉提到郑希羽，阮阮"哇"的一声要哭了，双手轮流打着自己的被子："我还要学一件事，唐天湉你给我丝毫不要隐瞒地倾囊相授！"

唐天湉心疼得不得了，这会儿对她百依百顺："学学学，什么都可以，你说。"

阮阮抬起头，伸手将遮脸的发丝别到了耳朵后面去："说说你是怎么跟郑希羽成为好朋友的。"

阮阮说完这话以后，宿舍里安静了。

这句话里包含的信息量太大，唐天湉和旁听的李桐都愣了好一会儿。

李桐抓了最重点的信息来打听，扒着床边，问阮阮："你想跟谁交朋友？"

阮阮抓起枕头砸她，砸完了翻身倒在床上，用枕头盖住了自己的脸："好了，不用回答了，我知道了，你用你那张脸蛋就够了。"

李桐转头看向唐天湉："阮，你说得对。"

唐天湉皱着眉头想了想："总之我觉得好心好意地对人，总不会错的。"

阮阮"呵呵"笑了两声，然后拉了一把被子："回你床上吧，我要睡觉了。"

唐天湉想起件重要的事："你中午是不是没吃饭？"

阮阮："不吃，减肥。"

"减肥不能这样减！"唐天湉说道，"一顿不吃，你只会下顿吃得更多！"

阮阮语气恶狠狠地说："我下顿也不会吃！饿死我算了！"

李桐扒了扒唐天湉，示意她下来。

唐天湉也变得气呼呼的，从床上爬下来后，李桐小声对她说道："这会儿你说什么她肯定都不听，等她消消气吧。"

"嗯。"唐天湉点了点头，把储备零食拿出来放在了桌上，然后自己去休息了。

唐天湉睡了个午觉起来，阮阮还窝在被子里，桌上的零食也没动。

唐天湉背上书包去图书馆，一直待到夕阳西下，回到宿舍的时候，阮阮还在被子里。

唐天湉扒拉了一下阮阮："你要减肥还是要成为简子？"

李桐拉开床帘说道："我好歹还干事，她纯睡觉。"

阮阮挥了一下手,不理唐天湝,唐天湝爬上床仔细看了看,发现这人还真是在睡觉,睡得还挺香的。

唐天湝叹了一口气,问李桐想吃什么。

"你不跟……"李桐顿了顿,眨了眨眼。

"她训练忙。"唐天湝说道,"我准备去食堂。"

李桐:"帮我带份炒面。"

"好。"唐天湝看了看阮阮,放下东西去了食堂,回来的时候不仅带了给李桐的炒面,还有自己的香锅。

二食堂这家的香锅以香闻名,是那种隔着老远就能闻见他家香味,总是勾得学生们蠢蠢欲动。

唐天湝把盖子打开,招呼李桐一块儿吃。

"买这么多呢?哎哟,这牛肉真嫩……"李桐特别配合她,喊得可大声了,"啊啊啊,烫,啊,好辣,好吃,我可以不吃我的炒面了吗?"

"你要么把面倒进去拌拌?"唐天湝建议道。

"好想法。"李桐"哗啦"一下把面全倒了进去,大力地搅拌着,"我的口水都下来了。"

高碳水和高脂肪,还有辣椒和香料,这些人类本能最渴望的东西散发出迷人的气味,充斥了整个房间。

阮阮终于动了,一把掀开了被子:"我不减了!"

唐天湝和李桐就看着她以迅雷不及掩耳之势从床上下来,然后抄起一旁的筷子夹了一大块肉塞进了嘴里。

"我死了。"阮阮说道,"这世间唯有美食不可辜负。"

唐天湝指了指旁边的袋子:"我给你带了沙拉。"

"吃完饭了漱漱口。"阮阮又夹了一筷子肉。

"我的意思是,你去吃沙拉。"唐天湝说道,"因为你早上要死要活地要减肥,并求我监督你。"

阮阮想了一会儿,问唐天湝:"你愿意为一个都不认识你的人放弃

198

美食吗?"

唐天浠:"当然不愿意。"

阮阮击掌:"巧了,我也不愿意。"

她继续大口吃起来,唐天浠没再拦她。

阮阮今天是真伤心了,要是能用食物安慰到她,就先安慰一下吧,后面的事后面再说。

三个人吃完香锅,吃了点儿沙拉清了清口,唐天浠又叫了甜品和奶茶。

她们真是从天亮吃到了天黑,李桐收拾垃圾的时候,唐天浠和阮阮已经躺着不能动了。

唐天浠摸着自己的肚子:"吃出了怀孕的感觉。"

阮阮瞄了她一眼:"那您可真是不显怀。"

唐天浠笑着看向阮阮:"吃饱就后悔?"

"也谈不上后悔。"阮阮把手臂搭在椅背上,想了一会儿说道,"早上的时候情绪有些激动,刚才下来吃饭的时候也有些激动,现在冷静下来了,应该理智地处理问题了。"

"嗯,到底怎么了?"唐天浠问道。

"我不想被人瞧不起。"阮阮说这话时的表情很认真。

唐天浠刚要开口,阮阮紧接着说道:"别人是不是瞧不起我不重要,是不是误会也不重要,而是我自己,我自己觉得自己被瞧不起了,是因为我一直坚信自己有被人瞧不起的地方……"

阮阮顿了顿,拍了拍自己鼓鼓的肚子:"就这个,我其他地方都挺好的,就这个。"

她笑了一下:"说句实话,哪个胖子不自卑啊?"

"减?"唐天浠看着她,"为了自己。"

"减。"阮阮扯过来一张纸,"唰唰唰"地写字,"我白纸黑字地立个字据,从明天开始,我一次不按照你定的计划来,罚五十块钱。"

唐天浠瞪大了眼:"真的假的?"

李桐也凑了过来:"阮,你再考虑考虑,糖豆能违这个约,咱俩不能啊!"

"谁说我会违约?"阮阮睨了李桐一眼,签下了自己的大名。

她抬手一扬,那张纸飘到了唐天浠的怀里。

李桐:"我突然觉得你酷死了。"

阮阮:"不要爱上我。"

为了阮阮减肥这事,唐天浠早就了解过很多相关知识,东西都备好了,一直没好好用上。今天阮阮这么坚决,唐天浠有了些信心。

大概是整理课题资料整出经验了,临睡前唐天浠把那些减肥知识全梳理了一遍,然后根据阮阮的具体情况制订了新的计划,减肥一定要确保健康,肉掉慢点儿都没关系。

第二天,新的一天,一切重新开始。

阮阮起床十分自觉地先去称了体重,在墙上的表格里做了记录,然后按照唐天浠的食谱去食堂买了早餐吃,对高糖、高脂肪的食物一点儿都没动心。

这次真的不一样了,阮阮自己能够感觉到。

但凡她有一点儿动摇的心思,就会想起江雪那张脸。

她为什么会在见江雪的第一面就想认识江雪?为什么会在其后一次又一次地主动跑到江雪面前,热脸贴人家的冷屁股?

因为她羡慕江雪。

江雪是阮阮从未拥有,却一直向往的样子。

要说漂亮,江雪并没有唐天浠漂亮。

但江雪自律、冷静,从头发丝到脚底,从学习到生活,一切都在她的掌握之中。

她像永不错乱的时钟,永远都在走正确的路上,这对一直散漫的阮阮来说有着致命的吸引力。

一天、两天、三天,阮阮没有违背任何一条唐天湉定下来的规矩。

四天、五天、六天、一周,阮阮的体重下降了五斤,效果惊人。

李桐看着体重秤,鼓掌鼓得"啪啪"响:"宝贝加油啊,照你这速度,一个月脱胎换骨,咱们宿舍的舍花就要易主了啊!"

阮阮笑得有些羞涩:"刚开始减的都是水分,所以减重减得比较快。"

唐天湉拍了拍她的肩:"掉啥都是掉,坚持下去,没有问题。如果你感觉身体状态舒适的话,我们就开始加上运动吧。"

阮阮比了个"OK"的手势。

唐天湉很吃惊。

因为胖,运动起来不方便又累,所以阮阮之前都是极其讨厌运动的。

阮阮讨厌自己运动,看别人跑步打球又羡慕得很。

唐天湉之前也是跟运动没缘分,也就是因为认识郑希羽,现在偶尔看看球赛,颇有种自己已经是运动健将了的感觉,所以阮阮现在真要开始运动了,唐天湉有种既欣慰又感动的感觉。

唐天湉到现在都不知道那天究竟发生了什么事,但从那天起,大家都很默契地再没提江雪的名字。

运动计划是唐天湉在网上搜的,得找个人把把关。

这人自然是郑希羽,唐天湉最近和郑希羽在微信上聊得频繁,每次都抱着手机乐和好一阵。

郑希羽对唐天湉的计划表示了肯定,并嘱咐她们量力而行,循序渐进。

今天是周末,唐天湉干脆给郑希羽拨了电话:"我可能刚开始能跟着跑一跑,大概半圈吧。"

郑希羽轻笑,说道:"要是能坚持下来更好,这样冬天来了,你就不会感冒了。"

"我认识你到现在,还没有感冒过呢!"唐天湉不服。

"快呸。"

"呸呸呸,不感冒,哈哈哈……"唐天湉一阵乐,"我发现一个蛮有意思的素食店,这两天你有空记得跟我说。"

"我喜欢吃肉。"

"带你长长见识。"唐天浠咂了咂嘴,"啧,可贵了呢。"

"好,我来分摊一半费用。"

唐天浠摇头晃脑地说:"那姑娘你可占便宜了啊,我这里有会员卡,打八八折呢。"

两个人又唠了好一会儿,直到郑希羽去训练了,才挂了电话。

第二天,崭新的一周开始。

4520的三台闹钟分别位于不同的方位,每一个都离人很远,"叮叮叮"地响起来,魔音灌耳,绕梁不绝。

最先爬起来的是李桐,李桐扔了个抱枕过去,砸得一个闹钟不响了。

接下来是唐天浠,唐天浠比较理智,去浴室洗了把脸,然后就去叫阮阮。

阮阮闭着眼睛的时候还迷糊,睁开眼了以后同唐天浠一样理智。她麻利地从床上爬了下来,洗漱完以后,穿上了崭新的运动服。

两人出门,按照计划去操场跑步。

清晨的N大,空气清新,干净,双腿在塑胶跑道上不断跑动的时候,阮阮觉得自己这自律的样子像江雪。

唐天浠陪着阮阮跑了一圈,然后便偷懒地放慢了脚步,慢到快停下来的时候,突然有人到了她身边,声音来自她的头顶上方。

"早啊。"郑希羽招呼道。

"早啊!"唐天浠蹦了一下。

"跑步吗?"郑希羽问。

唐天浠看看郑希羽,郑希羽穿得非常……日常,跑步跑得浑身充满了活力。

唐天浠吃过挺多次这样的郑希羽带来的早餐,但还没有同这样的郑希羽一起感受过轻轻刮在耳边的风。

"跑啊！"唐天湉突然浑身充满了力量，又蹦了一下。

"好，"郑希羽笑着嘱咐道，"闭嘴，用鼻子呼吸，跟着我的节奏，一、二……"

唐天湉用手给她比画：你慢点儿。

郑希羽脚下的步子更慢了，就差用走的了。

唐天湉把她的变化全都看在眼里，得意扬扬的，笑容压根憋不住。

她指了指自己的嘴巴，做了个拉拉链的动作，请求说话。

"说。"郑希羽抬手在她的脑门上拍了一下，打开开关。

唐天湉的音调和笑容一样轻快："和你跑步好开心！"

郑希羽也笑起来："我也是。"

两个人绕着跑道慢悠悠地跑着，因为唐天湉的速度慢，拖得郑希羽的速度跟走路差不多了。

阮阮倒是很认真，远远地把两个人甩在了身后，甚至很快超了一圈，经过她俩身边的时候，眼神复杂地看了郑希羽一眼。

唐天湉握拳为她加油："阮阮冲冲冲！"

郑希羽也学唐天湉："冲冲冲！"

阮阮："……"

她好不容易消下去一点儿的气更多了呢。

因为更气了，所以阮阮变成了喷气式火箭，猛地往前蹿了一大截。

唐天湉看着她的背影，叹了一口气，还是把跑步变成了散步："阮最近可努力了。"

郑希羽说道："坚持下去，她会很快瘦下来的。"

"希望吧，女孩子减肥真是太不容易了。"唐天湉侧头看向郑希羽，"你倒是不用减。"

郑希羽："我大多数时候需要增重。"

"嗯？"唐天湉瞪着大眼睛。

"肌肉含量还是差点儿。"郑希羽举了举胳膊。

话都说到这儿了,姿势也摆起来了,唐天湉觉得自己不说接下去那句话,就太违背老天爷的好意了。

于是她抿抿唇,盯着郑希羽的胳膊:"我捏捏。"

郑希羽弯了弯腰。

唐天湉捏住了她的大臂:"你用点儿劲……哎!"

郑希羽忍不住笑起来。

唐天湉又捏了两把:"你是不是能捏扁我的脑袋?"

郑希羽:"我干吗要捏你的脑袋?"

"就是做个比喻。"

"捏不扁,人的头骨很坚硬。"

"啧,"唐天湉努了努嘴,"今天是个不幽默的学妹。"

本来唐天湉给阮阮的计划是今天跑两圈,最多跑三圈就成了,刚开始嘛,要循序渐进,但阮阮突然就变得勇猛起来,跑完第二圈以后速度都没减,就继续跑第三圈了。

唐天湉撞了撞郑希羽的胳膊:"她这样没问题吗?"

"没问题,速度合适。"郑希羽回道,"就是今天下午她肯定得腿疼。"

唐天湉:"哪种程度的?"

郑希羽:"上不了厕所。"

唐天湉:"噗——哈哈哈……"

她笑得真是恣肆啊,体育场说小不小,说大也不大,她这笑声传出去,甚至能带出回音。

阮阮撇了撇嘴,继续跑,没有目标,或者说目标就是前方。

太阳渐渐升起,光芒穿过云层,落在跑道上。

入口的位置进来一个人,身形高瘦,马尾利落,运动服一丝褶皱都没。

阮阮顿了顿,在那人开始跑步时,确定了那就是江雪,瞬间有骂天的冲动——想啥来啥是吧？那我还想暴富呢，你倒是给我掉钱啊！

阮阮的脚步慢了下来，江雪已经轻盈地跑出去一大段。江雪跑步的姿势标准，晨光落在她身上，就像在拍当代大学生健康生活纪录片。

阮阮停住了脚步，唐天湉和郑希羽就在阮阮身后，见状加快步伐来到了阮阮跟前。

唐天湉从兜里摸出一小包纸巾，抽了一张递给阮阮："今天到这儿？"

阮阮盯着那个背影，没说话。

唐天湉顺着阮阮的视线望过去，瞬间也不想说话了。

郑希羽不知道前因后果，来来回回看了看，问道："认识吗？"

阮阮回答得特别生硬："不认识。"

郑希羽："去吃早饭吧，四食堂的汤包味道很好。"

阮阮接过唐天湉给的纸巾擦了两下脸上的汗："不了，你们俩去吧，天湉给我带点儿食谱里的食物，待会儿宿舍见。"

郑希羽自觉地退到了一边，唐天湉又劝了阮阮两句，但阮阮很坚持："我今天该跑的圈数还没跑完。"

"说好了跑两圈最多跑三圈。"唐天湉说道。

阮阮盯着江雪，江雪已经拐过了弯，目视前方。

"你猜她会跑多少圈？"阮阮问。

"没必要吧。"唐天湉很震惊，"她跑多少圈你就跑多少圈吗？"

阮阮活动了一下脚腕："试试呗。"

唐天湉："你大概是疯了。"

阮阮没再理她，抬脚继续前进了。

郑希羽拽着唐天湉的卫衣帽子将她往后拽了拽。

"有对手是好事。"郑希羽说道，"有对手才能不服输。"

两个人离开了体育场，阮阮便变得孤立无援了。

这种感觉反而让她踏实，就像是那天在教室，江雪还水给她，她挺庆幸这人等到了没人的时候才这样做，真是残酷又温柔。

这一周以来，除了共同上那堂课的时候，阮阮再没见到过江雪。或者说，当她不再刻意寻找这个人的时候，两个人碰面的机会并不多，完全是两个世界的人。

哪怕现在偶遇，也是因为阮阮在做以前她从来不会做的事。

阮阮不知道自己哪里来的这么多情绪，仰着脑袋看了看天，觉得大概是因为跑步这件事太无聊了。

明天要戴着耳机听听歌，她这样打算着。

等她又望向前方时，那个背影突然在跑道上消失了。

阮阮揉了揉眼睛，确定自己是不是出现了幻觉。

哦，她看见了，江雪退出了跑道，站到了一旁。

阮阮又揉了揉眼睛，她的视力不是特别好，又往前跑了一段，她才发现江雪一直在看她。

她收回了目光，专注地看着前方。

但某些东西一旦感知到就不会消散，江雪的视线一直落在她身上，阮阮觉得哪儿都不自在起来。

江雪在看什么？

阮阮咬着牙想着，看她难看的跑步姿势，还是看她跑动时会上下晃动的肥肉？

江雪这个强迫症患者是不是恨不得上来把她踢出体育场，让这个地方变得干净整洁起来？

阮阮没放松，一个斜视的眼神都没有，直直地跑过了江雪身边，然后实在是没忍住，到了体育场进出口的地方，拐个弯跑了出去。

外面的柏油马路和体育场内的塑胶跑道跑起来感觉相差甚大，但阮阮没停，一路小跑着往宿舍楼奔去，也不知道在想些什么。

直到进了楼，她才松了一口气。

这一天的阮阮仍然十分遵守减肥守则。

第二天她甚至没要唐天湉叫她，便起了床准备去跑步。

唐天湉扒着床边迷迷糊糊地喊:"你等等我。"

"你不用每天都陪我,我自己可以。"阮阮的身体里充满了力量。

唐天湉:"不是,我想跑,我也想运动。"

阮阮:"我的精神如此感染人吗?"

唐天湉:"和郑希羽约好了。"

阮阮:"……"

两人出了门,阮阮忍不住建议道:"你俩能不能换个地方?"

唐天湉:"她每天也要跑嘛,刚好的,顺便的事……"

阮阮:"你影响她训练你知不知道?就你那速度。"

唐天湉十分自信:"没关系,她说了调整一下锻炼的顺序,每天我们过去的时候她已经跑得差不多了,后面就是陪我们遛弯当放松了。"

"陪你,谢谢。"阮阮不想说话了,但什么都不能阻挡她去体育场跑步的步伐。

按照江雪的习性,今天同一个时间点她百分之九十九能在体育场碰上江雪,这个让人讨厌的情况,也不能阻止她。

她阮阮现在就是一支离弦的箭,凡是阻挡她朝目标迈进的人,都会被她排除。

信念是强大的,阮阮气势汹汹地进了体育场,忽视了唐天湉和郑希羽,也忽视了果然到点就进了体育场的江雪。

这次她把江雪甩在了身后,让江雪一直看着自己的背影,哪怕她的背影很难看。

嘿嘿嘿,就是要碍你的眼。

跑了没两圈,阮阮发现江雪又站到了跑道的一边,并且又盯着她。

阮阮甩甩脑袋,从兜里拿出备好的耳机,塞进了耳朵里。

音乐十分劲爆,架子鼓、电吉他在她的耳朵里嘶吼着。

阮阮跟着音乐的节奏,奔跑在拯救世界的路途上,江雪这小人物,压根入不了她的眼。

比制订的计划多跑了两圈后,阮阮才放慢脚步开始走路放松。

江雪突然抬脚朝她走过来,她看了看四周,这个方向没什么人,就她一个。

阮阮皱了皱眉,在江雪离自己越来越近时,猛地拔腿开跑。

两个人几乎擦肩而过,江雪的发丝轻飘飘一晃,让阮阮想起了那个暖融融的午后。

径直朝她走过来拥抱她的人,已经不在了。

悲伤的情绪配合着耳朵里的音乐,让人几乎想要仰着脑袋对着天空流下眼泪。

她沉浸在这个世界里,完全没有发现,江雪在跟着她跑,和她也就隔着半米的距离,一直跟到了体育场出入口。

江雪伸了伸手,阮阮蹦出了塑胶跑道,没有被碰到。

江雪停住了脚步,阮阮奔出了体育场,一去不复返。

唐天浠目睹了全过程,从郑希羽的兜里掏了颗糖出来塞进嘴里:"我们不要这个样子好不好?"

"嗯?"郑希羽看着她,又从兜里掏出一颗糖递到了她的手心里。

"你要是找我,不要跟着我跑。"唐天浠皱着小眉头,替阮阮感到忧伤。

"跟着你跑太难了。"郑希羽说道,"我不这么为难自己。"

唐天浠蹦了起来,瞪她:"你什么意思?"

郑希羽笑了笑:"意思是我想见你的时候,就会来见你。"

唐天浠:"……"

唐天浠回到宿舍以后,跟阮阮说了江雪跟着她跑步这事。

阮阮表情平静地说:"就那么大点儿地,跑道上大家都跟着跑啊。"

"不是,离得特别近。"唐天浠据理力争。

"近怎么了?这么大个学校,那么多人,离近点儿就特殊了?"

唐天浠:"……"

过了一会儿，唐天渃想起了一个细节，又去找阮阮。

"她肯定是想叫你的，都伸手了，你跑了。"

阮阮撇了撇嘴，一脸嘲讽的表情："叫人用手吗？我是没名字吗？"

唐天渃："你今天怎么这么喜欢抬杠？我的意思就是你们之间可能有误会。"

阮阮："你和郑希羽之间有误会吗？"

唐天渃："没有啊。"

阮阮："那为什么没有啊？"

唐天渃愣住，不明白她的意思："啊？"

阮阮："你们以前有误会吗？"

唐天渃想了一会儿，回道："有过……吧。"

阮阮摊了摊手："那就这样啊，误会该没有的时候就会没有，误会还存在，就说明它该存在。"

唐天渃无法回答，好像说起来的确是这个道理。

她和郑希羽认识以后也并不是一帆风顺的，但总会有契机让她们化解误会，增进了解。

非要去深究的话，这些契机还是她们两个自己制造的。

该好的关系坏不了，顺其自然好了。

唐天渃长叹了一口气，阮阮抬手点了点她的下巴："所以啊，劝别人的时候，先想想自己。"

唐天渃："好吧。"

阮阮突然露出一脸烦躁的表情："以后你们俩能不能离我远一点儿？我看着不爽！"

唐天渃愣住了。

李桐拉开床帘喊了一句："阮，干吗呢？干吗呢？"

阮阮背上自己的书包，说了一句"去图书馆了"，然后头也不回地走掉了。

唐天浠被气得有些想哭。

李桐趴在床上开解她："她最近心情不好你又不是不知道，让着点儿、让着点儿。"

"谁惹她不好她跟谁发脾气去啊！"唐天浠抬脚踹了一下椅子。

"她没发吗？你不是说她都不理江雪了吗？"李桐伸手在架子上拿了个小蛋糕来吃，"而且你想想她减肥多久了，一口甜的、油的、辣的东西都没吃，嘴里都没味了，多可怜啊？"

唐天浠想想也是。

李桐咂了两下嘴："啊，甜食让人快乐，不能吃甜食的人，你就让她痛苦一会儿吧。"

唐天浠消气了："我再多查两家店，让她吃减肥餐也能吃得好一点儿。"

李桐给她竖大拇指："千载难遇好室友。"

千载难遇好室友在知道自己和郑希羽会让阮阮不舒服以后，便给郑希羽发消息，说以后不晨跑了。

郑希羽这会儿有空，给她打了电话过来，问原因。

唐天浠没说实话，嘟嘟囔囔道："起不来啦，那么早，天气越来越冷了，被窝里好舒服……"

郑希羽问道："那以后都不跑了吗？"

"也不是吧。"唐天浠有些犹豫，"我觉得……每天动一动，也挺舒服的。"

"嗯……"郑希羽想了想，问她，"那晚上可以吗？晚上跑一会儿。"

"你晚上不是特别忙吗？"唐天浠问道。

"早晚的训练都要做的，约好时间，不耽搁。"

"那可以呀。"唐天浠的心情飞扬起来，"晚上我不是在图书馆就是在宿舍里看书，你要开始了给我打电话就成。"

"好。"郑希羽问道，"那今晚开始吗？"

"今晚怎么行？"唐天浠喊道，"今天早上已经跑过了！"

郑希羽便在电话那头笑，"呵呵呵"地笑了好一会儿。

唐天浠反应过来了，郑希羽是在逗她。

她也真是不经逗，智商都被狗吃了，随随便便就暴露了自己讨厌运动的本性。

唐天浠嗷嘴嗷了好一会儿，郑希羽笑够了，说道："你要真不喜欢，也不是非要——"

话没说完就被唐天浠打断了："世界上我不喜欢的事多了去了，我能都不干吗？成年人了，要理智一些！对自己好的事情，要多干！"

"好的，"郑希羽的声音里带着笑意，"听学姐的。"

唐天浠满意了，又聊了两句便挂了电话。

第二天早上，她没有陪阮阮去跑步。

阮阮回来的时候带了份香气四溢的热卤，吓得唐天浠蹦了起来。

阮阮把东西递到了她跟前："我没吃，一口都没吃。"

"哦。"唐天浠抚着胸口，"别开戒了，一旦开了要回去就难了。"

"我知道。"阮阮拿了根唐天浠特意买给她的水果黄瓜，"咔嚓咔嚓"地咬着。

唐天浠盯着那份热卤，半晌才反应过来："所以……这是给我买的？"

阮阮："不然呢，给猪的吗？"

李桐："过分了啊！有你们这样排挤室友的吗？"

阮阮："你也可以吃啊，哪天买吃的东西少了你的？"

李桐从床上翻了下来："你看我不给你吃个精光。"

阮阮拽了唐天浠的衣袖一下："赶紧的，不然底都没了。"

这是唐天浠喜欢吃的东西，就跟昨天吵架差点儿被气哭一样，今天和好她又差点儿被感动哭了。

阮阮皱着小眉头，盯着她那表情，嫌弃地别过了脸。

"我发现你开始减肥以后，心都变硬了。"唐天浠控诉道。

"知道为什么吗？"阮阮拿着一个笔记本，拍在唐天浠的胸口上，"因为心去掉多余的脂肪,就又瘦又硬。"

李桐目瞪口呆:"减肥减疯了吗?"

阮阮问唐天湉:"郑希羽胳膊是不是都是硬的?"

唐天湉拿过笔记本翻着,顺口回答道:"不是啦,正常状态下是软的,发力的时候肌肉才会变硬。"

李桐目瞪口呆,肉都塞不到嘴里去了。

阮阮:"嗯?"

唐天湉:"啊?哈哈哈,这很正常啊……"她赶紧转移话题,"这个是什么啊?"

阮阮:"你书单里的一些书,我之前看过,这是笔记。"

唐天湉这下是真的要哭了,抬手搂住阮阮的脖子:"还是你最好了。"

"走开。"阮阮吼道,"等我变强了你再来说这句话。"

这是愉快的一天。

晚上,唐天湉去图书馆之前好好捯饬了一番,就算穿运动鞋、运动裤也要做 N 大最靓的女孩。

晚上九点多,郑希羽给她发消息,问她去不去跑步。

唐天湉飞快收好了书,将书包锁进图书馆的临时柜子里,蹦着出了门。

郑希羽在图书馆门前等她。

唐天湉见过郑希羽很多很多次了,但每次见面还是要忍不住发自心底地感叹一句:好高啊,好好看啊。

这种身材比例,郑希羽就是披个麻袋也好好看啊,好让人羡慕。

唐天湉蹦到了郑希羽跟前,又努力蹦了两下去看郑希羽的脸。

"嗯?有什么问题吗?"郑希羽蹲了蹲,方便她瞅。

唐天湉撒谎道:"你额头上好像有东西。"

郑希羽干脆在人来人往的图书馆门口单膝蹲了下来,然后仰起头认真地看着她:"帮我擦一下。"

唐天湉在图书馆里被暖风吹得热烘烘的手更热了,指尖在郑希羽的额头上随便扫了扫:"好了。"

说完她便转身跑走了。

郑希羽大跨步地追上她,问她:"跑这么快干吗?"

"你时间紧急。"唐天漭满脑袋都是理由,"还是去体育场吗?"

"嗯,跑着舒服点儿。"郑希羽说道,"就是这会儿人可能有点儿多。"

"没关系,人多怕什么?"唐天漭一副雄赳赳气昂昂的样子。

但等她到了体育场,她就没那么理直气壮了。

这压根就不是人多的问题,这是人多且不干正事的问题!

绕着跑道,正经跑步的人就没几个,全是两两一对散步的情侣,甚至有人干脆躲在旁边的阴暗角落里搂搂抱抱。

大冷天的,唐天漭实在是想不通,这些情侣没地方去了吗?

体育场是什么约会的好地方吗?奶茶店不好吗?烧烤店不香吗?

唐天漭翻了个白眼。

郑希羽就在她跟前,低头笑着问她:"怎么了?"

"就没几个正经跑步的人!"唐天漭斥道,甩胳膊甩腿地开始做准备动作。

郑希羽看着她,只是笑。

唐天漭凶道:"你怎么不热身?运动前要热身的!不然容易拉伤!"

郑希羽伸出一只胳膊到她跟前:"我热着呢,不信你摸摸。"

"摸什么摸?"唐天漭一巴掌甩在了郑希羽的胳膊上。

"好好好。"郑希羽收回了胳膊。

唐天漭压完了腿,开始慢悠悠地跑步。

郑希羽都不摆样子了,干脆用走的。

唐天漭问:"你刚才是在训练吗?还是已经跑了几圈了?"

"练器材。"郑希羽回道。

"在哪儿练的?"唐天漭挺惊讶。

"就这儿。"郑希羽给她指了个方向,"体育场那边下面一排都是器材室。"

"天哪!"唐天滟的惊讶表情变成了震惊,"你们体育学院的福利这么好的吗?居然还有专门的健身房?"

"算是吧。"郑希羽应道。

"我都没听说过!"唐天滟有些心理不平衡,"要是你今天不说,我毕业了也不知道N大还有这玩意儿。"

郑希羽笑着问她:"要去看看吗?"

唐天滟是个好奇宝宝,就等着这句话,头点的速度可比跑步快多了:"好啊,好啊,好啊。"

于是,连半圈都没跑下来的人,就这么一拐弯,又跟着郑希羽出了体育场。

器材室的灯都是关着的,郑希羽拿着钥匙开了锁,唐天滟见识到了新的世界。

器材室面积挺大的,设备齐全,就是味道有些不好闻。

郑希羽关上门,打开了通风系统,朝那些器材抬了抬下巴:"要试试吗?"

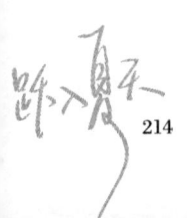

唐天滟心动了。

第八章
你的心情是不是和我一样?

体育场周围的这些房间几乎等同于地下室,头顶的灯就是唯一的光源,而且隔音效果特别好,异常安静。

郑希羽走到一台器材前,把加在上面的码一块块地取了下来。

"来。"郑希羽朝唐天浠招手。

"这个吗?"唐天浠走到了郑希羽跟前。

"对,看看你的臂力如何。"郑希羽指导着她坐上去,"握住这边,站黄线后,对。"

"往上推吗?"唐天浠问。

"先别急,"郑希羽上上下下地扫视她,"把姿势摆标准,不然容易受伤。"

唐天浠便乖乖地坐着,等郑希羽指挥。

她现在的姿势是背对器材坐着,两只手高高地握着推把,郑希羽就在她面前。

郑希羽抬脚拨了拨她的脚:"腿分开点儿,放松。"

唐天浠:"……"

她听郑希羽的话该挪挪、该移移,终于把姿势摆好了。

"推吧。"郑希羽退后一点儿,手撑着腿看着她。

唐天湉使劲,然后:"嗯?这也太轻了吧!"

郑希羽笑:"你好厉害。"

"不是,这也……"唐天湉又推了两下,"这有什么必要摆姿势?"

郑希羽乐得不行:"我给你加五斤。"

"五公斤!"唐天湉喊,"你别小瞧人,我的力气大着呢。"

郑希羽没听她的,一边加了五斤的码,然后指挥着她多做几个。

不到一组动作,唐天湉便感觉手臂酸麻了,为了不让"打脸"来得太迅猛,她嘟嘟囔囔地放下了推把,自己站了起来,说:"没意思,我要去玩别的器材。"

郑希羽也不拆穿她,跟在她身后,唐天湉但凡多看哪个器材两眼,郑希羽便十分有眼色地让她上去试。

唐天湉或拉或推或蹬,猴子掰苞谷似的,几乎把每一个看着好玩的器材都玩了一遍,十分开心。

她玩累了,郑希羽从一旁的冰箱里取了瓶水给她。

"啧,这待遇。"唐天湉看了水两眼,"我刚才看到果汁了。"

"运动完喝水比较好。"郑希羽说道。

"你不是还装蜂蜜柚子水去上课吗?"唐天湉理直气壮地反驳。

郑希羽笑了笑,给她换了果汁。

唐天湉灌了两口果汁,获得郑希羽一连串的"慢点儿慢点儿慢点儿"的劝告。

唐天湉就喜欢看郑希羽这么大个儿却对她毫无办法的样子,做了个五官扭曲的鬼脸,又灌了一口果汁。

郑希羽"噗"地笑出了声。

哪怕唐天湉知道郑希羽是在笑她,她也跟着笑了起来。

这屋子居然有回声,两个人"咯咯咯"地笑着,回声像魔音绕耳。

郑希羽又拖了个瑜伽垫过来,拍了拍:"过来。"

216

"干吗？"唐天漭盯着那垫子，"我不做瑜伽啊，我对那种运动没有兴趣。"

"不让你做，我给你放松一下。"郑希羽盘腿先坐下了，"捏捏胳膊捏捏腿。"

啧，唐天漭在心底感叹了一下，走了过去，站在郑希羽面前："怎么搞？"

"先坐下，坐我前面。"郑希羽指挥道。

唐天漭蹲身，郑希羽又说道："背对我，背对。"

唐天漭撇了撇嘴，"哦"了一声，背对着郑希羽坐下了。

"我开始了。"郑希羽语气很温柔，抬手把唐天漭的头发撩到了一边去。

后脖颈一下子凉飕飕的，唐天漭假咳了两声："来吧！"

但郑希羽这次要干的并不是捏她的脖子，而是一只手攥着她的手腕将她的胳膊抬了起来，一只手往前绕过她的脖子，揽在她的肩上。

郑希羽："我现在抬起的这只手尽量往下贴，主要是放松你的肩背这块，疼的时候你告诉我。"

"疼。"唐天漭喊道。

"听语气只是有点儿感觉。"郑希羽说道，"我们继续。"

"疼、疼、疼。"唐天漭这下是真有感觉了。

"还可以再来点儿，忍一下。"郑希羽的声音响在她的耳边。

"啊！"唐天漭喊了一声。

郑希羽的手放松了："这个程度就差不多了。"

唐天漭是真的到极限了，但一放下来又觉得爽得不得了。

郑希羽换了另一边，这次唐天漭没大叫，十分配合地怂恿道："再来点儿，再来点儿，还可以，啊啊啊——行了行了……"

郑希羽在她身后偷偷地笑。

"还有项目吗？教练。"唐天漭扭了扭脖子。

"当然。"郑希羽的手指顺着她的肩膀一路按下去，在她的腰上轻轻拍了一下，"趴着。"

唐天浠滚了一下，听话地趴着了。

郑希羽跪在她的身侧，抬起她的腿，小腿、大腿地活动了一遍，又去给她放松小腿的肌肉。

修长有力的手指捏着肌肉，感觉很酸爽，唐天浠疼得"嗷嗷"叫，往前往后往左往右爬着想逃跑，都被人给拉了回来。

"好了好了。"郑希羽一边哄着她，一边笑。

唐天浠叫得更夸张了。

郑希羽在她的脚腕上轻轻掐了一下："别这样。"

"怎么了？"唐天浠转过脑袋看着郑希羽，"这样你折腾我的时候不会更有成就感吗？"

"有。"郑希羽特诚实。

郑希羽抓过唐天浠的另一条腿继续动作，唐天浠将嘴巴闭得死紧，只在实在受不了的时候哼了一下。

郑希羽放开了她："好了。"

唐天浠赶紧爬起身："辛苦了。"

郑希羽把两个人用过的器材都整理好："没事。"

唐天浠在一旁干看着，没话找话："是不是健身房教练也像你这样放松？"

郑希羽猛地转过了头："不是。"

唐天浠："啊？"

郑希羽皱了皱眉头："不是谁都可以像我一样的，不够专业、不够小心的人，很可能会弄伤你。"

唐天浠："哦。"

郑希羽几乎用命令的口气说："不许去。"

唐天浠一时间没反应过来："啊？"

郑希羽盯着她，特别慢地说道："不许去找别的教练。"

郑希羽继续收拾着东西，唐天湉坐在一旁的高凳子上晃着腿，觉得这屋子里有些闷，热得慌。要再多待会儿，她大概会被烤成小龙虾。

郑希羽收拾完了来到了唐天湉跟前，朝她伸出了手。

"我自己可以下来！"唐天湉自信还是可以战胜高脚凳的。

但郑希羽没听她的，往前一步，伸手扶住了她。

唐天湉："……"

郑希羽问道："你在看什么？"

好在这是很具体的问题，唐天湉如实回答倒也不会怎么样，这屋子里现在就她们两个人，这答案几乎是唯一的。

"看你。"唐天湉答道。

郑希羽弯了弯唇："那你在想什么？"

这也是很具体的问题，但唐天湉的脑子里想的东西太多了，她要怎么说呢？

她抿了抿唇，没说话。

"我猜猜啊。"郑希羽的视线从她的眼睛上落到鼻尖上，再落到嘴唇上，"看看我们是不是想得一样。"

唐天湉"嗯"了一声，声音压在嗓子眼里。

"我……"郑希羽视线专注，却突然陷入了沉默之中，片刻后才又开口，"想我们一直这么开心。"

唐天湉觉得这个答案又对又错。

她俩平时在一起都玩得挺开心的，所以"想我们一直这么开心"这种话是没毛病的。

半晌，郑希羽也不说话，唐天湉侧着脑袋看向别的地方，这才说出一句："错了。"

"嗯。"郑希羽应得特别干脆，一点儿都没有惊讶的样子。

唐天湉撇了撇嘴："我要回宿舍了，不然又关门了。"

"好。"郑希羽抓住了她的手腕，牵着她，"我送你。"

"不要。"唐天湉把郑希羽的手甩开了，"像大人牵小孩。"

郑希羽没说话，打开了器材室的门。

外面月朗星稀，清冽的空气涌进鼻腔，唐天湉深吸两口气，觉得今天虽然有一点点不满足，但总体来说还是很开心的。

她往前蹦跶了两下，调整好了心情，然后转头问郑希羽："明天还跑吗？"

虽然她今天都不算跑了步。

"跑。"郑希羽回道。

"后天呢？"

"跑。"

"大后天呢？"

"应该还可以。"

"大大后天呢？"

"不去比赛的话可以。"

"你想不想比赛呀？"唐天湉侧着脑袋，给出"送命题"。

"不是说好了去看我比赛吗？"郑希羽反问道。

"好呀，好呀，好呀。"唐天湉很满意她的答复，又往前蹦了几步，回过头看见郑希羽还是在那个离她不远不近的地方。

她朝郑希羽跑过去，到了郑希羽跟前又倒退着往后走："那我们是不是每天都能见了？"

"对。"郑希羽笑着说道。

"那你就不用怕分开。"唐天湉拍了拍郑希羽的手，"因为反正明天就能见啦。"

"好。"郑希羽笑得很灿烂。

送唐天湉到了宿舍后，郑希羽在回去的路上碰到了习椿。习椿跑得满头大汗的，大冷天就穿了件长袖T恤，胸前背后都被汗水浸湿了。

"回宿舍吗?"习椿朝她喊道。

"嗯。"郑希羽点了点头,调整成跟她一样的速度,同她一起跑回去。

习椿长长地呼气:"我今天的任务到宿舍也就差不多了。"

"不要练得太狠,"郑希羽叮嘱道,"小心拉伤。"

"没问题,我心里有数。"习椿露出大白牙,一副很自信的样子。

但郑希羽知道她在担心,担心比赛的时候上不了场,也担心上了场发挥不好。

习椿接触排球本来就晚,前段时间崴了脚还耽搁了不少训练时间,赛期将近,她拼了命地练,就是希望能好一点儿,再好一点儿。

"送小学姐回宿舍?"习椿问。

"嗯。"

说完,郑希羽笑了笑,不再说话。

两个人很快就到了郑希羽的宿舍楼前,习椿挥挥手跑掉了,郑希羽放慢速度,去宿管那里拿这个月的杂志,结果碰上了朱鹏。

朱鹏正在和宿管大叔讲笑话,笑话特别老、特别"冷",但好在大叔也不是什么时髦的人,所以两个人聊得还蛮开心的。

见郑希羽进来,朱鹏便停止了"骚扰"大叔,开始"骚扰"她。

"希羽啊,你知道牙签走在路上为什么要对刺猬招手吗?"

"搭公交车。"郑希羽拿了自己的东西,跟大叔说了声"谢谢",转身准备离开。

朱鹏跟了上来:"牙签坠楼了,去医院包扎——"

"火柴头。"郑希羽及时地打断了他的话。

"哎,你这样就没意思了。"朱鹏跟着她已经上了一楼,"我跟你说点儿有意思的。"

郑希羽等着他说。

朱鹏到了二楼,大概是想不到比过时冷笑话还有意思的东西了,于是来了个大拐弯:"肖季你认识吗?"

郑希羽停住了脚步。

"来来来,"朱鹏往后退了两步,拍了一下栏杆,大有这么聊一个小时的架势。

男生不能上三楼,郑希羽往下走了两步:"不算认识。"

"肖季跟我打听你呢。"朱鹏说道,"虽然肖季是学流行音乐的,我学美声,但是我们很多课都在一块儿上,也不知道肖季怎么知道咱俩认识的……"

"前面省略一下。"郑希羽突然开口道。

"啊?"朱鹏瞪着大眼睛。

"开头省略个一千字,然后再开始讲。"郑希羽说得特别正经。

"哦,好。"朱鹏应得也特别正经,翻着白眼看天,大概是在想省略哪些,然后突然说,"反正就是肖季最近老找我打听你的事,你不表示一下吗?"

郑希羽皱起了眉头:"你省略的是不是有些多?我为什么要表示?"

朱鹏拍大腿:"哎呀,这话怎么说嘛,反正就是这样,我也是为你着想……"

他掏出手机,翻出了一个视频给郑希羽看。郑希羽瞅了两眼,是肖季唱歌的视频。

但也就看了两眼,郑希羽就收回了目光:"嗯。"

"不是,你再多看看,还没开始唱呢。肖季长得很好看啊,微博粉丝特多,唱得也好,还是不错的。"

郑希羽转身:"没什么事我回了。"

朱鹏:"欸,你真不考虑交个朋友啊?我听说肖季要去参加企鹅家的综艺节目了,下次再见人家可能已经是大明星了!"

郑希羽把身子又转了过来,盯着朱鹏,眼神有些凶:"关我什么事?"

朱鹏被吓得往后退了退。他虽然练得很壮实,但跟郑希羽玩过以后就知道自己一点儿都不是她的对手,今天说这些话也是把郑希羽当朋友,没想到郑希羽这么不领情。

"你没兴趣就……"朱鹏蔫蔫的,"算了嘛……"

"我没兴趣。"郑希羽回答得很果决。

朱鹏彻底蔫了:"好吧。"

郑希羽没再理他,上了楼。

朱鹏真的挺落伍的,要是多紧跟时事看看学校的论坛,就知道肖季跟他打听郑希羽的事,并不是对郑希羽有兴趣。

这些全都是因为另外一个人,而郑希羽在上大学之前,没遇到过这样的麻烦。

比起现在的生活,高中时候的她更忙碌,文化课那么多,她的物理、化学又差,她光是努力学这两科就已经耗掉了许多时间,还要训练,永远都要训练。

天气好的时候在室外早晚跑,天气不好的时候就在跑步机上度过漫长的时间,她哪里有空去考虑这些有的没的。

她连普通朋友都没几个。

上大学就好多了,开学的时候她给自己定的目标,就是要认识人,多体验生活。普通大学生会做的事,她也要做一做,哪怕不合适,也得试过才有资格说不合适。

所以她进了学生会,所以去球场上用她最擅长的方式交朋友,然后认识了唐天湉。

认识唐天湉是她这辈子遇到的最大的惊喜。唐天湉那么欢实、那么自由,叽叽喳喳,跟个小麻雀似的。

但唐天湉又那么正直、那么善良,一嘴的大道理,讲给她听的时候又莫名其妙地有说服力。

最重要的是,唐天湉那么看重她,那么在意她。

唐天湉看着她的时候眼睛总是亮晶晶的,唐天湉还喜欢和她挨在一块儿,喜欢被她背得高高的。

郑希羽以前从来没有体会过这种感觉，想再见到唐天湉，想要看她笑，想满足她所有的愿望，想和她成为最好的朋友。

郑希羽回到宿舍里，坐在椅子上，许久没动。

她闭上了眼，将记忆拉回几十分钟前。

如果她做好了准备，会同唐天湉说："我想要我们永远是好闺密，一辈子的那种，白发苍苍还能携手去看风景。"

两个人永不分离。

接下来的日子里，阮阮每天早起晨跑，唐天湉每天晚上夜跑，只有李桐永远深爱着她的床，即使被刺激到做运动，也就是在床上来两个仰卧起坐。

阮阮每天晨跑完都特别精神，积极里透着一丝悲壮的状态可以持续大半天，足以让她撑过难挨的减肥食谱。

而唐天湉每天夜跑回来后都很晚，掐着点进宿舍楼，成了宿管阿姨的重点关注对象。

十几平方米的小屋子里，喜怒哀乐可以互相分享，但到底无法互通。

唐天湉情绪高涨，问过阮阮两次江雪还有没有出现在体育场里，都被阮阮用各种方法拒绝回答了。

李桐劝唐天湉问这种事的时候先去镜子前做一下表情管理，不然容易让别人误以为她是在借机嘚瑟。

唐天湉在镜子前看了很久，发现李桐说得有道理。她的嘴角总是止不住地上弯，即使在自己察觉不到的时候，眼睛里也会带着笑意。

而且她因为心情愉悦，整个人身体的状态都很好，皮肤白里透红有光泽，如果现在有记者来问唐天湉幸福吗，唐天湉大概会回答：我叫福天湉。

但快乐是不可能持续的，特别是一个人太得意的时候。

CUVA分赛区初赛终于来临，唐天湉早就盼着这一天了，得知具体的时间以后,连周边的酒店都订好了。

但李老师突然通知她有个报告活动,希望她可以跟着一起去。

这是难得的机会,加入老师的课题组也有段时间了,唐天湉这个读书不算用功的人已经尽了自己起码百分之八十的努力去做这件事。现在老师想带她去开会,是对她的肯定和鼓励。

说不想去是假的,没人希望自己的努力白费,但要为了这事放弃去看郑希羽比赛,唐天湉也是真的不情愿。

理智和感情相互拉扯,唐天湉愁了大半天,晚上都没去图书馆,待在宿舍里继续发愁。

李桐和阮阮都在,她却不敢问,自己呆坐在椅子上皱着眉头。

到底还是阮阮看不下去了,问她:"怎么回事啊?郑希羽欺负你了?"

"没有,她怎么敢欺负我?"唐天湉说完猛地刹车,"不是不是,我不是那个意思,我的意思是不是她。"

"跟她没关系?那我倒是好奇了。"阮阮从床上下来,拉把椅子坐到了她面前。

唐天湉睁着大眼睛:"倒也不是跟她没关系。"

阮阮起身转身,准备上床。

"啊啊啊——"唐天湉扑上去抱住了阮阮的腰,"阮,救我,我不知道该怎么办了!"

阮阮:"求我。"

唐天湉:"求求世界上最好的阮阮。"

阮阮:"重说。"

唐天湉:"求求世界上最瘦的阮阮。"

"说吧。"阮阮开心了,重新坐回了椅子上。

唐天湉把事情交代清楚了,阮阮皱着眉头:"这还用考虑?"

唐天湉一脸疑惑的表情:"这不用考虑?"

阮阮抬手拍李桐的床:"筒子,你来跟她说说。"

李桐伸了个脑袋出来:"你怎么确定我在听?你为什么要叫我来说?"

"你又不聋,叫你说是想告诉唐天浠同学,用脚都能想明白的事,她怎么就纠结了大半天呢?"

李桐:"你侮辱脚,不对,你侮辱我。"

阮阮:"说。"

李桐:"不说,我又不叫李脚。"

阮阮:"我没有说你是个脚的意思。"

李桐:"你的意思是我的大脑同你的脚是一个智商。"

阮阮:"你这么说好像没什么问题。"

李桐:"你死了。"

两个人贫了好一会儿嘴,到最后打了起来,闹得宿舍里鸡飞狗跳的。

唐天浠静止不动地坐在椅子上,用手托腮反思自己。

答案真的很明显吗?

她们的意思真的是选开会吗?

可那样她就看不了郑希羽的比赛了啊。

说好的看比赛呢?突然就没了。

重点是……重点是……她去看比赛那不就等于和郑希羽去旅游吗?

这次的比赛地点在 H 市,这个季节 N 市已经入冬了,但 H 市温暖宜人,有海有花,是座非常美丽的旅游城市呢。

她和郑希羽可以去很多地方,看很多美景,吃很多美食……

唐天浠猛地摇脑袋,抬手把自己的脸拍得"啪啪"响。

李桐和阮阮吓了一跳,回头看向她,同时冲过来按住了她的手。

李桐:"你有什么想不开的要这么对自己?"

阮阮:"有话好好说,我们不嘲笑你了。"

唐天浠表情哭丧:"你们根本就不懂我在想什么,你们这些……"

她顿了顿,没有说出口。

阮阮反应过来了,松开了她,举双手投降:"行,了解了,拜拜呀。"

她回到床上。

李桐还有些蒙,问阮阮:"她是什么意思?"

阮阮:"她的意思是你没有郑希羽。"

李桐:"我当然没有郑希羽,我干吗要有郑希羽?我……唐天浠你瞧不起我!"

李桐也回床上去了。

唐天浠哭丧着脸点开手机外卖软件开始给这两个"大爷"点好吃的东西,其中一个"大爷"还要低脂低卡路里的。

外卖送过来以后,阮阮真心实意地说了一句:"正常人肯定选开会,你呢,最近不太正常,所以我觉得你也不要问我们的意见了,去找另一个不正常的人问问吧。"

李桐啃着蛋糕:"对,你找大个儿去吧,山重水复疑无路,解铃还须系铃人。"

阮阮:"你高考语文多少分?"

李桐:"我这是灵活运用,你懂什么?蛋糕真好吃。"

阮阮把一个抱枕扔了过去。

两个人又开始打得鸡飞狗跳。

唐天浠觉得她们说得有道理。

她在微信上给郑希羽发消息问郑希羽什么时候有时间,郑希羽说晚上老时间、老地方见。

唐天浠有些鼻子发酸。

她愤愤不平地戳着手机:"有急事,现在就要见,十分钟就可以。"

郑希羽:"来四食堂,我有二十分钟的吃饭时间。"

唐天浠起身就往外冲,一路小跑着到了四食堂,连仪容仪表都没顾得上整理,就朝在门口等她的郑希羽奔了过去。

郑希羽哭笑不得,摸了摸她的脑袋:"你干吗呢?这么着急。"

"特别急,十万火急!"唐天浠为了强调事情的严重性,抬手捶了一下郑希羽的胸膛。

然后郑希羽的脸猛地皱了一下,是整张脸皱起来,应该是被打得生疼。

"我不是故意的,不是故意的,对不起,我没注意到。疼吧?我的错,我就是顺手,谁让你长这么高,我的手顺着就……"说到后面,她反倒要怪郑希羽有问题。

郑希羽看她那样,实在没憋住,笑了起来。

"啊,你怎么又笑了?不疼了吗?"唐天浠愣愣地抬头看着她。

"不疼。"郑希羽说道,"就疼了一下,没事的。"

"有时候会很疼的!"唐天浠强调,"我知道的!"

"嗯。"郑希羽俯身,在她耳边说道,"我日子快到了,所以才疼了一下,不要怕。"

唐天浠红了脸:"你跟我日子差不多呀。"

气氛真是诡异,但唐天浠就是觉得她俩生理期居然差不多这事很巧合、很神奇。

她没再耽搁郑希羽吃饭,推着郑希羽往食堂里走去:"先吃,边吃边聊。"

并且她体贴地给郑希羽买饮料的时候,特意要了含红枣的热饮。

郑希羽喝着唐天浠买的饮料,吃着唐天浠替自己端过来的饭,受宠若惊。

唐天浠不吃不喝,就看着郑希羽,这让郑希羽受宠若惊的同时有些惴惴不安。

"到底怎么了?"郑希羽忍不住问。

"我对不起你。"唐天浠张口就说道。

郑希羽顿了一下,在唐天浠真情实感的歉意里,想象出了一百种唐天浠对不起她的方式。

然后她便震惊于这一百种综合在一起可能也就一种:唐天浠喜新厌旧,有了别的好闺密。

郑希羽放下了食物,坐直了身体看着唐天湉。

"不许。"她说道。

"啊?"唐天湉愣了愣,"不许什么?"

郑希羽直接表明:"不许不选我。"

唐天湉的脸一下皱起,她真的快哭了:"你都知道了吗?阮阮跟你说了?我以为她再也不想跟你联系了,我也觉得我应该选你啊,可她们都说用脚想都不应该选你,我也不想啊……"

郑希羽:"……"

这顿饭她别想吃下去了。她起身抬手直接越过饭桌把唐天湉的胳膊攥住,然后拉着唐天湉往外走。

唐天湉倒是很听话,一点儿都不挣扎,跟着她,走着跟不上了,就小跑起来。

郑希羽把唐天湉拽到了食堂后面,这是块又隐蔽又荒凉的区域,三面高墙,一面是学校的边际围栏,围栏外是这个季节总会泛滥的河流。

郑希羽停下脚步,手指稍微用力,便带得唐天湉转了个圈。

唐天湉被她逼得缩在连风都不透的角落里,脸上只有她的身体落下的阴影。

"说清楚,"郑希羽问道,"为什么不选我?"

她自觉声音还是很冷静,也自觉表情控制得还是相当平静的,不会吓着唐天湉,不会给唐天湉压力。

但唐天湉下一秒就改了答案,没有犹豫,没有磕巴。

"我选你。"她肯定地说道。

郑希羽愣住,看着唐天湉那坚定的表情,一下子不知道接下来该怎么办了。

唐天湉一时有些奇怪。

郑希羽问道:"另一个人是谁?"

她仿若在打探敌情。

"嗯？"唐天浠有些蒙。

"另一个人是谁？"郑希羽又问了一遍。

"什么另一个人，为什么有另一个人？没另一个人。"唐天浠一连串地说着，到这里才发现两个人的信息传达可能出现了什么误差。

"那选什么？"郑希羽问，声音有点儿小，底气不太足的样子。

"就选看你比赛还是去开会啊。"

"开会？"

"嗯，带我做课题的老师让我去开会，刚好在周末，就是你比赛的那两天。"

郑希羽摸了摸鼻子，直起了身子。

唐天浠仰着脑袋瞅着她，郑希羽往后退了一步。

"当然是学习重要。"郑希羽说道，"我这边只是个初赛。"

"可我们早就说好了，"唐天浠有些着急，"很早很早之前就说好了，很早很早……"

郑希羽笑了一下，牵着唐天浠的手往外走："我们去了H市，我也不能陪你，要一直和队伍待在一起，也就吃饭的时候能见个面，剩下的时间你就只能看我打比赛了。"

"啊？"这和唐天浠想的情况一点儿都不一样。

"对啊，所以你不如去开会。"郑希羽又说道，"你这课题做了有半个月了，这是很难得的机会。"

"哦。"唐天浠突然变得蔫蔫的。

两个人回到了四食堂，还好离开的时间不是很久，饭菜都还在桌上，没有被收走。

郑希羽坐下继续大口吃饭，唐天浠在郑希羽对面愣了好一会儿，才接受这个事实。本来倾斜的天平，因为"并不能和郑希羽待在一起"的事实，而倒向了另一边。

唐天浠这才发现，其实看比赛在她心里占的分量并不大。

郑希羽也不跟她讲大道理，也不劝她，就这样静静地吃完了饭，等她自己选择。

唐天湉有些不开心，或者说很不开心，那种让人激动、冲动、不顾一切的劲，就这样消失了。

郑希羽吃完饭站起身开始收拾东西，唐天湉也起身，跟在郑希羽身后。

郑希羽说道："我要去训练了。"

唐天湉："哦。"

郑希羽："那你——"

唐天湉："不选你了，我去开会。"

郑希羽："嗯。"

唐天湉瞅了她半分钟："你不说些什么吗？"

"你希望我说些什么？"

唐天湉撇了撇嘴："刚刚你不是还说不许选别人吗？"

郑希羽转过身，放了餐盘，又摸了摸鼻子。

唐天湉抓住了重点："你刚才误会了什么？"

郑希羽："……"

唐天湉："你觉得我在你和谁之间做选择？"

郑希羽："……"

唐天湉："你这么讨厌谁，不让我选他？"

郑希羽："……"

唐天湉用力拽了拽她："你说话啊。"

"喀喀。"郑希羽清了清嗓子，面无表情地撒谎，"教练催了。"

"教练缺你这两句话的时间？"唐天湉跟着她，"我送你过去，我看看你这一路上能憋多久。"

郑希羽有些无奈，抬起胳膊蹭了蹭唐天湉的肩膀："学姐你别这样。"

唐天湉："撒娇也没用。"

郑希羽抿住了唇，脸上的笑容消失了。她严肃认真起来的时候，神色非常冷淡。

这种冷淡的表情极具距离感,总是会让人一瞬间觉得和她并不熟。

唐天湉不敢说话了。

郑希羽问道:"肖季最近找过你吗?"

"啊?"唐天湉甚至一下子没反应过来这人是谁,"找我干吗?"

"没找就好。"郑希羽转身大跨步地往前走了。

唐天湉追了一下,没追上,喊了两声,郑希羽也没理她。

啧,唐天湉非常震惊,并有点儿感到快乐。既然郑希羽说到肖季这个人了,那在郑希羽误会的情况里,拿来选择的就是这个人。

肖季这人吧,在唐天湉这里没什么存在感,唯一的接触也就那两次,肖季非要认识她。

啧。

这是什么意思呢?

啧。

郑希羽很怕被肖季比下去,一点儿都不想让她唐天湉选别的人呢。

唐天湉是蹦着回宿舍的,离开的时候有多纠结悲壮,回来的时候就有多舒爽兴奋。

唐天湉哼着歌,拿出一堆书开始翻,翻来翻去也没看进去几页。李桐和阮阮盯着她,一脸的疑惑表情很快变成了一脸嫌弃的样子。

过了一会儿,唐天湉问她们:"你们不想知道结果吗?"

阮阮:"不想。"

李桐:"欸,这个果脯味道不错。"

唐天湉:"我决定去开会了呢。"

阮阮:"你那个能量是多少?我能吃吗?"

李桐:"有些高,算了吧,饿了你就啃个苹果去。"

唐天湉猛地拍了一下桌子:"我说我决定去开会了,你们不觉得震惊吗?你们不想问问我是怎么转变的吗?难道你们不怀疑我和郑希羽感情破裂了吗?"

阮阮:"你要是实在想说就去学校论坛里发个匿名帖。"

李桐:"我觉得这个方法不错,反正糖豆在论坛上是红人。"

唐天滟撇撇嘴,不说话了,有些气。

过了一会儿,她给郑希羽发消息:"今天下午不算。"

郑希羽在训练,得过段时间才能回复,唐天滟玩着手机等着消息,微博的无聊热搜都变得好看了起来。

终于,郑希羽回了消息过来:"嗯,晚上结束了给你打电话。"

唐天滟笑起来,开心了。

阮阮和李桐不愿意听她说的话,她可以去跟郑希羽说啊。

郑希羽能那么精准地理解她发的消息,说明和她是一样的心情啊。

世界上怎么会有这种事情,用这么奇异的方式将两个完全不同的人连接在一起?

唐天滟乐了一晚上。

果然,时间差不多了以后,郑希羽便打电话过来了。

唐天滟早就准备好了,还贴心地给郑希羽带了好吃的东西,蹦蹦跶跶地出了门。

她们每日一见的约定,郑希羽从来没有食言过。

这天晚上,唐天滟回宿舍的时间依然很晚。

为了保持第二天与脂肪战斗的精力,阮阮睡得挺早,唐天滟回来时她听到了响动,但没起床。

第二天一早,手机开始振动,阮阮在它还没来得及将闹铃方式变成音乐时,便猛地坐起身按灭了它。

她穿好衣服下床洗漱,然后喝了低脂牛奶,吃了全麦面包做成的三明治,小跑着去了体育场,已经有些习惯了这种乏味的运动。

依然是在她跑了一圈多时,江雪来到了体育场上。

江雪依然跟在她身后，和她保持不远不近的距离。

阮阮将耳机的音乐声稍稍调大，集中注意力在跑步的节奏上。

呼、吸、呼、吸、一步、两步、一圈又一圈……

时间差不多的时候，她慢下了速度开始放松，眼睛的观察范围也大了起来。

江雪没在体育场里了，茫茫雾气中，还待在这个地方的人少之又少。

阮阮抬头眨了眨眼，有小水珠落在了她的鼻尖上。

下雨了。

N市冬天的雨总是来得这么慢吞吞的，悄无声息，然后淅淅沥沥下个不停。

阮阮把外套帽子掀起来盖在了脑袋上，脚下加了速度往出口跑去。

这个时候的体育场只有一个出入口，出入口不算大也不算小，但因为处在光明和黑暗的交界处，倘若有一个人站在中间，便有一种一夫当关万夫莫开的架势。

特别是那个人撑着一把伞，手上还拿着一把伞。

特别是那个人身姿挺拔，神情坚定。

阮阮突然觉得今天没那么容易逃过去了，很快，现实验证了她的猜想。

在她想要绕过江雪跑出去时，江雪抬手用手里那把未撑开的伞挡住了她。

她再绕，江雪再挡。

她继续绕，江雪继续挡。

阮阮终于停下了脚步，盯着江雪，说了自从那天从教室离开以后，两个人之间的第一句话："你什么意思？"

江雪抬眼看着她，吐出两个干干净净的字："拿伞。"

"不熟，不麻烦。"阮阮回道。

"那不准走。"江雪说着这样霸道无理的话。

仿佛在比谁更可怜似的，两个人就这么僵持起来。短短的半分钟里，雨越下越大。

阮阮心想，多亏自己站在可以遮挡雨的范围内，不会显得那么狼狈。

身边有人匆匆跑过。

阮阮看着江雪，心道：你怎么不去拦他们？但这幼稚的话她当然不会说出口。

她心理活动再多，面上也保持着一派平静的样子。

她可以透过眼镜片看到那双眼睛真正的形状——细细长长，双眼皮，睫毛不密不卷，但挺长。

阮阮眨了眨眼，又往旁边移了一步。

江雪动作很快，把她挡得严严实实。

阮阮实在没憋住，吐槽道："你练凌波微步呢？"

江雪："拿伞。"

"我说了我不需要。"

江雪："下雨。"

阮阮放弃和这种人交流了，押了押自己的帽子，给了江雪一个白眼，然后猛地弯腰，从江雪的胳膊下钻了过去。

哈哈哈，她在内心狂笑，想不到吧，幼稚的小玩意儿。

阮阮奔进雨里，感受到了许久未曾感受到的快乐。

其实刚出体育场出入口有一个坑，但她无所畏惧，一脚踩过，水花四溅。

她穿的又不是什么高档面料遇水就废的鞋，这么一下，就当是冲洗她的鞋子了。

她的方向明确：回宿舍。

状况紧急，她不能停顿。

这些天她辛苦跑步不是白费的，甩掉一些肉的身体变得轻盈有力，为她提供着源源不断的动力。

她快乐地奔过了天桥，奔过了林荫道，奔到了9号宿舍楼门口。

直到进了楼，她才敢回头，身后早就没江雪的身影了。

她赢了！

阮阮拊掌庆祝，快乐地同宿管阿姨打了个招呼："阿姨早上好啊！"

阿姨瞅着她："你瘦了。"

"嗯！"阮阮更爽了，嘴上一点儿都没客气，"阿姨，你今天气色真好！"

阿姨没再理她，回头继续看自己的电视剧去了。

阮阮爱上了快速跑步的感觉，快乐地跑上了四楼，推开了自己宿舍的门。

唐天湉和李桐都还在沉睡。

憋了一路的阮阮实在憋不住了，爬上床梯，一个个地将人给摇晃醒。

"到点了、到点了，第一节是老头的课呢。"

李桐将手挥得像赶苍蝇。

唐天湉好一点儿，翻了几下身，还是醒了。

大概是唐天湉最近沉迷在喜悦心情中，所以对喜悦这种情绪更加敏感，眼睛都没睁大呢，就问阮阮："什么事这么开心？"

阮阮随口扯谎："上老头的课啊。"

唐天湉弯了弯嘴角，冲她挑了挑眉，进洗手间去了。

阮阮扒在门边上："唐天湉，你什么意思？"

唐天湉冲脸上泼水："我说什么了吗？"

阮阮："唐天湉你有意思。"

唐天湉转头看向她："我怕我说了你生气。"

阮阮心头一跳，转身走了："那你还是别说了。"

说了真让她生气的，其实也就一件事。

不对，不能说是一件事，应该是一个人。

关于这个人的一切事，在现在对她来说都是禁忌话题。

哪怕今天的快乐情绪来自战胜了这个人一次，那唐天湉也不能说。

说起江雪，阮阮会觉得自己后背发麻。

老头的课依然让人昏昏欲睡，到了第二节课阮阮实在没撑住，睡了大半节课，醒来的时候鼻子有些塞。

唐天浠给她把外套紧了紧："你的脸怎么红红的？"

阮阮抬起头："红？"

"嗯。"唐天浠从包里掏出小镜子给她看。

"可能被压的吧。"阮阮摸了摸自己的脸，不仅红，还挺烫。

她试图站起身，脚下一个趔趄，差点儿摔倒。

"哎哟喂，"唐天浠吓了一跳，赶紧扶住她，"咋回事啊？"

"腿软，软……"阮阮皱了皱眉头，"可能是睡麻了。"

唐天浠伸手摸了一下她的额头："我感觉不对劲啊，你好烫。"

"没事，吹一下风就好。"阮阮收拾好书本往外走去，"换教室了。"

结果她一出门就看到了迎面走来的江雪，差点儿转弯逃跑，但脚硬生生地固定住了，并把脸上的表情收起，变得面无表情。

江雪抬眼，看见了她。

一瞬间的对视让两个人仿佛回到了早上那尴尬时刻。

唐天浠拉了阮阮一把，注意力全在她身上："你低头，低头。"

阮阮侧身低头，唐天浠踮脚将自己的脑门贴在了阮阮的脑门上："欸！是真的烫，比我的温度高！"

"我本来就热……"

"瞎说，你肯定是发烧了，不上了不上了。"唐天浠掏出手机给李桐发消息，"让筒子帮忙请个假，我送你去医务室。"

"好好的怎么发烧呢？"阮阮最近运动了这么多，觉得自己的身体素质直线上升，压根不可能突然生病。

"你早上是不是淋雨了？"唐天浠问，因为是质问，声音挺大。

阮阮用余光瞄见江雪还在看她们这边，而且明显听见了这句话，突然就觉得臊得慌。

刚刚战胜江雪一次，现在就用这种方式失败，她真的不能忍。

阮阮皱起了眉头，声音也提高了："没事，我好好的，就是睡热了而已。谁自己生病还感觉不到啊？"

说的时候她掐了掐唐天浠的胳膊，希望唐天浠能够明白。

唐天浠反应挺快的，登时转过脑袋，看到了不远处的江雪。

阮阮拉了拉唐天浠的衣服："走，去上课。"

唐天浠有些蒙，但挺配合："那……"

阮阮拉着唐天浠转过身，虽然从江雪那个方向走距离更短，但她宁愿选长一点儿的路："待会儿再说。"

两个人就这么快步地离开，眼看着要下楼了，被人拉住了。

江雪拽了阮阮的胳膊一把，唐天浠由于太震惊，愣在了原地。

江雪对唐天浠点了点头，然后对阮阮说道："生病了就去看。"

阮阮动了动嘴唇，唐天浠明白她把一句"关你屁事"咽进了肚子里。

阮阮没理江雪，拉着唐天浠继续往前走。

江雪快步赶上，先她们一步站在了下端的楼梯上。

这个俯视的角度，唐天浠看清楚了江雪的脸和表情。

如果不认识郑希羽，唐天浠会觉得这个人这会儿没什么特殊的情绪。但和郑希羽相处这么久以来，唐天浠能够感受到一些平日里比较内向沉稳的人隐藏在表面下的情绪。

江雪好像在生气。

江雪这样的人生起气来的时候，唐天浠觉得自己头皮都紧了。那种感觉就像是……极其严苛的教导主任抓住了她的把柄。

唐天浠看向阮阮，发现阮阮并没有她这样的恐惧感。

阮阮也在生气，虽然努力地控制着自己的表情，但那气愤的感觉可以从身体的每一寸肌肤散发出来。

唐天浠夹在两个生气的人之间，略显尴尬。她不知道之前发生了什么，不好破坏这种气氛，但她觉得江雪说得有道理，生病了就去看，不管什么事,都不能耽误看病。

她拉了拉阮阮的胳膊,对江雪说道:"我会带她去的。"

江雪说道:"谢谢。"

阮阮突然就怒了:"你谢什么谢呢,跟你有关系吗?"

唐天浠:"……"

尴尬的气氛蔓延开来。

阮阮以前特别好说话,性格就跟她的名字一样,软绵绵的。

但自从上次与江雪有矛盾以后,她就变得硬邦邦了起来,身体里的韧劲全被激发了出来,居然都会使用言语"刀子",狠狠扎别人的胸膛了。

两个人这是有什么深仇大恨?唐天浠盯着阮阮,三个人里面,数她的表情最夸张。

江雪没说话,阮阮甩开了唐天浠的胳膊,自己往前走了。

唐天浠要追上去之前,听到江雪又说了一句:"带她看病。"

江雪这郑重其事的模样,就跟阮阮得了什么只有她知道的大病似的。

唐天浠有些好奇,也莫名其妙地有些不爽,迈着自己的小短腿好不容易追上了阮阮,发现阮阮去的还是上下一节课的教室。

"别了。"唐天浠劝道,"去看病。"

"不看不看不看!"阮阮现在就是个叛逆小孩。

"发烧很可怕的,不能忽视。"

"不看!"

"现在去看很快就好,拖的时间长了引发并发症你哭都来不及。"

"不看!"

"烧傻你,到时候学也上不了了,肥也没法减了。"

"不看!"

"阮阮!"唐天浠吼了一句,恨就恨阮阮这个名字即使怒火冲天连名带姓地叫的时候,也像在叫着昵称,非常没有气势。

但阮阮到底回头看她了。

唐天湉顾不得那么多了，也拿起"刀子"，扎人的胸膛："你这么在乎江雪说的话吗？你就为了这个闹别扭，自己生病都不看了？"

阮阮的表情一下子冷了下来："我在乎她的话？我跟她闹别扭？"

唐天湉："要不然呢？"

阮阮呼出一口气："虽然知道你在用激将法，但我不允许这样的误会存在。我去医疗室，你不用跟着了。"

"你真的会去吗？"

"我拍照片给你。"阮阮推了唐天湉一把，"不要跟着我，去上课。"

唐天湉觉得差不多了，不能再为难她了，于是点头答应了下来。

阮阮转身走向医务室的方向，察觉到自己应该是真发烧了，一会儿冷一会儿热的。

医务室和教室隔了小半个学校，阮阮走了挺久，脑袋仿佛在想东西，但什么都没能想明白。

进了医务室以后，她朝校医跟前一坐，就跟丢了魂似的："发烧。"

校医拿了体温计给她："先量一量。"

阮阮接过体温计坐到了一边的凳子上，医务室里又进来一个人，人影一晃，校医问道："过来坐，怎么了？"

"我没事。"是江雪的声音。

阮阮身子一僵，听见江雪又说道："来陪人。"

第九章 立刻飞到你身边去

Jump into the summer

阮阮真想给唐天湝发消息让她来救自己。

但手机振动了一下，李桐说和糖豆帮她请好假了，老师很宽容。

阮阮这就不好说话了，发个小烧还要带走一个人，太得寸进尺，太不像话了。

阮阮把手机放了下来。

她没有去看江雪，江雪也没有打扰她。

她俩就这么远远地坐着，由于太尴尬，阮阮重新把手机拿起来，开始玩游戏。

过了一小会儿，江雪比校医先开了口："好了。"

阮阮手下一滑，安排了好久的星星点错了，她顿时气哼哼的。

江雪站到了她跟前："体温计好了。"

阮阮走到校医跟前，将体温计拿了出来。

校医眯着眼睛看了看："三十八点五摄氏度。"

阮阮："……"

她还真发烧了。

"那麻烦您开点儿退烧药吧。"阮阮说道。

"你是医生还是我是医生？"校医指了指面前的凳子，"先坐，看看有没有其他症状。"

于是一问一答模式开始了，江雪与他们隔了半米的距离，阮阮从这个角度看不清江雪的表情，却可以感受到江雪的存在。

江雪听得比她这个病患还认真。

结果一点儿都没出乎意料，阮阮是风寒感冒。

她抬手抓了抓头发，有些烦躁。

校医问她："吃药还是打针？"

"吃药。"阮阮一刻都不想多留。

校医点点头，给她开了药，刚把药递到她的手上，江雪端了一杯水过来："先吃一次吧。"

阮阮："……"

江雪手上那杯水冒着点儿热气，但阮阮能感觉到那水温度适宜。

江雪人细细长长的，手指便也细细长长的，指尖干净得连一点儿倒刺都没有，捧着水杯的样子就像在拍广告。

三十年河东三十年河西啊，阮阮特别想像江雪曾经对自己那样，不轻不重地说一句：谢谢好意，但不用了。

可她开不了这个口。

曾经伤害过她的话，她到底不想拿来伤害别人。

于是阮阮什么都没说，看了江雪一眼，直接离开了。

江雪端着那杯水愣了两秒钟，然后走到洗手池跟前，将水倒了进去。

校医停下手中的笔，问道："吵架了？"

江雪"嗯"了一声，将一次性水杯扔进了垃圾桶里："抱歉。"

阮阮速度很快地奔回了宿舍，路上打了好几个喷嚏。

进了宿舍门，她先自己倒水把药喝了，然后便坐在椅子上开始发愣。

手机振动，唐天澔问她怎么样了。

阮阮想起说好的给人发照片，赶紧拍了张药的照片发过去。

唐天湝："你回宿舍了？"

阮阮："嗯，没多大的事。"

唐天湝："这么快？发烧了吗？"

阮阮："有点儿，已经吃了退烧药了。"

唐天湝："那你去睡一会儿，盖好被子，捂身汗。"

阮阮点点头，按照唐天湝的指示爬上了床。

她以为她都睡过一觉了，这会儿肯定睡不着，结果一钻进绵软的被子里，身体的力气仿佛都被抽走了，人很快便迷糊起来。

她这一觉睡得沉，唐天湝和李桐回到宿舍里时，没有打扰她。

直到午饭时间快到末尾，唐天湝才小声地叫醒了阮阮："大宝贝，吃饭了……"

"不想吃。"阮阮挥了挥手，眉头皱得死紧，可不情愿了，"难吃死了。"

"今天吃点儿有味道的东西好不好？"唐天湝问，"鸡肉香菇面？"

阮阮睁开了一点点眼睛："要很多很多香菇肉酱。"

"好。"唐天湝这么答应着，其实点单的时候还是选了味道比较淡的食物。

阮阮减肥这么久了，如果一下子吃重油重盐的东西，肠胃反倒会不舒服。

唐天湝考虑得全面，下完单以后买了阮阮喜欢的水果，糖分很高的龙眼，会让人产生幸福感。

外卖送到的时候，阮阮爬下了床，并没有异议。

唐天湝伺候她吃完饭，提醒她量了体温吃了药，又把她赶回到了床上。

"下午没课，你好好休息。"唐天湝嘱咐道。

"唉，"李桐叹了一口气，"谁能这么贴心地对我啊？"

唐天湝："我对你不贴心吗？"

李桐："我好久没生病了，感受不到贴心照顾。"

唐天湝翻了个白眼："那我希望你永远感觉不到。"

好朋友生病的时候，唐天湝不仅要照顾着，还能陪就陪着。

唐天浠下午没去图书馆，就在宿舍里看书，房间里挺安静的，与图书馆区别也不是很大。
　　她确实是一个对家人、朋友都十分贴心的人，因为自小家庭氛围不错，爸爸妈妈给了她许多爱，让她乐于将这满满的爱分享出去。
　　想到这些事，思绪有些跑偏，唐天浠开始琢磨郑希羽生病的时候是什么样。
　　郑希羽会变成什么样？身边有没有人这样体贴地关心她？
　　唐天浠想着想着，眉头便皱了起来。
　　自己大学里最好的两个朋友阮阮和李桐，对郑希羽都挺熟悉的了。
　　但郑希羽的朋友，唐天浠只见过习椿和朱鹏，两个人还都是她恰巧碰上的，压根没说上什么话。
　　郑希羽也没有要把她介绍给朋友让他们认识的意思，这让唐天浠心理不平衡起来。
　　朱鹏就算了，这人虽然只见过一次，但唐天浠消受不起。
　　习椿挺好的，有着让人讨厌不起来的性格，而且和郑希羽是队友，两个人平时接触很多。
　　这天晚上她和郑希羽夜跑的时候，她提了习椿一句，目标明确，要习椿的联系方式。
　　郑希羽看了她两秒，最终还是没忍住问出了口："你要她的微信做什么？"
　　唐天浠撞了郑希羽一下，笑嘻嘻地说道："放心，我就是认识一下呗。"
　　郑希羽因为误会过唐天浠，自己理亏，这会儿也不好意思再说什么，把习椿的微信名片推了过去。
　　唐天浠登时就发了好友请求过去。
　　"她……"郑希羽顿了顿，说道，"这会儿应该还在加训。"
　　"这么辛苦的吗？"唐天浠觉得有些不可思议，"你们现在的训练时间已经很长了！"

"她自己加的,想要把之前欠的时间补回来。"

"你们搞体育的人都这么拼吗?"

"搞得好的人都拼。"郑希羽笑了笑,并不是在嘚瑟,"人的身体是有极限的,到了一定程度往上可升的范围非常小,就是看谁能更接近极限,谁能超越极限。"

"啊……"唐天湉仰头看着郑希羽,心里非常崇拜。

"当然,我们应该是超越不了了。"郑希羽拍了拍自己的肚子,"先天条件也就到这儿了。"

唐天湉非常不服气,也伸手过去拍了拍郑希羽的肚子:"我觉得你牛得很,你是我见过的搞体育最厉害的人,你的未来还有无限种可能!"

挺形式主义的话,但郑希羽望着唐天湉的眼睛,知道她是发自肺腑地这么说的,是坚信这点的。

她毫无保留的信任总会让郑希羽更相信自己,这比教练的话都管用。

"好。"郑希羽抬手摸了摸她的脑袋。

和郑希羽散步,哦不,跑步完,唐天湉没让郑希羽送自己,而是自己蹦跶着往回走着。

在回去的路上她就忍不住掏出手机,看习椿有没有通过她的请求。

很遗憾,并没有。

唐天湉噘了噘嘴,想了无数种习椿拒绝自己的好友请求的理由,没一种符合逻辑。

毕竟她唐天湉这么活泼可爱惹人喜欢,同样活泼可爱惹人喜欢的习椿怎么会不喜欢她呢?

唐天湉仰头望天,到了宿舍门口,手机振动了一下。

"椿儿通过了你的好友请求,你们现在可以开始对话了。"

唐天湉刚准备打字,习椿的消息就"唰唰唰"地过来了。

椿儿:"唐学姐吗?你好!"

椿儿:"我刚才在锻炼,才看到消息!"

245

椿儿:"你是跟小羽要的我的联系方式吗?哈哈哈,好惊喜呀。"

这人真是好交流啊,就跟她们见过的那两次一样。

同样是搞体育的,人家椿儿发的文字多有情绪啊,不像郑希羽,做了这么久的朋友了,就没发过几次感叹号。

计划进行得顺利,唐天湉乐滋滋的。

她边上楼边跟椿儿聊了起来,两个人还挺有共同话题的。

宿舍里非常安静,唐天湉先去瞄了瞄阮阮,发现阮阮又在睡觉。

然后唐天湉去拽了拽李桐,李桐报告说阮阮吃了药就困,并且温度已经不高了。

唐天湉放下心来,进浴室洗漱,边忙活还在边和椿儿聊天。

唐天湉会在朋友圈分享一些音乐,椿儿和她喜欢的歌手重合,两个人光聊这位歌手的八卦消息就够三天的话题量了。

所以直到熄灯睡觉前,唐天湉都没说正事,主要是聊其他事情聊得太开心,没空说正事。

熄灯后,椿儿十分有分寸、有礼貌地结束了对话,并劝唐天湉早点儿休息。

唐天湉觉得习椿可能是真的蛮喜欢她的,这样赤诚的学妹对学姐的好感,让学姐心里有一点点内疚。

毕竟她可不是看习椿可爱才联系对方的,郑希羽马上要去比赛了,唐天湉需要个内应,报告郑希羽干了什么,有没有受伤,有没有挨训。

啊,唐天湉拉过枕头,把自己的脑袋彻底盖住了。

坏女人唐天湉对无辜单纯的小学妹算计许久,终于在周末到来之前,实现了自己的邪恶目的。

一切太顺利了。

她只不过用可怜兮兮的语气发了条"好想知道你们去参加比赛是什么样子啊"的语音过去,习椿便主动上钩了,拍着胸脯朝她保证会给她直播照片和视频，完事了再剪个 vlog（视频日志）出来。

唐天湉发了一排"你真棒"的表情包。

阮阮恢复得很快，这次生病基本就是打了个寒战，病菌还没热闹起来就被控制住了，这让唐天湉也能走得放心些。

这话说得好像有点儿问题，好吧，她就是对这次出行很重视，原因有些说不清道不明。她和郑希羽各自在不同的地方奋斗，这好像不足以充当理由，但又好像足够充当理由。

郑希羽比她早走大半天，因为是随队伍出发，唐天湉便没有去打扰。

郑希羽在这边用文字跟她报告行程，习椿在那边用图片和小视频汇报情况。

郑希羽在球队里身高算高的，但并不是别人不可企及的高度，唐天湉看视频的时候甚至偶尔精神有些恍惚，一时之间会看不到郑希羽，觉得她在这个集体中并不是特别高的。

她给习椿回信息："她们都好高啊。"

习椿一副万分认同的样子："是啊，是啊，为什么她们要长那么高啊？啊啊啊——"

唐天湉笑，问："你是队里最矮的吗？"

习椿："……"

唐天湉："没事，我也是我们宿舍里最矮的。"

唐天湉："但她们都听我的。"

习椿："我……"

习椿："她们都不听我的。"

唐天湉乐得不行，这么网聊着直到队伍上了飞机。

她自己也得忙活起来了，这次开会一同过去的还有好几位老师和他们的学生，临行前约好了一块儿吃午饭，然后一同出发。

这种时候唐天湉自然是乖学生装扮，拉着自己小巧的行李箱早早地到了约定的饭店。行李箱里面装的东西不多，她不想给任何人添加负担。

她等了一会儿李老师便过来了。

李青青年纪不大，平日里也蛮喜欢跟学生玩的，和唐天湉聊天的时候说过，因为跟学生玩总感觉自己也年轻了起来。

远远地，两个人互相招手，唐天湉奔过去帮老师拿行李。

李青青没让她动手："不用，这点儿东西。"

"老师，你是不是觉得我提不动？"唐天湉笑着问。

"是有点儿。"李青青眨了眨眼。

"那你得给我证明的机会。"唐天湉举了举手臂，"我还是很有力气的。"

两个人说说笑笑，突然就有人直接提走了李青青手上的行李，李青青愣了愣，转头看去。

来人是同校的另一位老师，个子高身子胖，发量不多，笑起来脸上有褶子。

"谢谢您。"李青青跟他寒暄了两句，同他介绍，"毕老师，这个是我带的学生，名字特别甜，叫唐天湉。"

毕奇麟看向唐天湉，伸出手："哎哟，漂亮小姑娘，人如其名啊，哪一级的啊？"

唐天湉报了自己的年级，上去同他握了握手，鞠躬道："毕老师好。"

毕奇麟说道："我带的是个比你还小的学生，本科大一，刚才去拿东西了，待会儿就过来。"

"那好。"李青青笑着看向唐天湉，"刚才正愁你一个人会无聊，这下你可以和毕老师的学生一块儿玩了。"

"嗯。"唐天湉点了点头。

三个人进了包间，聊了没一会儿，唐天湉已经基本了解了这位毕老师的经历。他不仅是资历非常老的一批教授之一，还担任了所在学院的重要政治职务。

李老师会递话，毕老师聊得也开心，唐天湉只要时不时地发出"啊，好厉害"的感慨就可以了。

气氛还算轻松。

她转头看了看外面,开始有点儿好奇什么样的大一新生居然能获得这位老师的青睐。

后来陆陆续续地来了几位老师的学生,终于门帘被挑开,有人进门先毕恭毕敬地喊了一句:"毕老师。"

唐天湉愣住,肖季朝毕奇麟鞠了个很深的躬:"对不起,来晚了。"

"没事没事。"毕奇麟朝她招手,"让你多跑了一趟,来,跟各位老师认识一下。"

接下来是漫长的介绍过程,毕奇麟每向肖季介绍一位老师,肖季就鞠一次躬。唐天湉听得累,看着肖季一次又一次鞠躬,觉得更累了。

等轮到李青青和唐天湉这边,唐天湉对来人居然是肖季这件事已经接受了。

她站起身冲肖季点了点头,先开口道:"肖季你好。"

"唐天湉你好。"肖季笑着说道,"没想到这么巧。"

毕奇麟嗅到了不寻常的味道,立刻问道:"你们俩认识?"

为了防止肖季说出什么惊天动地的话,唐天湉赶紧抢了话头道:"之前在学校活动上见过两次。"

李青青说道:"那就更好了。"她招呼肖季坐到她身边:"我正愁没人陪我们小不点呢,咱们这次就你俩是本科生,你们多接触接触啊。"

唐天湉脸上微笑,心里咒骂老天一百次。

肖季坐到了她身边,一个各人有各人的目的,但唯独不以吃饭为目的的饭局开始了。

肖季在老师跟前比起她平时的样子可乖多了,不仅乖,还可爱,接话积极并且极其有礼貌,情商高,知识面也广,是长辈最喜欢的那种小孩的模样。

唐天湉看得叹为观止,一点儿都没抢肖季的风头。

肖季为毕奇麟挣足了面子，唐天湉也为自己解答了之前的疑惑，为什么毕奇麟手下那么多研究生，他偏偏带了个大一新生。

饭局之上肖季没有跟唐天湉说上几句话。

众人吃完饭，接大家去机场的车也到了，在分配车辆的时候，肖季提出了让学生们一块儿坐那辆中型面包车。

学生们没什么异议，老师们讨论了两句也同意了。

肖季等大家先上车，但唐天湉要走的时候，肖季拉了唐天湉的衣服一下。

"等会儿。"肖季小声同她说道。

唐天湉停下了步子，抬眼看向肖季。

肖季低了腰，在她耳边说道："我有话同你说。"

唐天湉心想：你天天有话同我说，次次都没说出点儿新意来。

但今日情况特殊，肖季的神情又有些严肃认真，唐天湉当着这么多人的面不想制造矛盾冲突，于是站在了肖季跟前，等大家都上车了，这才上车。

车里只有比较靠前的位置剩下了两个紧挨着的座位。

唐天湉呼了一口气，选了靠窗的座位，肖季在她身边坐下，抬胳膊去帮她开窗："开一点儿吧，不然太闷。"

唐天湉往后靠了靠，没让两个人的身体碰触到。

肖季将窗户拉开了一点儿，转头问："这样可以吗？"

唐天湉实在受不了这么近距离地同她说话，稍稍拉远了两个人之间的距离："可不可以得车开起来了才知道。"

肖季脾气挺好，笑了笑坐好。

车子开动，静静地行驶了一段。

唐天湉问肖季："你有什么话要说？"

肖季说道："车上不太方便说。"

唐天湉转头看向她，满脸写着"你有病吧"。

"就……"肖季眼神往后瞄了瞄。

唐天湉的火气开始往上冒，语气不太好："要不然呢？有什么话你不能当着大家的面说，难道要专门给你开个包间才说吗？"

"你说什么呢？"肖季脸上还是挂着点儿笑意。

唐天湉突然就觉得肖季现在脸上的表情跟刚才在饭局上的一样，特别虚伪。她转过身面向窗外，不想再理肖季了。

几秒钟后，肖季扯了扯她的衣袖，她转过头，凶巴巴地问："干吗？"

肖季示意她往下看，唐天湉低头看到了肖季打在手机备忘录上的字：加我的微信，文字聊。

唐天湉："……"

她特别想打肖季，如果这只是肖季的计谋。

她加上了肖季的微信，想着肖季还不说正事的话，就给肖季来个绚丽的令她终生难忘的文字聊天。

肖季大概感应到了她身上暴躁的气息，一句废话都没说，好友验证被通过之后，第一句话就说道："小心毕，不要和他走得太近。"

唐天湉瞪大了眼。信息量太大了，她一时有些震惊，反应不过来。

她盯着那句话好久，确定没有理解错肖季的意思，然后又抬头瞪着大眼睛看肖季，确定这是不是认真的。

肖季的表情还是那么严肃，唐天湉张了张嘴巴。

肖季低头继续打字："没想到这么巧，不过这趟旅行有你很开心。"

唐天湉脑内弹幕繁多，随便回了两条："谁要和你巧遇？这才不是旅行！"

然后她又赶紧转着脑子去考虑刚才那句话了。

毕奇麟有什么问题？肖季让她小心他。

刚才吃饭的时候，虽然毕奇麟十分形象地展现了中年男人的油腻属性，但并没有做什么过分的事情，甚至很照顾女性。

所以他是有什么不可告人的秘密和目的？

而最重要的是，肖季作为他的得意门生，面上恭维得勤，转头就含糊不清地背叛他。

唐天湉一时之间竟然不知道该先怕毕奇麟还是先怕肖季。

她捏着手机愣了好一会儿，肖季一直在看她。

唐天湉被看得有些汗毛倒立，恨不得立马给郑希羽打个电话过去，让郑希羽把肖季踢走，再坐到自己身边。

但这当然是不可能的。

郑希羽或许还没下飞机，或许就在机场大巴上。她准备了这么久的比赛，此刻需要平心静气地全力备战，别说来到唐天湉身边了，唐天湉连不好的消息都不想发给她。

手机振动了一下，唐天湉低头，是肖季又发来了消息。

"我不会跟谁都说这种话的，你不要怕，我会保护你。"

唐天湉并没有觉得感动，侧了侧身子，把手机屏幕倾斜到了肖季看不到的角度，快速地在微信对话框里打字，发送对象却并不是肖季。

这一刻，她忽然就非常想跟郑希羽说一句："我好想念你啊！"

从车上到飞机上，再到飞机落地又上车，唐天湉过得挺煎熬的。

肖季全程坐在她身边，话倒是不多说，但光有这么个人一直存在着就让人心里不太舒服。

而且郑希羽没有回她消息，习椿也没有再给她报告进展。

唐天湉更不舒服了，出发前一切都在掌握之中的快感迅速消退，所有的事情都变得难以捉摸起来。

唐天湉掏出耳机戴上，有时候听歌有时候听英语听力，总之不想和身边的人交流。

好不容易，一行人终于到了酒店。

学校安排的住宿条件不错，但没有奢侈到一人一间房的地步。唐天湉和李老师一起住一间标间，李老师很注意安全问题，进房间后先四下查看了一下,又嘱托唐天湉把房门反锁。这让唐天湉心里踏实了点儿。

众人出发的时间本来就迟,这会儿 L 市的天已经彻底黑了下来。两个人简单洗漱了一下,李老师叫唐天湉去吃晚饭。

唐天湉想起肖季说的话,犹豫了一下,问:"是跟老师们一起吃吗?"

"对啊。"李青青回道,"毕老师请客,可以狠狠宰他一顿。"

听到是毕奇麟请客,唐天湉脑袋里警铃一响,摆了副可怜巴巴的表情:"老师,我想自己去随便吃点儿东西,跟老师们在一起太紧张了,中午就没吃饱。"

她摸了摸自己的肚皮,长得可爱就是好,看着特别让人不忍心。

李青青也不难为她:"行,看你中午是没吃多少,那你叫上肖季,别一个人出去啊。"

唐天湉点了点头,李青青又嘱咐了两句离开了。

唐天湉一屁股坐在了沙发上,很郁闷。

还叫肖季,那她不是自己找不痛快吗?

但李老师突然提起肖季,唐天湉开始琢磨起来。

肖季在酒店里是怎么住的?

还有李老师让她叫肖季吃饭,但她觉得肖季根本不可能推了毕奇麟做东的饭局,这会儿说不定已经坐在饭桌边了。

唐天湉撇了撇嘴,掏出手机翻微信。

郑希羽和习椿都还没给她回消息,她想起来了,之前郑希羽跟她说过,他们教练有时候为了让他们静心,会在重要的训练时期直接没收手机。

现在是赛前了,为了保证队员们注意力集中和有良好的睡眠质量,很有可能郑希羽和习椿的手机都已经上交了。

唐天湉叹了一口气,放心下来的同时有些失落。

照以往,再过两个小时,她和郑希羽可以见面了呢。

两个人在体育场上遛遛弯,嫌乏味了就去学校别的地方遛遛弯,也不干什么,也就聊聊天,却可以消除一天的疲乏感,让人觉得异常满足。

253

现在两个人相隔千里，连消息都没的发，看来无论如何她今天也不能满足了。

好气呀，唐天湉抓起沙发上的抱枕往沙发上砸了砸。

但她气归气，饭还是要吃的。刚才来酒店的时候她注意观察了一下路边，蛮繁华的，饭店不少。她背上包带上房卡，边按手机边往外走去。

郑希羽和习椿不理她，有的是人理她。

宿舍群里很热闹，李桐和阮阮都很好奇她这次的行程，于是她事无巨细地都跟她们说了。

家里人也在担心她，唐天湉对爸爸妈妈说的事就是有选择性的了，只道一切很顺利，带她的老师人很好。

她这么低着脑袋进了电梯，又低着脑袋出电梯，差点儿撞到别人怀里去。

唐天湉抬头，一句"对不起"卡在了喉咙眼里。她侧了侧身，继续往前走。

肖季追了两步，到她跟前："你去哪里？"

唐天湉："吃饭啊。"

肖季道："吃饭就在这栋的六楼。"

唐天湉看都不看肖季："我不跟你们吃。"

肖季顿了顿，说道："那也挺好的，你一个人出去注意安全，有事给我发消息。"

唐天湉心想"有事轮得到跟你说吗"，并睨了肖季一眼。这一眼她看到了肖季手上提着的东西，十分震惊："你们要喝酒？"

肖季手上提着两瓶白酒："毕老师自己带的，说喝其他的酒不习惯。"

唐天湉并不关心毕奇麟爱喝什么酒，抬头瞪着肖季："你也喝？"

肖季抿了抿唇："我能喝。"

唐天湉突然就很生气："你能喝多少啊你能喝？你一个学生有必要吗？我们是来开学术会议的，不是来搞酒局拉关系的！"

254

她说得直接，声音也不低。

酒店大厅里人不多，但路过的两个人都看了过来，肖季抬手抓住她的胳膊把她往旁边带了带："你不懂——"

"我不懂个啥？"唐天滟压低了些声音，但说的话还是一点儿都没留情，"你选择跟着那种老师，压根就是对此乐在其中，我以前跟你不熟，觉得你好歹是个有胆量的人，没想到你这么……"

唐天滟顿了顿，不知道用什么词形容好，瞪了她一眼："胆小！懦弱！媚俗！同流合污！"

肖季看着她，脸色深沉。

唐天滟觉得自己可能有点儿过分了，但并不后悔，甩开了肖季的手，还补了一句："喝你的酒去吧！"

肖季没再追上来。

唐天滟出了酒店，被冷风一吹，冷静了许多。

她和肖季现在都算不上熟，而且因为之前的事她非常讨厌肖季，觉得根本没必要插手别人的事，但就是一时没憋住，看不惯。

唐天滟跺了跺脚想，郑希羽就不会做这种事！所以，郑希羽是多么难得的宝贝啊。

想到这里，唐天滟又开心起来。

一个人吃饭有些寂寞，但好歹清净，唐天滟才不会委屈自己，明天可能要开一天的会呢，她得提前好好犒劳一下自己的大脑。于是她进的是十分贵的店，吃的也是自己很喜欢的东西，吃完了瘫坐在包间里歇息，店里放着巴赫的音乐，让人心情平静又愉悦。

唐天滟不知道酒店里的饭局结束了没，也并不想知道里面的状况，于是在座位上多坐了一会儿，决定晚点儿再回去。

她这么拖了又拖，李老师也没有给她发消息，反倒是那个置顶的对话框里突然蹦出了一个红红的"1"。

唐天湉心尖一跳，汹涌的快乐情绪猛地涌上了脑门，让她浑身的血液都沸腾了起来。

唐天湉点开小猫头像，脊背都忍不住挺得笔直。

郑希羽回她："我也是。"

唐天湉正要快速打字问问她那边是什么状况，就见郑希羽的消息一连串地发了过来：

"下飞机后手机就被教练收了，现在才看到信息。

"我这里可以看到星星，你呢？"

她在那里乱想了好一会儿，生怕郑希羽再消失，先就最近的问题回复："我这边天气不太好，阴沉沉的。"

郑希羽："好可惜。"

唐天湉："L市常年这样，不可惜。"

郑希羽："可惜。"

唐天湉："怎么就可惜了？"

郑希羽："我们不能看同一颗星星。"

唐天湉："天哪。"

唐天湉："请问对面是郑希羽同学吗？喂喂，我那个冷漠无情的郑希羽同学呢？我那么大个儿的郑希羽同学呢？"

郑希羽："在呢。"

唐天湉："我可以要求一个验证吗？我要看看对面是不是我那么大个儿的郑希羽同学。"

郑希羽准确地领悟到了她的意思，很快发了张照片过来。

郑希羽的自拍照实在是太不讲究了……

男人拍照好歹还找个角度，只不过找的角度比较奇怪，郑希羽却压根没关心什么角度不角度的问题，就是打开手机前置摄像头，然后按了拍摄而已。

光线特别黑，只有一点儿手机自带的光照在那张脸上，把那么一张漂亮的脸拍得有些难看。

唐天湉看着这张照片笑起来，一时有些控制不住，一个人在饭店的包间里笑出了声。

她乐了好一会儿，郑希羽又发了消息过来："验证好了吗？"

唐天湉闭紧了嘴巴，但眼睛还是弯成了月牙儿。

唐天湉从店里出来，脸上还挂着笑。她背着手，慢慢地往回走着。

手机振动了一下，她赶紧拿过来看。

李老师发了消息过来，问她在哪里。

唐天湉报告了一下自己的行踪，李老师拜托她买点儿蜂蜜回去。

看来他们是酒喝得有点儿多，唐天湉心里不太痛快，搜了一下附近的便利店。

离酒店最近的一家便利店离她这里也不远，唐天湉拐了个弯很快就到了。但她觉得自己可能不该来 L 市。

她又碰到了肖季。

肖季正在收银台前结账，手里拿着一瓶水。

唐天湉看了肖季一眼，肖季脸颊有些红，眼睛水蒙蒙的，明显喝多了。她没理肖季，进去买了蜂蜜，出来结账的时候肖季已经不在了。

唐天湉捏了捏手里的东西往回走去，在路过拐角的阴影时，听到了难受的咳嗽声。

不用转头唐天湉就知道是肖季。这就是肖季所谓的能喝，自作自受。

唐天湉不想理这种压根不听劝的人，但那咳嗽声一声又一声，还是让她的脚步停了下来。

唐天湉很烦躁，狠狠跺了下脚，转身回去，对蹲在角落里的人说道："要死了吗？"

这是挺过分的话，但这种情况下唐天湉实在是没好脾气。

肖季抬头看向她，眼睛里不仅有咳出来的眼泪，还有红血丝。肖季笑了笑，说道："我没事。"

唐天涪实在没忍住，用手拍了肖季一下。

肖季转移了话题，就这么蹲着问她："你出去吃饭了吗？"

"是的，一个人，没你们那么热闹，可真是寂寞死我了。"

肖季压根不理她话中的讽刺之意："想找人一起可以给我打电话。"

唐天涪面露微笑，视线下落，发现肖季手中的那瓶水还没打开。她弯腰一把把水夺了过来，十分暴力地拧开了瓶盖递到肖季面前。

脸上有压制不住的笑意，肖季过水灌了两大口，又咳了两声，清了清嗓子说道："舒服多了。"

唐天涪没说话，不知道该说些什么。

肖季顿了顿，转移了视线，没看她："你看着小小的，不太有力气，没想到今天你帮我拧瓶盖。"

唐天涪又扯着嘴角笑了笑，挺佩服肖季现在还有心情说这种话。

两个人沉默了一小会儿，肖季试图站起身，身子晃了晃。

唐天涪下意识地扶了一把。

肖季站稳了，说道："我没事了，你快回去吧。"

唐天涪想起那个一直悬在心头的问题，皱了皱眉，还是问了出来："你的房间怎么安排的？"

"嗯？"肖季愣了愣。

唐天涪凶巴巴地重复道："你的房间怎么安排的？"

"哦。"肖季赶忙回答，"我和张老师带的研究生许攸住。"

唐天涪心里一松，又觉得自己多管闲事，转头就走："我回去了！"

"嗯。"肖季在她身后开口道，"晚安。"

唐天涪在兜里掏了掏，转身把手里的东西扔了过去。

肖季接住，低头看去，是方便冲泡的蜂蜜条。

肖季抿了抿唇靠在了身后的墙上，头晕，身体不太有劲，连看向唐天涪背影的视线都有些模糊。

唐天湉越走越远，转过拐角不见了，肖季觉得有些难过。

这一晚对唐天湉来说，大体还算顺利。

李老师喝得有点儿多，但没到肖季那个程度。李老师酒品很好，冲蜂蜜喝了，洗漱过后就睡下了。

唐天湉检查了一下房门锁，也快速钻进了被窝。

第二天是一整天的交流活动。

参加这次交流活动的高校很多，规模大门类细，各界学术大佬齐聚一堂，各种名号让人应接不暇。

唐天湉跟着李青青见到了两位他们目前使用的教材的编著者，虽然面上保持着该有的镇定样子，但心里已经"嗷嗷嗷"地叫了一上午。

她没有什么具体的目的，李青青也没有给她分配什么任务，她要做的也就是开开眼界、听听报告，心情还是很愉悦的。

因为在长辈们面前不敢放松，所以她硬是没有掏出揣在兜里的手机看，真是体会到了充满正能量的充实感。

中午是会议举办方安排的饮食，比起私下的饭局可真是好太多了。老师们按照他们的分类方向坐一桌，学生们在另外的区域。

唐天湉终于得空松一口气，拿出手机"噼里啪啦"地在宿舍群里面发了一长串话。

李桐"嗷嗷"叫着让她和大佬合影，被唐天湉义正词严地拒绝了。

大厅里一派和谐，突然身边的学姐碰了碰唐天湉的胳膊，有些惊奇地说道："有表演啊。"

"嗯？"唐天湉望过去，果然，在宴会大厅的舞台上摆上了麦架和钢琴。

学姐笑着说道："真没想到，居然还有表演看。"

唐天湉也乐和起来："要是再有一对新人站上去，我们就可以祝他们白头到老了。"

舞台上的动静吸引了大家的注意，大厅里一大半的人转头看了过去。

唐天湉捏着饮料吸管，心里突然有不好的预感。当肖季出现在台上的时候，唐天湉骂了句脏话。

学姐问她："你认识？"

唐天湉："我们学校的。"

学姐："好帅。"

唐天湉撇了撇嘴。

肖季鞠了一躬，简单地做了自我介绍，主要是报了家门。

唐天湉搜寻了一下，看到了前排桌边的毕奇麟，正一脸笑意地同旁边的人指台上的肖季。肖季坐到了钢琴前，开始弹唱。

学姐一脸痴迷："啊，真的好好看，羡慕，人家搞艺术的人就是会有这种高光时刻。"

唐天湉看着台上的肖季——确实很耀眼。

音乐是有魔力的，肖季钢琴弹得好，唱得也好，很厉害，几乎看不出来紧张的样子，表情投入又自然，但唐天湉总是会想起昨晚肖季蹲在角落里的狼狈样子。

肖季是为了换取这样的机会吗？唐天湉突然觉得，肖季一定会火。

一两年，或者三五年后，肖季一定会出现在电视上、网络上，成为耀眼的明星。

唐天湉低下了头，觉得有些难过。她不再看肖季，继续玩自己的手机，但琴声和歌声还在耳边，表演结束后，肖季做了简短的致辞，透露了这歌是自己写的。

唐天湉更难过了。她想象得到肖季此刻在台上极其恭谨礼貌的样子，想象得到肖季如何认真准备这场表演，准备开场和结束时的这几句话，既不显得急功近利，又要透露自己的优秀。

一个极其有才华的人居然也要如此。

这不是唐天湉以前看到的那个肖季，她不知道哪个肖季才是真实的。

表演结束后,毕奇麟将肖季叫到了他所在的桌边去,肖季端着酒杯,一个个地叫老师,一杯一杯地敬酒,一直笑。

唐天湝突然觉得闷得慌,起身出了大厅,去露台上吹了吹风。

下午交流活动继续进行,音乐厅和文学报告厅紧挨着。

肖季自然不会错过每一场活动,唐天湝同她擦肩而过的时候,扔了东西在她怀里——是特意去买的解酒药。肖季这两天这样喝,已经不是蜂蜜水能解决的问题了。

令人惊奇的是,唐天湝做了这样的事,整个下午居然都没有被肖季骚扰。之前见到唐天湝,肖季就要跟她说两句让她生气的话,但是现在没有一点儿动静。

这样的反常情况让唐天湝有些担心,休息时间她特意留意了一下隔壁厅,然后看到肖季了。

肖季很正常,该笑笑,该鞠躬鞠躬,看起来没有任何异样。

唐天湝不再操心其他的事,把注意力拉回到了正事上,笔记做得认认真真,听完课就走。

同样的活动,在不同的人眼里,是不同的世界。

这天下午六点半,唐天湝终于收到了习椿的消息。

这人要么音信全无,要么信息来得如同山呼海啸。

消息一排排地出现,唐天湝别说回话了,连内容都没来得及仔细看。主要是图片太多了。开头只有一条文字消息:"我来了我来了我来了!"

然后便开启疯狂的图片攻击模式,有飞机窗外的云层,有机舱里闭目养神的队友,有落地 H 市的机场照片,然后再出现的,就已经是比赛结束后的庆祝场景了。

唐天湝看着照片里一张张洋溢着笑容的脸,自己嘴角的笑意也忍不住一点点地放大,收都收不回来。

"赢了?"她问。

习椿的消息往外蹦:

"赢了赢了赢了。

"打 P 师大我们那不是手到擒来?

"但她们今天状态也太不好了,我们三比零把对手打了个落花流水。

"唉,替她们难过。"

唐天湉:"上一句话很虚伪,撤掉。"

"明天抽到的是 T 大,老对手,是场硬仗。

"今天的胜利大大鼓舞了士气,相信我们也是可以拿下 T 大的!

"小羽一个人拿了十九分,你敢信?

"她今天可太酷了!"

唐天湉看得热血沸腾,大冷天总感觉有道热烈的阳光照在身上,让她整个人暖洋洋的。

郑希羽表现得这么优秀,没有看到她的比赛更遗憾了,唐天湉心里"啊啊啊"地叫着,手上也没停。

"啊啊啊!你怎么比赛完以后才拍啊,上场前的画面呢?

"你们比赛肯定有视频啊,给我看看!"

"我这会儿才拿到手机啊,一下飞机手机就被我们教练收了!

"我要跟你吐槽她,她真是太狠了!

"今天早上还训小羽呢!"

唐天湉:"……"

习椿接下来直接发了语音,竹筒倒豆子般说了一大通话。

唐天湉在扑面而来的信息里拼凑出了完整的事实,惊讶地张大了嘴巴。

昨晚郑希羽趁教练不注意,偷偷拿回了自己的手机,用完偷偷放了回去,只是还是大意了没注意位置,被教练抓了个正着。

昨天晚上回酒店晚,今天一早郑希羽又被训,赛前这个样子,让大家都有些担心她的状态。

还好,她发挥得很好,比赛时沉着冷静,霸气凶狠,就像大家给她起的外号——沉默的机器。

这台平日里规矩勤奋的机器，昨晚冒险违纪，就是为了给唐天湝发条消息。这台赛场上杀敌制胜都没有发出过一声怒吼的机器，很快给唐天湝打来了电话，一个简单的"喂"字里，愉悦之意藏都藏不住。

唐天湝也很快"喂"了一声。

郑希羽就像迫不及待请求奖励的小孩："你猜猜我表现得怎么样。"

唐天湝有点儿控制不住自己，张口就把心里话说了出来："我想立刻飞到你们那边去。"

唐天湝知道了郑希羽昨晚偷拿手机的事，但没有拆穿她。

两个人聊了通电话，直到有人在那边不断地催郑希羽了，电话才被挂断。唐天湝盯着手机，又乐了好一会儿。

冬天白日短，就这么一通电话的工夫，外面的天色已经由明转暗。

报告会基本结束了，剩下的都是私人约着的聚会。

唐天湝收拾了一下东西，准备去找李老师打个招呼，先回酒店。

结果她到了李青青跟前，一侧头发现毕奇麟也在。

唐天湝往后挪了一小步，小声地对李青青说道："老师，没什么事的话——"

她的话没能说完，毕奇麟突然转头看到了她，一脸慈祥地朝她挥手："小甜甜过来。"

唐天湝看着他，毕奇麟继续招呼她："你来看看这是谁。"

李青青在唐天湝背后轻轻推了一下，这么多长辈在，唐天湝脸上挂上职业微笑，朝毕奇麟走了过去。

毕奇麟拉了拉她的胳膊，给她指了个方向："快看。"

唐天湝望过去，看到了肖季。

唐天湝："……"

毕奇麟："旁边那个，穿白衣服的。"

唐天湉眯了眯眼，有些疑惑："林本绮？"

毕奇麟拊掌，大笑着冲李青青说道："我说吧，年轻孩子都认识。"

"他怎么会在这里？"唐天湉是真想不通，一个偶像男团的成员，跑来高校学术交流会干吗？

"Y影舞蹈系院长上学的时候就在我隔壁班……"毕奇麟开始了最喜欢的回忆过去加全世界都跟我认识的主题报告会，讲完了跟院长的二三亲密故事，这才说清楚了此刻的状况，"虽然这孩子已经出道两年，但还没上完学呢，老祝听说我要带个人才过来，自然又要跟我比个高下……"

"哦。"唐天湉随意地应和了一下，反正毕奇麟也只是想随便拉个人说说话。

"明年团体合约就要到期了。"毕奇麟朝唐天湉弯弯腰，压低了声音说，"小林现在进了张寒导演的剧组，将来前途无量啊。"

唐天湉视线在和林本绮说话的肖季身上停了停，她突然就有个问题特想问问毕奇麟。她看了一眼四周，这会儿大家都在各忙各的，没人注意他们俩。于是唐天湉也压低了声音，问道："毕老师，那肖季怎么跟他比啊？"

毕奇麟拍大腿，不乐意了："肖季前途更无量啊！"

唐天湉眨了眨眼："怎么个前途无量法？"

毕奇麟笑得意味深长："你这个小姑娘啊，我今天就告诉你点儿秘密。"

唐天湉："您说。"

毕奇麟："过了寒假，肖季也就不是现在的身份咯。"

唐天湉："不是大一新生了？"

毕奇麟："哈哈哈，企鹅视频你知道吗？他们今年投了这个数做一档综艺节目。"

唐天湉看着毕奇麟张开的五个手指，不明白到底是多少数，也不想明白。但她心里的问题有了答案，肖季会以有背景、有关系的身份参加这档综艺节目。

唐天漭闭了闭眼，心情复杂。毕奇麟后面再说了什么，她没太听得进去，只等着他说得差不多了，来个不失礼貌的微笑："毕老师，抱歉，我去一下洗手间。"

毕奇麟自然不会拦她，唐天漭趁机溜了，也没回酒店，又是一个人出门去吃饭。明天活动还有一天，她能够想象会是相似场景。

但明天的郑希羽会打出什么样的成绩她不知道，她看不着也听不着。

唐天漭觉得她这么想有些过分，但她的脑袋就是会把郑希羽拉出来和肖季做比较。

高下立现。同样有才华、有天赋、有目标，努力拼搏，两个人却选择的是两条完全不同的路。

现实点儿，唐天漭明白肖季的路会走得更通畅更快，就像是通往成功的捷径，但唐天漭向来不是个现实的人，而是崇尚自由的理想主义者，喜欢的永远都是灿烂、热烈、可以曝光在太阳下的品质。

郑希羽性格比肖季内敛许多，但人更敞亮。

手机里没有了习椿的新消息，唐天漭知道队员们的手机肯定又被教练没收了。这个点他们应该在吃饭，吃饭的时候肯定会聊聊天，说说今天的比赛，说说明天的打算。

教练会夸奖郑希羽吧？郑希羽拿了那么多分，教练夸奖完以后，郑希羽会不会飘起来，在今晚的某个时刻又去把手机偷出来？

啧，大尾巴狼。

唐天漭吃了顿饭，回酒店的时候虽然手机里还是没有新消息，但心情还不错。

这天晚上李青青回来得比较早，唐天漭不好意思在老师面前一直玩手机，只能随着老师早早地睡了觉。

这一觉唐天湉睡得不怎么踏实,因为梦见L市突然发大水,把他们开会的酒店给冲跑了,唐天湉只能回学校。如果只能回学校,她就可以去H市旅游了。睁眼的时候,她差点儿被这只是个梦的现实给气死。

这一天唐天湉无聊到下午,在休息区里喝奶茶的时候,毕奇麟突然坐到了她身边。

唐天湉身子往旁边斜了斜,问:"毕老师,有什么事吗?"

这片休息区位置偏僻,这会儿这里就他们两个人,唐天湉真不信他俩有这缘分,只是偶遇。

"恰巧碰到。"毕奇麟却偏这么说。

唐天湉没说话,手揣进兜里,摸着手机。

现代年轻人对自己手机的熟悉程度绝对是可以闭眼进行一切活动的,何况唐天湉来到L市的第一天就把酒店的安保电话存成紧急联系人了。

现在她只要按下大拇指,就肯定会呼救成功。

所以唐天湉很淡定,甚至继续喝着奶茶,嫌弃这家的奶茶味道有些重。

到底还是毕奇麟憋不住,开口问道:"小甜甜啊,你成绩很好吧?"

"平时考试吗?"唐天湉笑了笑,"不怎么好,中游吧。"

"那就是人机灵。"毕奇麟很开心,继续问,"入党了没呀?"

"没。"唐天湉回道,"没入上。"

"现在学校名额卡得严。"毕奇麟看着她继续说,"毕老师这里今年还剩两个名额,你回去把该写的材料都写了,交过来就行。"

唐天湉觉得好笑得很,于是就这样笑着看毕奇麟:"毕老师,您是音乐学院的老师,我是文学院的,这没法用吧?"

"哈哈哈……"毕奇麟笑起来,突然抬手去摸她的脑袋,"傻姑娘,毕老师说能用就——"

他没摸着,唐天湉往后躲了躲,躲得挺不动声色的,脸上也没什么惊慌失措的表情。

这搞得毕奇麟虽然动作和嘴里的话语都被打断,却又不得不装作无事发生的样子继续说下去。

"能用。"毕奇麟将话说完。

"我不太在乎这个。"唐天湉说道,"材料好多,我特别懒。"

毕奇麟顿了顿,问道:"小唐准备考研还是直接找工作啊?"

唐天湉:"还早,没考虑。"

毕奇麟:"想留在N市还是回家乡呢?"

唐天湉笑容里的嘲讽之意都快压抑不住了:"我家就是N市的。"

毕奇麟:"哦。"

他拖长了声音,视线也往别的方向偏了偏,看来是在想其他诱惑唐天湉的条件了。

唐天湉突然就无比确信,她真的什么都不用担心了,手从兜里掏了出来,身子往外斜了斜,她双手抱着奶茶看着毕奇麟,像看个被耍的猴。

"咱市中心新盖的那个商场您去玩过吗?"唐天湉问道。

毕奇麟显然没想到她会主动同他说话,一副很惊喜的模样:"都是些你们年轻人爱玩的东西,我去过两次,以后带上你。"

唐天湉挑了挑眉:"可以啊,带上我很占便宜的,所有项目打五折。"

"嗯?"毕奇麟表情疑惑地看着她。

唐天湉笑了笑:"那楼我家盖的,不卖,就租。"

毕奇麟:"……"

唐天湉低头叹气:"所以我爸老说我要是不好好念书,将来就只能回家去当个包租婆了。"

毕奇麟:"……"

唐天湉皱紧眉头:"包租婆不好啊!包租婆好累的,那么多账,我数学不好,算不明白的!"

毕奇麟:"……"

唐天湉:"所以我觉得我还是得好好学习,所以我和李老师来开会了,真是受益匪浅呢。"

毕奇麟："令尊——"

唐天湉打断他的话，微笑道："我爸特没文化，就是个暴发户，要不是我伯伯有点人脉，我爸啥事都干不成，还老说我。"

毕奇麟不说话了。

唐天湉还想再吹牛，有人匆匆过来，老远就大声叫道："毕老师！"

唐天湉看向跑着过来的肖季，脸上嘲讽的笑意没收回去。

毕奇麟站起身："喊什么喊？"

肖季回道："祝老师找您。"

毕奇麟头也不回地大步离开了。

唐天湉咬着奶茶吸管，看向肖季："你不走？"

肖季上上下下地看着她："你没事吧？"

唐天湉："我能有什么事？光天化日的，他敢把我怎么着？"

肖季呼出一口气："你没事就好。"

唐天湉问她："祝老师真找毕老师了？"

"没有。"肖季看着她，顿了顿，说道，"我就是害怕——"

"那你应该害怕的是接下来怎么办，"唐天湉打断了她的话，站起了身，"你坏了他的打算，万一人家一怒之下让你的寒假计划泡汤了……"

"不用了。"肖季的情绪突然有点儿激动，"以后不用了，你相信我。"

"跟我有什么关系？"唐天湉转身准备离开。

肖季握住了她的胳膊，捏得有些紧："真的，企鹅视频那边我已经搞定他们总监了，我不用再——"

唐天湉那股火"噌"地冒了上来，她甩开了肖季的手："换群人伺候了？你对那边的高层鞍前马后了？"

肖季说不出话来。唐天湉没再理肖季，风风火火地往外走去。出了休息区，她脚下没停，直接上了电梯，回了自己的酒店房间。

行李没什么好收拾的，她就是把洗手间里的护肤品塞进箱子里，衣服压根就没往外拿，将箱子一扣，可以拎着就走。

直到出了酒店上了去机场的出租车,唐天浠才给李青青发消息:"李老师,我提前走了。"

李青青发过来一串问号,加着三个字:"为什么啊?"

唐天浠:"恶心得不行,撑不下去了。"

李青青赶紧从头到尾地将她关心了一遍,唐天浠便也顺口胡诌了一个病。李青青要带她去医院,唐天浠说她在去医院的路上,那家医院里有专门负责看她这病的医生,开了药就好。

李青青又嘱咐了好一会儿,看来是原谅了她的不告而别。

订了机票以后,唐天浠给习椿发过去一串消息:

"拿到手机后把你们比赛的具体地址发给我。

"要是比赛结束后才看到这些消息也不用担心,我肯定已经找到你们了。

"我要是见到郑希羽了,你就帮忙请个假。

"我要是还没见到郑希羽,就不要告诉她我来了。"

唐天浠弯起嘴角,心底的怒火已经换成了沸腾的热血。

她打下最后一条消息:"这是个秘密,也是个惊喜。"

第十章 做彼此的榜样

　　唐天湉到达比赛场馆的时候，比赛正进行到第五局，二比二，是最关键的时刻。

　　场馆里的人并没有她想象中多，相反，很冷清，看台一眼望过去都是空的。唐天湉弯着身子瞅了瞅，觉得也没几个单纯的观众，毕竟这只是大学生联赛的分区初赛，除了参赛人员就没有什么关注度了。

　　但场上的人依然打得火热。

　　运动员大概在任何一场比赛中都会拼尽全力，打到现在，双方队员都肉眼可见地有些疲惫，杀意却一点儿都没消退。

　　唐天湉进来的时候便吸引了许多人的注意，她这会儿一点儿都不想打扰别人，于是没上到视野开阔的位置去，而是在看台的一角找了个可以望见自己学校球队的方位坐了下来。

　　离得有点儿远，而且大家一动起来就跑得有点儿快，唐天湉眯着眼睛，盯紧了那个她要见的人。

　　郑希羽穿着天蓝色的球服，头发扎得整整齐齐，排球袜紧裹着小腿，大腿上的汗珠在灯光的照射下闪闪发光。

　　唐天湉把行李箱拉过来放在面前，趴在上面。

她抽空侧了侧头，发现她坐在这里也就七八分钟吧，就到赛点了。

唐天漭再转回头去的时候看到了习椿，习椿瞪着大眼睛瞅着她。

唐天漭抬起手机，朝习椿做了个噤声的动作，习椿点点头，装作若无其事的样子绕了半边场地，又回到了休息区。

唐天漭这才发现习椿走路的姿势有点儿不对劲，好像脚又出问题了。

她盯着习椿看了一会儿，有些心疼。

最后一球来回拉锯，最终竟然以对方发球失误告终，N大球员们抱在了一起欢呼，习椿蹦上去，被大家拉进了队伍里。

唐天漭盯着郑希羽，想要站起来对她挥挥手。

就在她脚下有所动作的一瞬间，郑希羽看了过来。郑希羽明显愣住了，大家推她抱她她都没反应。

唐天漭拉了拉外套衣摆，然后优雅地站了起来，并矜持地朝郑希羽招了招手。

郑希羽一下子笑起来，比她赢得比赛时笑得还要灿烂。

唐天漭也笑了起来。

郑希羽还是在笑，眼睛几乎一眨不眨地盯着唐天漭，这样的情况很快让周围所有人的视线都转了过来，包括教练。

唐天漭一下子被众人注视，而赛场上的收尾工作还没彻底结束。

对方队员过来握手，顺着这边所有人的视线也看向了唐天漭，都是一群刚刚打得热血沸腾的人，又都是一群光是身高放在那里就给人压迫感的人，唐天漭身子有些僵，放下了手。

唐天漭坐下身低下了头，抠着行李箱上的贴纸，不再看过去。

有人来到她身边，问她："你是N大的呀？"

唐天漭转过头，看到来人是个拿着相机的男生。

"是。"唐天漭回答他。

"你们学校今年很猛啊，连T大都干下去了，T大她们也真是运气不好，初赛就对上了你们。"

唐天浠听到这话有些不舒服,说道:"体育竞技,强者相逢才有意思。获胜的概率双方一半一半,今天不是T大被淘汰,就是我们学校被淘汰。"

男生笑了笑:"你说得对。"他顿了顿又问道,"二号你认识吧?你们队今年的撒手锏。"

二号是郑希羽,唐天浠挺骄傲的:"嗯。"

男生说道:"她大一的吧?进队也就三个月时间。"

唐天浠:"她以前也厉害呀。"

男生:"是吗?说说。"

唐天浠心里警惕起来,她上上下下瞄了男生一番,这男生个子很高,身材好,长得也帅。

唐天浠皱着眉头:"我不认识你,不跟你说。"

若别人这么说就是严厉拒绝了,但唐天浠的脸让这句话显得像小孩子撒娇。男生笑起来,笑容特别灿烂,跟哄小孩似的说道:"不说就不说,以后熟了再说。"

唐天浠心道:我不想跟你熟,谁要跟你熟?她转头再去看赛场,发现郑希羽朝她走过来了。

郑希羽个高腿长,身姿挺拔,步伐大而稳,整个人英姿飒爽。

唐天浠睁大了眼睛瞅着郑希羽,看她一步步朝自己靠近,抽空观察了一下四周,发现同样有不少人注视着郑希羽,包括身边这位不知名的男同学。

唐天浠一错身,挡到了男同学前面。

她这个角度,要是高点儿、胖点儿一定把男同学挡得严严实实的,但无奈她只是心里装着个巨人,实际还是个小不点。

而且她悲哀地发现,她这样一挡,郑希羽反而看向了男生。

唐天浠皱起了眉头,郑希羽也皱起了眉头。

唐天浠决定主动出击,弯腰去推箱子,准备下去和郑希羽会合。郑希羽也突然加快了脚步,"唰"地一下就跑了起来。

于是两个人之间的距离极快地缩短，终于，唐天湉站到了郑希羽面前。

近看，唐天湉觉得她整个人都湿漉漉的，球服胸口是湿的，胳膊是湿的，脸上也透着高强度运动后的潮气，衬得脸颊有些红。

真可爱，唐天湉心想。

场馆里温度并不怎么高，唐天湉有些担心，于是开口第一句话就打乱了自己的计划："你的外套呢？快穿上，别感冒了。"

郑希羽笑了笑，抬手拨了一下她额前的刘海："不会的。"

唐天湉也开始乐，等着郑希羽问一句"你怎么过来了"。

但郑希羽没说，只伸手接过了唐天湉的行李箱，问："晚上吃什么？"

"啊……"唐天湉没考虑这个问题，"你要和球队的人一起吃吧？"

"嗯，一起。"郑希羽说道，"放心，加上你不会把教练吃穷。"

唐天湉傻呵呵地笑，搓了搓手，有些紧张。

两个人往下走的时候，被人叫住了。

"希羽，"身后的人说道，"爸今天在 H 市出差。"

唐天湉回头，看到出声的是刚才和她搭话的男生，瞪大了眼。

郑希羽没理他，另一只空着的手抓住了唐天湉的胳膊，带得她转了身。

男生继续说道："我把他的地址发你的微信上了，有空我们一起吃个饭。"

郑希羽还是没理他，继续走自己的，唐天湉却几乎要顺拐了。

唐天湉被带到球队休息室里的时候，都有些愣愣的。也不知道为什么这会儿休息室里没人，郑希羽进了内间换衣服，门都没关。

外间的门本来就是一推就开的，唐天湉觉得她也太不讲究了，赶紧走过去帮她锁门，手刚放在门把上，就被人一把拉了进去。

然后门便在唐天湉身后"咔"的一声锁上了。

内间光线不太好，有种胶皮的味道，衣物柜排列得很整齐，打开的那个柜子里面放着郑希羽平日里穿的衣服，而郑希羽本人站在唐天湉面前，低头看着她。

"你怎么来了？"郑希羽终于问。

"啊，那个……"实在没想到环境会是这样，唐天浠一时有些组织不起语言来。

郑希羽身后就是长凳，她突然坐了下来，身高差距缩减让压迫感去掉了一大半。

郑希羽抬手捏了捏面前柔软的指尖，问道："你在想什么？"

我的天哪，唐天浠在心里喊。

她现在可以俯视郑希羽了，却并没有轻松到哪里去。

"喂。"郑希羽提醒她回答问题。

唐天浠扯谎："我那边会开得差不多了，无聊呗，听说H市风景很好，来看看呗。"

郑希羽："哦，那你一个人待着吧，我走了。"

唐天浠："……"

郑希羽说着走，人倒是一动没动。

"你……你……你的队友等你呢。"唐天浠说道。

"哦。"郑希羽说。

"你那个亲戚好像也在等你呢。"唐天浠这会儿什么人都扯。

"哦。"郑希羽还是没什么语气变化。

唐天浠都有些不敢看郑希羽了。

换衣间里陷入了沉默状态，外面突然一阵喧哗，有人进来了。

唐天浠的第一反应是——好可惜！第二反应是——不能让人进来！

于是她一跨步，抬手去把门给反锁了。

郑希羽压低了声音说："她们也要进来的。"

唐天浠："……"

郑希羽抬眼看着她："说你到底为什么来，我就想办法把你藏起来。"

唐天浠："……"

几秒钟后，唐天浠一掌拍在了郑希羽的胳膊上："你赢个比赛了不得了啊,干吗呢?还威胁我!"

郑希羽拉了她一把:"对不起,害你跑这么远。"

唐天浠挥了挥手:"嗐,没事。"

郑希羽:"看到你我好开心。"

唐天浠:"没看出来,那你给大爷乐一个。"

郑希羽轻轻地笑了一下。

有人过来推里间的门,没推开。唐天浠被吓得身子又抖了一下。

"有人在里面吗?"门外的人喊。

唐天浠突然就着急得不得了,有种错过此刻再等十年的火急火燎的架势。

她猛地拉过郑希羽的手,然后露出了一个无比灿烂的笑容。

唐天浠开口道:"为了我们都开心。"

门外的喊声又响起,这次对方还连名字都带上了:"小羽,是你在里面吗?小羽?"

唐天浠赶紧甩开了郑希羽的手:"回答你了,快点儿,把我藏起来。"

门外的人准备破门而入了,郑希羽这才扬声喊道:"我在,等一下。"

"你干吗呢?这么久!

"睡着了吗你?

"快点儿,快点儿,我要换衣服!

"教练说今天吃饭可以暂时不复盘,哈哈哈。"

催得虽然紧,但得了信,门外的人也就走开了,但没走远。外间空间挺大的,大家叽叽喳喳地说着话,里间的人听得挺清楚。

唐天浠努力和郑希羽拉开点儿距离,压低了声音说话:"她们听得到我们的声音吗?"

郑希羽:"再等会儿就听到了。"

唐天浠:"……"

她觉得郑希羽在故意逗她。

唐天湉撇了撇嘴，退后一步，四下张望。求人不如求己，郑希羽不给她找藏身的地方，她自己找。

郑希羽笑起来，站起身拉了她的外套帽子一下："别怕，有地方。"

"哪儿啊？"唐天湉找不着。

"你等一下。"郑希羽说着一抬手就把身上的球服给脱了。

唐天湉："……"

郑希羽将手放到了裤子边上，唐天湉立马转过了身。

郑希羽开始在她身后窸窸窣窣地换衣服，柜子还在唐天湉前面，每次郑希羽拿衣服的时候长胳膊长手的偏要从她的头顶经过。

"好了。"郑希羽终于说道。

门再一次被砸响，这次不仅唐天湉被吓得身体颤抖了，郑希羽也颤了一下。

"你在里面晕倒了吗？"这是个气势十足的嗓音。

"糟糕，教练来了。"郑希羽说道。

唐天湉急道："啊啊啊——怎么办？怎么办？"

郑希羽提着她的后脖领子，带着她大步往里走去。

唐天湉："干吗？"

郑希羽"咔"的一声打开了一扇门，门外冷风吹过，是场馆外面。

唐天湉被吹得一个激灵，脑子也清醒了，抬手对着郑希羽又狠狠捶了两下："有门你不跟我说！"

郑希羽笑着将她推出了门："等我五分钟。"

唐天湉赶紧躲进了冷风里，四下看看，找了个便利店跑了进去。

郑希羽关上这道门，打开了另一道门。

教练皱着眉头，往里面瞅了瞅："换个衣服这么久？"

"嗯。"郑希羽面无表情地往外走去。

球队的人都在，大家赢了比赛很兴奋，郑希羽一出来便被人拉着讨论刚才几个绝妙的得分球。

郑希羽嘴上应着,心思早就跑得老远了。

她真没想到唐天凇会来找她。

在球场上瞄到唐天凇的那一瞬,她以为自己出现了幻觉,但好在对方提前失误,没有让这幻觉影响她发挥。

习椿拉了她的胳膊一下,拽回了她的思绪。

郑希羽转头看向习椿:"嗯?"

习椿将她往旁边拽了拽,小声问:"学姐呢?"

"你看到她了?"郑希羽问道。

"废话啊,不光我看到了,全队人都看到了啊。"习椿瞪大了眼睛。

"哦。"郑希羽觉得自己的脑子有些抽风。

大家怎么可能没看到?她连胜利都没庆祝完就直接奔去了看台上。

那既然大家都看到了,她就没必要再耽搁时间了。

郑希羽拨开习椿,朝教练走了过去。

教练是十分有资历的,严厉、霸道,为了目标不近人情。

郑希羽平日里训练从不偷懒,所以倒也没怕过教练,唯一的一次挨训也就在昨天,偷拿了手机被发现。

现在,好像为了同一个人,她又要开始做反叛的事了。

"谈教练,待会儿吃饭我就不去了。"郑希羽说道。

"嗯?"谈燕看向她,面上并没有惊讶之色,只问,"你去哪里?"

"朋友过来了,我陪她。"郑希羽回答。

谈燕顿了顿,问道:"你前天晚上联系的朋友?"

郑希羽皱起了眉头。

就算有这种猜测,郑希羽也并不觉得谈燕有必要提出来。她违规是不对,该受的处罚已经受了,至于是哪个朋友,是她的私事,教练没有资格干涉。

"您说比赛结束后有两天假期。"郑希羽说道。言外之意很明确:

现在是假期时间了,我想干什么就干什么,没必要事事通报。"

谈燕看着她,没说话。

这种被沉默着盯视的感觉很熟悉,但凡队内谁训练偷懒了、违规了,谈燕都是这样看着队员,直到队员自己撑不住承认错误。

但郑希羽今天没错,所以安静地与谈燕对视。

她俩之间的氛围传染了出去,四下安静下来,大家都看着她俩。

汪亭溪是队长,拉了郑希羽的胳膊一下:"小羽,怎么了?"

谈燕抬了抬手:"你去吧。"

郑希羽点了一下头,临出门的时候还是说了一句:"谢谢教练。"

她从这边的门出去,要再绕到唐天湉出去的后门,有一段距离。

郑希羽将外套拉链拉上,起初是快走,很快变成了跑。

她到达后门所对的巷子里时,路上并没有唐天湉的身影。

郑希羽掏出手机,给唐天湉拨电话。

手机响了好几声,然后她看到一家便利店的玻璃门被艰难地推开一条缝,唐天湉手里端着两杯饮料,朝她仰起脑袋呼唤:"这儿!这儿!!"

郑希羽赶紧过去帮忙把门打开了,也把饮料接了过来。

"有些烫。"唐天湉提醒道。

"不烫。"郑希羽看着她。

两个人对视了三秒,唐天湉突然低下头,手插进衣服兜里笑起来:"傻乎乎的。"

郑希羽看着她的脑袋顶,也觉得自己傻乎乎的。

两个人别扭半晌,唐天湉突然想起来重要的事:"我的行李还在休息室里呢!"

她瞪大了眼睛,一副惊慌失措、天塌下来的模样。

郑希羽还是笑,回道:"不急。"

"哎呀!"唐天湉捶着郑希羽,"你也不知道给我拿出来,被你的队友看见了不就……"

"什么？"郑希羽及时打断了她的话。

唐天湉："……"

"你今天不准再反问了。"唐天湉命令道。

郑希羽笑着应道："好。"

"也不准再威胁我了。"

"为什么？"

"说了不准问！"

"好好好。"

"哼。"

"有消息。"郑希羽端着饮料的手指了指自己的兜。

唐天湉赶紧帮郑希羽掏出了手机，递到了郑希羽面前。

"我没手，你帮我看。"郑希羽说道。

"哦，密码是？"

"1235。"

"哈哈哈——你这密码也太简单了吧，不怕被盗吗？"唐天湉一阵乐，然后点开了消息，"习椿的，说你的包和……"

她顿住了。

郑希羽挑眉看着她。

唐天湉跺脚："哎呀！你的包和我的行李都在她那里！她说帮你带回酒店！让你放心玩！"

手机又振动了一下。

"她还说！"唐天湉觉得自己的脸已经丢尽了，不差这一两下了，"酒店不熄灯不锁门！多晚回去都成！"

"噗。"郑希羽笑出了声。

唐天湉气得将手机扔进了郑希羽的兜里，顿了一秒钟，又掏了出来，感觉有什么地方不对劲。

郑希羽的微信置顶，好像是她的头像，但名字是……

唐天浠盯着那三个字，脸颊"唰"地一下红了，她有钻地缝的冲动。

"小猫咪"。

郑希羽给她的备注是"小猫咪"。

她哪里像小猫了？

她跟小猫有什么关系？

郑希羽这个大尾巴狼自己的头像是小猫就算了，给她搞个备注还是小猫。

唐天浠又把手机扔了回去，捂住脸冲郑希羽喊："你不会把饮料给我一杯啊，非让我帮你看啊？"

郑希羽："对不起，我一时没想到。"

唐天浠："不许说对不起！你好讨厌啊！"

郑希羽弯腰看着她："哪里讨厌了？"

唐天浠抬脚踹了郑希羽一下，然后便一马当先地往前跑了，在陌生城市的夜晚，也没个方向。

但她不害怕，因为有郑希羽跟在她身后。

郑希羽追上唐天浠，问她想吃点儿什么东西。

唐天浠背着手晃悠了一会儿，回道："热乎的。"

郑希羽把手中的饮料递过去："热乎的。"

"哦。"唐天浠都快蹦出这条街道了，才想起她买的饮料还没喝。

她端过来吸了一口，然后又立马给郑希羽递了回去："这个是你的，我的是另一个。"

"嗯？"郑希羽先接过唐天浠手上的饮料尝了一口，被酸得皱了皱眉头，"蜂蜜柚子水你买热的。"

"哈哈哈……"唐天浠一阵乐和，"你不是喜欢喝蜂蜜柚子水吗？大冬天的，肯定要热的啊。"

"我也就在你跟前喝过一次。"郑希羽有些无奈，把另一杯饮料递过去，"你的是什么？"

"热可可。"唐天湉喝了一口，满足地眯起了眼睛。

郑希羽盯着她。

唐天湉："嘿嘿。"

郑希羽："我要尝一下。"

唐天湉把手移开："不给。"

郑希羽一伸爪子，轻而易举地就把饮料给捞了回来："你喝过我的了，这样公平点儿。"

唐天湉蹦着去抢饮料，没什么用，笑着喊道："你这个人怎么这样啊？两天没见怎么变成了这样啊？胆大包天啊！管不住你了啊！"

郑希羽喝了一口热可可，甜腻的香味充满口腔，她挑了挑眉，把东西还了回去："你给的特权。"

唐天湉撇了撇嘴，拿着饮料又跑了："谁给了？"

郑希羽也不着急，在唐天湉身后和唐天湉保持着一米的距离，慢悠悠地走着。

她喜欢看唐天湉的背影，高兴的时候就蹦蹦跳跳的，满头的长发也跟着一蹦一蹦的，特别有活力，特别欢快，特别容易让人心情愉悦。

最后两个人随便进了路边的一家麻辣烫店，唐天湉拿着菜篮子"唰唰唰"地往里面扔东西，问都不问郑希羽。

郑希羽就坐在桌前看着她，看着看着就忍不住靠住了椅背，身子往下滑了一大截。

唐天湉选完菜拿去给老板，一回头看见这人懒懒散散的样子，有些吃惊。

她蹦着过来，上上下下地瞄着郑希羽："啧啧啧，不一样了啊。"

"老说我。"郑希羽拍了拍身边的位置，"怎么就不一样了？"

唐天湉坐下，转过脑袋看郑希羽："这会儿特别放松，身子都垮下来了。"

"讨厌我垮吗？"郑希羽问。

"不讨厌。"唐天湉噘了噘嘴，"你平时绷得太紧我看着才累呢。"

"那以后就不绷了。"郑希羽笑着说道。

两个人就这么有一搭没一搭地聊着，聊到饭菜都上来了，其实什么正经事都还没说。

坐得太近不太方便，唐天湉便端着碗到了对面。

她风尘仆仆地赶了半天的路，到了又被郑希羽折腾这么一通，这会儿饿得不得了，眼睛盯紧了食物，就再没分给郑希羽一个眼神。

唐天湉吃完一碗米饭，吃得七分饱了，这才有空理郑希羽："你不饿吗？"

郑希羽回道："还行。"

唐天湉站起身，夹了一大筷子肉给她："今天打那么久，能不饿吗？累死了。"

"累是有点儿累，不是很饿。"郑希羽说道，"比赛时太紧张，完了反倒不太有食欲。"

"嗯？这样吗？"唐天湉仔细看了看她的脸色，"身体有没有感觉不舒服？"

"没有，恢复一下精力，明天就好了。"

"啊。"唐天湉觉得自己犯大错了，"那我不应该拉着你出来，你应该早点儿回去休息。"

"说什么呢？"郑希羽把唐天湉夹给自己的肉都吃了，"我不跟你出来这会儿也在球队的饭局上。"

"是啊，对了，"唐天湉这才想起来了，"你之前不是说不差我一个人吗？你不去吃团建饭真的没问题吗？"

"我不想让你见她们。"郑希羽说道。

"嗯？"唐天湉睁大了眼睛。

郑希羽盯着碗里的饭："队里个子高的人那么多，万一你——"

话没说完,被唐天滟伸手一巴掌拍在她的脑壳上给拍没了。

"哈哈!"唐天滟盯着自己的掌心,用特别豪迈的语气说道,"真没想到我唐天滟有一天可以打一米九二的人的脑袋啊!"

郑希羽笑得饭都快吃不下去了。

这顿饭吃了蛮长时间,快吃完的时候唐天滟闻到了一股沁人心脾的香味,吸溜着鼻子跑到操作台跟前,问老板:"什么东西啊这么香?"

老板端起杯子在她跟前晃了晃:"自家酿的酒。"

"我尝尝。"唐天滟闻着它有一股果子味,觉得酸酸甜甜的肯定很好喝。

老板却立马把手收了回去:"小姑娘不能喝酒。"

"我成年了!"唐天滟指着自己,"我都大二了!"

老板:"看不出来。"

唐天滟:"要我掏身份证吗?"

老板:"大二了也很小,小姑娘大晚上的不要喝酒。"

"老板,你怎么有钱不赚呢?"唐天滟十分想不通,回头招呼郑希羽:"老板嫌我小,不给我酒喝!"

郑希羽走了过来,扒着柜台:"老板,我够大吧?"

老板:"你体形挺大的,但年纪也不大。"

唐天滟把手机拿出来,扫了下付款的二维码,然后"啪"地把手机拍到桌面上:"您就说,多钱肯卖?"

老板抱着酒,可委屈了:"我就一瓶了!"

唐天滟说道:"那给我半瓶。"

老板:"不行。"

唐天滟:"一杯总行了吧?"

老板:"不行。"

唐天滟:"一口,一口!"

老板:"你咋这样呢?"

郑希羽知道自己此刻不该笑，但没憋住。为了不让唐天浠丢气势，她侧过了身笑，但身子一抖一抖的，还是被发现了。

唐天浠抬手拍在她的腰上："光知道笑，我要喝老板的酒！"

脸上的笑意还没散完，郑希羽只得回头看向老板。

"老板，她今天闻着您这酒的味道了，特别想喝。您要是不给她尝尝，她可能得记一辈子。

"我俩都不是 H 市的人，我过来比赛的，就在那边的体育馆，三比二，赢了。她过来看我比赛，正赶上最后一局。今天我俩都特别高兴，好酒配好心情，也不浪费您的佳酿对不对？"

唐天浠瞪大了眼，盯着郑希羽，不敢相信这人居然这么能说。

老板也瞪着眼睛，瞅瞅郑希羽再瞅瞅唐天浠，终于从柜子里拿出一个瓶子来，"哐"地放到了她俩面前："拿去拿去，叔也不是那么小气的人。"

郑希羽朝他拱了拱手："谢谢。"

唐天浠在手机上点着："老板多少钱？五百够不够？"

老板扒拉了她的手机一下："别，不要钱，这是我老婆酿的，只送不卖，卖了她能三天不跟我说话。"

唐天浠便也不支付了，嘴特甜地说道："我就说怎么这么香呢，原来是爱情的味道。"

老板挥了挥手："行了行了，别忽悠了。"

唐天浠拿过酒，当下就要打开盖子。

老板拦住了她："时间也不早了，我这儿要关门了，这个酒劲不小，你俩回去再喝。"

唐天浠："哦。"

她抱住了小瓶子，很快将其塞进了自己的包里。

郑希羽又道了两声谢，两个人这才走出了店。

"没想到能得到一瓶酒。"唐天浠可高兴了。

"老板说了回去再喝。"郑希羽提醒道。

"嗯，不急。"唐天浠拍了拍包，像里面有宝藏。

郑希羽停下了脚步，看着她："回哪儿？"

这可把唐天浠给问住了。她下飞机后直接来了场馆，压根就没去找酒店。

这会儿半夜三更了，倒也不是不能订酒店，她皱着眉头，望天思考着。

H 市的空气质量是真的好，城市的夜晚居然能看到满天繁星。

唐天浠侧了侧脑袋，觉得酒还没喝，自己就已经有些醉了。

她问道："你们的房间是怎么分的？"

郑希羽也侧了侧脑袋，回道："我和队长一间。"

唐天浠皱了皱小眉头："你们队长是不是个子也很高？"

郑希羽："对，一米八五。"

唐天浠继续皱眉头："那我去你的房间你肯定会担心。"

郑希羽："我把她赶出去。"

唐天浠："哎呀，人家打球那么累。"

郑希羽："那你说怎么办？"

唐天浠撞了撞郑希羽的胳膊，别别扭扭地说："我开间房，你过来呗。"

郑希羽没应声。

唐天浠："哎呀，说好了喝酒嘛，打扰别人总不太好。"

郑希羽还是没应声。

唐天浠："要是不行就算了，反正我们回学校以后有的是时间。"

郑希羽终于开了口，简单的一个字："好。"

为了方便把自己的行李挪过来，唐天浠直接在球队住的酒店里开了房。不过为了避免和队员们碰见，楼层差挺多的，唐天浠几乎选了最高层的房间。

拿到房卡后,唐天澔拍郑希羽,压低声音说道:"我先上去,你去拿东西。"

郑希羽:"好。"

唐天澔做贼似的顺着墙边往前快速地溜进了电梯里。

郑希羽等了等,进了另一部电梯。她已经和习椿联系过了,为了不惊动更多的人,"交易"地点定在郑希羽的房间,也是汪亭溪的房间。

这样,起码郑希羽今晚没在房间里睡这件事,也就这两个人知道了。

习椿是自己人,而汪亭溪,郑希羽得跟她谈。

郑希羽敲了敲房间门,这才刷卡进门。汪亭溪跟习椿坐在沙发上,习椿正教她玩游戏,氛围铺垫得挺愉悦的。

郑希羽走进去,看到自己的包和唐天澔的行李都放在茶几旁,很显眼的位置。

"队长。"郑希羽直接说道,"我今晚在外面睡。"

"嗯?"汪亭溪抬眼看了郑希羽一下。

"陪朋友。"郑希羽还是这个说法。

"哦。"汪亭溪点了点头,"男生还是女生啊?"

郑希羽:"女生。"

汪亭溪挥了挥手:"去吧。"

事情太过顺利。

不过按照汪亭溪的性格,事情大概也应该这么顺利。

郑希羽拿了自己的洗漱用品,拖着唐天澔的行李,临走前有点儿不放心地强调了一下:"你别跟其他人说。"

汪亭溪指了指习椿:"她算其他人吗?"

习椿扒拉她的手指:"我不算。"

汪亭溪比了个"OK"的手势:"那就是我们三个人的秘密。"汪亭溪转回头继续琢磨游戏,"你们两个女孩子住注意安全啊,你照顾着点儿。"

郑希羽"嗯"了一声,便出了门。

汪亭溪的注意力全在游戏上："欸！我怎么从车上掉下来了啊？"

习椿："你自己跳下来了。"

汪亭溪："我没跳！"

习椿："你真跳了。"

汪亭溪："哎呀！我的血变少了！自己跳的怎么会少血？我自己跳绝对不会受伤。"

"哎呀，"习椿拍了拍她的肩膀安慰她，"没关系啦，打个绷带就好。"

"哪里？哪里？"汪亭溪到处找绷带。

除了球队，汪亭溪几乎不关心别的事情。她手机里没有游戏，没有多余的社交软件，甚至连外卖的软件都没下载。她就是一个思想上的老年人，比教练还老的那种。

习椿撞了撞汪亭溪的胳膊："你干吗问是男是女呀？"

汪亭溪看着习椿，有些惊讶于她连这个都不懂："当然要问啊，男的会影响训练。"

习椿："啊？"

汪亭溪无奈地摸了一下她的脑袋："傻不傻，谈恋爱情绪不稳会影响训练。"

郑希羽拖着箱子进了电梯，直直往上，到达唐天浠的房间门前也就一分钟。

她敲了敲门，房门一下子就被打开了，门开得也就容她一人通过，唐天浠伸出一只手，把她拽了进去。

郑希羽忍不住笑："干吗呢你？"

"进来再说。"唐天浠又扒拉了她手上的箱子一把。

待人和箱子都进来了，唐天浠这才长舒了一口气。

唐天浠披散着头发，还戴着外套帽子，将自己裹得真是严实。

"大明星。"郑希羽调侃她，"这么怕被人看见啊？"

"干的又不是什么好事。"唐天湉嘟囔一句把帽子去了,甩了甩头发让碍事的发丝飘开。

"你还饿不饿?"唐天湉仰头看着郑希羽,眼睛亮晶晶的。

郑希羽侧头看了一眼,这是间标准房,不仅床大,其他的地方都很大。

"不饿。"郑希羽回道。

"但是不吃东西喝酒会不会对身体不好啊?"唐天湉掏出手机戳着,"要么我们买点儿花生米?"

郑希羽乐得不行:"你是不是以前没喝过酒啊?"

"说什么呢?"唐天湉翻了个白眼,"学姐什么事没干过?咱俩不是还一起喝过啤酒吗?"

"白的呢?"郑希羽问。

唐天湉瞪大了眼:"这是白的吗?"

郑希羽:"反正度数肯定比啤酒高。"

唐天湉抖了抖身子:"那多买点儿花生米。"

经郑希羽这么一说,喝酒变成了一种更加庄重的仪式,唐天湉点了好些下酒的零食,还特别体贴地买了牛奶和解酒药。

在等外卖送到的时候,唐天湉搓着手坐在沙发上,有些忐忑不安的样子。

郑希羽问她:"怎么了?"

"热。"唐天湉的脸红扑扑的,"酒店的中央空调温度也太高了。"

郑希羽拽了拽她的袖子:"你穿得太厚了。"

"我换件衣服。"唐天湉侧着脑袋想了想,"我们待会儿喝完酒是不是就睡了?"

"嗯。"郑希羽应道。

"那我顺便洗个澡。"唐天湉朝行李箱走过去,翻了身睡衣出来,进了浴室。

"呼……"郑希羽长呼一口气,仰靠在沙发上,闭上了眼。

浴室里水声"哗啦啦"地响,直到外卖送过来了,唐天浠还没出来。

郑希羽有些担心,敲了敲洗手间的门:"东西来了。"

"马上!"唐天浠在里面喊着,中气十足。

过了好一会儿,她终于从浴室里出来了,长发湿漉漉的,整个人都蒙着一层水汽。睡衣是非常可爱的粉红点点的,配着那张本来就过分可爱的脸,看着柔软又无害,让人陡然生出极强的保护欲。

郑希羽想起了汪亭溪说的那句话。

两个女孩子住在一起要注意安全,特别是唐天浠这么漂亮,要护着她。

郑希羽笑起来,笑得唐天浠本就被热气熏得粉嫩嫩的脸颊更加红了,这才说出一句话:"吹一下头发吧。"

"嗯,好。"唐天浠重新往浴室跑去。

郑希羽站起了身:"我也冲个澡。"

她今天下午打了场比赛,没来得及洗,对比软绵绵、香喷喷的唐天浠,实在是太埋汰了。拿着衣服进去的时候,路过正在吹头发的唐天浠身边,"呜呜呜"地响着的风筒静了静,郑希羽没忍住抬手在唐天浠的脑袋上揉了揉。

可爱,唐天浠真的是太可爱了。

唐天浠的头发很厚,吹了很久也没有完全吹干,她干脆不吹了,专心地等郑希羽。

酒就在桌上放着,小小的一瓶。

唐天浠估摸着郑希羽快出来了,便过去将酒打开,给两个人各倒了一小杯,又把各种下酒零食拿了出来,摆了一桌子。

这个房间有大大的落地窗,窗帘没拉,这会儿夜深人静,整座城市只剩下灯火还在闪烁。

唐天浠打开了房间里的投影仪,挑了部开头主人公一个人默默地走二十分钟山路的文艺片来看,然后把房间的灯关了。

光影变幻，偏暗的环境让人产生一种莫名其妙的安全感。

郑希羽的动作很快，她推开洗手间门的时候，唐天浠还有些恍惚。

"嗯？要看电影吗？"郑希羽出声问道。

唐天浠看过去，郑希羽踏着光影过来，抬手擦头发的姿势洒脱又美丽。

郑希羽擦了两下头发，将毛巾扔到了一边，也同唐天浠一样，散着长发坐下。

唐天浠往下一缩，离开沙发，直接坐到了地毯上。郑希羽毫不停顿地跟随她动作，也坐到了地毯上，一双长腿终于得以释放。

唐天浠说道："这么坐舒服些。"

郑希羽抬手搭在后背的沙发上："是的。"

"喝酒。"唐天浠把杯子递到了郑希羽跟前。

"你先试试。"郑希羽看着她。

唐天浠人虎胆子大，一抬头喝了一大口酒："辣啊，酸啊，甜……"

"这么复杂？"郑希羽笑。

"是啊，是啊，这个味道怎么说呢？啊……"唐天浠甚至无法用"好喝""难喝"这样的词来形容。

"我尝尝。"郑希羽说道，然后拿起了杯子，灌下去一大口酒。

唐天浠瞪着眼睛，看着空荡荡的杯子，愣在原地，僵直得像尊雕塑。

过了五秒、六秒，郑希羽抿了抿唇，用指尖捏了捏她的肩头，说道："对不起，忘了品了。"

而后，郑希羽又花了许久去思考此刻的滋味，在寂静的夜里，在电影变化的光影里……郑希羽最终只选择了一个形容词。

"甜的。"她说道。

番外
郑希羽：我真的很喜欢跑步

Leap into the summer

郑希羽很喜欢每天晚上和唐天湉跑步的日子。

尽管唐天湉的速度很慢，跑一会儿就跑不动了，像只小乌龟一样慢慢地往前挪，郑希羽也很喜欢和她一起跑。

以前，跑步在郑希羽这里是一项必要的运动。她要晨跑，要夜跑，要拉练跑，要激活身体里的能量，锻炼身体的耐力，提高心肺功能，让自己变得像一头牛一样健壮。

很有必要的东西，她就说不上喜欢或者讨厌了，这更像一个每日任务，完成就好了。

但和唐天湉一起跑步，绝不是任务。

如果下午有训练，她会抓紧时间回宿舍冲个澡，换身干净的运动服再过去。唐天湉不在意在哪一条跑道，不管郑希羽在什么方位，她都要挨着郑希羽跑，所以郑希羽得保证，围绕着她的风是清爽的，甚至是香的。

那段时间，郑希羽买洗发水、沐浴露这些日常清洁用品时，都会仔细看一下香型。

终于到了那个时间点。

郑希羽快步冲到了体育场门口，就在进出口处安静地等着。

唐天湉有时候会早几分钟到，有时候会迟几分钟到，早的概率比迟的概率大，她的运动服总是花里胡哨的，鞋子也是色彩斑斓的。这些颜色，要放到她们球队的队友身上，肯定很奇怪，但在唐天湉身上，就完全不一样。

她像只翩跹的花蝴蝶，像明媚得可以射出七彩光芒的太阳，在悄然来临的冬天里，像生机勃发的春天。

唐天湉一望见郑希羽就会加快脚步朝郑希羽冲过来，眼睛总是笑得弯弯的。

郑希羽真想敞开自己欢迎她，又觉得自己如何敞开都没用，自己单调得就像一张白纸，常常会害怕承受不住这些属于唐天湉的热烈色彩。

好在，唐天湉并不嫌弃。

唐天湉来到了郑希羽身边，拽她的衣袖，挽她的胳膊，疲累的时候就靠在她的身上，像只软软的"赖皮虫"。

小小的唐天湉和她一起上了跑道。

唐天湉总要在起跑线上伸胳膊伸腿，将小小的身体舒展开。她最初会纠正一下唐天湉的热身姿势，但很快发现，唐天湉的热身更是一种心灵上的启动。唐天湉为自己加油鼓劲，要的是那个架势，不是什么实际的运动效果。

她们慢悠悠地跑了起来。

郑希羽观察着唐天湉的步伐，将自己的步伐调整成同她一样缓慢的节奏，散步一般跑着。

夜晚的N大很美，晴天便可以望见星星，这被体育场圈起来的一方椭圆的星空，就像是一个暗色的小宇宙。星星全都落进了唐天湉的眼睛里。

唐天湉的眼睛里，真的有星星。

唐天湉努力看向郑希羽，同她说话的时候仰着脑袋，圆溜溜的眼睛大睁着,睫毛忽闪,星星便也跟着忽闪。

她们聊的话题很多。

通常情况下,她们会先说许多自己身边今天发生的有趣的事,课堂上又闹了什么笑话,听到了什么令人震惊的感情故事,网上新出现的笑话,还有一些她的爱好,相机啊、娃娃啊,看影视剧啊。唐天湉知道的东西那么多,她的世界非常丰富,她的外表有多灿烂,内里便有多灿烂。

而后,唐天湉会问郑希羽一些问题,问队里的情况,问郑希羽的学习情况,关心郑希羽身上每一处新添的或者旧的伤口,会突然停下脚步叉腰、噘嘴,非常不服气地说道:"郑希羽,你是不是又长高了?"

郑希羽"哈哈"地笑起来,她早就在笑了,只是借机让自己的快乐情绪溢出来一些,她回道:"我还能高到哪里去?"

唐天湉边蹦着边举着手丈量:"高到天上去了,我够不着了!"

郑希羽不散步了,弯下腰,将她们之间的这一点儿高度差归零。

"给你够。"郑希羽开口道。

唐天湉这个时候又害羞了,只伸手戳戳郑希羽的脸颊,戳戳郑希羽的肩膀,戳戳这些自己平时不容易碰到的地方,便满足地收回手,结束了这个话题,继续跑步去了。

郑希羽静静地望着她的背影好一会儿,才大步追上去。

有一个话题,郑希羽特别喜欢。

唐天湉会同她讲一些以前的事,以前——可以追溯到高中、初中、小学,甚至幼儿园。

郑希羽的成长历程很无聊,但唐天湉的很有趣,郑希羽听唐天湉回忆那些往事,就像在看一个徐徐展开的奇幻童话故事。故事的主人公是一个活泼可爱、聪明伶俐、勇敢漂亮又善良正直的小姑娘。小姑娘可以将宛如一潭死水的课堂搅得热闹非凡,可以惩恶扬善,去做那勇士。

她走过的地方,有盛开的鲜花、欢腾的鸟雀,有簇拥着的朋友以及无处不在的爱。

郑希羽实在是喜欢这样的角色,想成为与她并肩的战友。

唐天漪同样会问郑希羽许多以前的事,郑希羽想找出一些好玩的故事,但好玩的实在是少。郑希羽常常想了半天,然后觉得这十九年来最有趣、最令人开心的事,就是遇到唐天漪。

"很无聊。"郑希羽总是这样总结自己的生活。

这会引起唐天漪极大的不满,她像条气鼓鼓的鱼一样,腮帮子很快鼓起来,眼睛也瞪圆了。她皱着眉头凶郑希羽:"哪里无聊了?你明明拥有这么高、这么好的一个郑希羽,真是身在福中不知福!"

郑希羽实在是喜欢看唐天漪维护她时的模样,总是觉得,唐天漪比她自己更在意她。

郑希羽在唐天漪的注视下,变成了一个无比珍贵的东西。

郑希羽确定了,的确,她是身在福中的。

但她很知福。

唐天漪开始遗憾她们十九岁才认识。

唐天漪想要让她们在短胳膊、短腿穿开裆裤时就认识;想让她们童年的时候挤在同一个沙堆里;想让她们一起成为少先队队员,一起戴红领巾,一起做作业;想让她们青春期的忧愁和叛逆都搅和在一起。她非要往自己那些绚丽多姿的故事里掺进去一个郑希羽。

"你小时候就高吗?幼儿园的时候就高吗?"唐天漪的脚步越来越慢,她干脆方向一转朝跑道中间的足球场走去,郑希羽紧跟着她。

足球场刚刚整修过,踩上去软绵绵的,脚感很好。这个点没有人踢球,只有三三两两的学生坐在地上,不知道在聊些什么。

唐天漪突然蹲下了身,屁股很快贴到了地面上,就这么结束了她们的跑步运动。郑希羽随她坐下,她们也成了"不知道在聊些什么"的那些人中的两个。

"那时候不太高。"郑希羽回答唐天湉的问题,"但力气比较大。"

"我力气也大……"唐天湉顿了顿,瞄向郑希羽的胳膊,"算了,那肯定还是你大。唉,我要是那时候就认识你,就不怕那个胖墩假霸王了,咱们俩一起冲,我骑头你按脚,揍得他'汪汪'叫。"

"嗯。"郑希羽笑着答应,视线落在唐天湉露出来的那一小截脚踝上。

唐天湉一抬腿,让自己的脚踝搁在了郑希羽的腿上:"我一定是跑多了,腿肚子酸酸的。"

郑希羽一点点地帮她放松着肌肉。

唐天湉被捏得笑眯眯的,舒服地喟叹,用手撑住地面,仰头看着夜空。

郑希羽收回视线,思绪又晃悠悠地飘远了。唐天湉继续想象,她说:"我高一的时候崴了脚,一个星期都没好,每天拄着拐杖。我的同学们帮忙扶我,开大会的时候来不及了,想背起我,我不想让女孩子那么累,又不想让男生背,就只能跟只猴子一样在后面跳。我来得太迟了,全校师生看着我跳,哈哈哈,如果你在……"

"不用怕我累。"郑希羽接话道,"我不会累。"

唐天湉侧着脑袋望着郑希羽:"你也是女孩子,我也心疼你,你再有力气,也会累。"

郑希羽说:"背你的力气还是有的。"

于是,郑希羽背着唐天湉出了足球场,背着她绕着跑道缓慢地走了半圈,背着她来到了出口。

"明天还来?"郑希羽轻声问她。

"嗯!"唐天湉在郑希羽的背上用力点头,肉肉的下巴会戳到郑希羽的肩窝,酸酸的,痒痒的,"来!运动要持之以恒!我可喜欢跑步了!"

郑希羽笑起来,好一会儿才藏住了这笑意,回道:"我也很喜欢。"